rororo

Janne Mommsen hat in seinem früheren Leben als Krankenpfleger, Werftarbeiter und Traumschiffpianist gearbeitet. Inzwischen schreibt er überwiegend Romane und Theaterstücke. Mommsen hat in Nordfriesland gewohnt und kehrt immer wieder dorthin zurück, um sich der Urkraft der Gezeiten auszusetzen.

Die Presse über «Friesensommer»:

«Die ideale Urlaubslektüre für lange Tage an der Nordsee.» *Hamburger Abendblatt*

«Natürlich gibt es ein Happy End, doch nicht zuletzt dank der herrlich verqueren Inseltypen gehört ‹Friesensommer› zu den Romanen, die man keineswegs nur versteckt hinter Sonnenbrille und Strohhut lesen mag. Moin, moin.» *Badisches Tagblatt*

«Richtig nette Sommerunterhaltung zum Wegschmökern. Aber nicht etwa seicht, sondern durchaus mit Ecken und Kanten.» *NDR*

«Große Gefühle, tolle Charaktere, ein sicheres Gespür für das Drama, natürlich Humor und vor allen Dingen unsere schöne Insel sind die Zutaten für den ‹Friesensommer›.» *Wir Insulaner*

JANNE MOMMSEN

Die Insel tanzt

ROMAN

Rowohlt Taschenbuch Verlag

4. Auflage Oktober 2025
Veröffentlicht im Rowohlt Taschenbuch Verlag,
Rowohlt Verlag GmbH, Kirchenallee 19, 20099 Hamburg

Zuerst veröffentlicht im Rowohlt Taschenbuch Verlag,
Reinbek bei Hamburg, Mai 2016

Umschlaggestaltung
HAUPTMANN & KOMPANIE Werbeagentur, Zürich
Umschlagillustration Kai Pannen
Satz bei Pinkuin Satz und Datentechnik, Berlin
Printed in Germany
ISBN 978-3-499-26902-8

Kontaktadresse nach EU-Produktsicherheitsverordnung:
produktsicherheit@rowohlt.de

Die Insel tanzt

1.

Der Luftzug, der dem philippinischen Seemann auf dem Achterdeck das Feuerzeug ausblies, war der Auftakt zu einem gigantischen Tanz. Erst kräuselte sich die Wasseroberfläche, dann kamen kurze Wellen mit winzigen weißen Schaumkronen an den Spitzen auf. Ab da ging die Party richtig los. Der Wind spielte die Musik, nach der der gesamte Nordatlantik zu tanzen begann. Die frische Brise wuchs zu einem wütenden Starkwind heran, der Tausende Riesenwellen aufbaute. Einige von ihnen erreichten vier, fünf Meter Höhe. Der Sturm peitschte ihre Gischt zu einer undurchdringlichen Wand hoch, um sie kurz danach wieder fallen zu lassen. Und das nur, um die wilde, zerklüftete Gebirgslandschaft zu zeigen, die er dahinter geschaffen hatte und die bis zum Horizont reichte. Die Berge änderten permanent ihre Form, kaum tauchte ein stolzer Gipfel auf, war er schon wieder verschwunden, und ein anderer schoss an seiner Stelle hoch. Am Himmel flohen die letzten Schönwetterwolken nach Osten und machten düsteren Ungeheuern aus Westen Platz. Je nach Licht erschien das Wasser grau oder grün, die vor Schaum blinden Wellen taumelten in alle Richtungen.

Der Tiefdruckwirbel wurde vom Hochdruckgebiet

Isabell, das fett und rund über Russland lag, in nordöstliche Richtung gelenkt. Dort, wo die Luftdruckgegensätze immer größer wurden, fauchte der Südwest aus seinem dunklen Rachen. Kurz vor Schottland warfen die Wolken einen großen Teil ihrer Regenlast ab. Noch schneller als zuvor zog der Wind nun an den Shetlands vorbei in die Nordsee, in seinem Gefolge ein Randtief, in dem sich seine Verwandten versammelt hatten, um auf ihre Stunde zu warten: vom steifen Südwestwind über heftige Böen aus West bis zum Nordwest mit seinem langen Atem. Man stritt sofort heftig miteinander, wie es in den besten Familien vorkam. Plötzlich flogen die Wolken auseinander, die Sonne kam heraus, und ein kilometerhoher Regenbogen erstreckte sich über den gesamten Ozean. Die Winde setzten ihre Schaukämpfe unbeirrt fort, jagten einander in alle Richtungen und schlugen Haken. Aber Pack schlägt sich, Pack verträgt sich, schließlich einigte man sich und zog gemeinsam Richtung Osten.

Laut Lehrbuch entsteht Wind durch Luftdruckgegensätze, physikalisch ist er eine Massenverschiebung, die nach Ausgleich drängt. Das hat nichts Persönliches. Wenn du aber, wie die zehnjährige Leevke Clausen, auf der Insel Föhr mit deinem Fahrrad kaum vorankommst, weil sich der Wind wie eine unsichtbare Wand vor dir aufbaut, hat das etwas *sehr* Persönliches. Leevke war der erste Widerstand, auf den der Sturm nach seiner tagelangen Reise über das Meer traf. Er pfiff ihr so laut um die Ohren wie ein Düsenjet. Sämtliche Gräser in der tellerflachen Marsch um sie herum wurden nach Osten gedrückt, jeder Protest wäre zwecklos gewesen.

Leider musste Leevke in die entgegengesetzte Richtung, nach Westen. Es war gemein: Die Reetdachhäuser ihres Heimatdorfes Oldsum lagen zum Greifen nahe und erschienen ihr dennoch unerreichbar. Mit aller Kraft stellte sie sich in die rechte Pedale und kam trotzdem nur eine knappe Raddrehung weiter. Jedes Mal verlor sie aufs Neue gegen die Böen, was demütigend war. Blöderweise hatte sie es eilig, sie hatte sich mit ihrer Freundin Alina verspielt und dabei die Zeit vergessen. Jetzt löste sich auch noch eine Strähne aus ihrem Zopf und wehte ihr vor den Lippen herum. Sie versuchte sie zu ignorieren und kämpfte weiter. Nach weiteren qualvollen hundert Metern war sie am Ende. Keuchend warf sie das Fahrrad zu Boden und schwor sich, wenn sie erst erwachsen wäre, würde sie nie wieder Rad fahren. Für jeden noch so kleinen Weg würde sie das Auto nehmen. Frustriert blickte sie zu dem uralten steinernen Kirchturm von Süderende, der, unbeeindruckt vom Wetter, in der flachen Landschaft stand und sich nicht einen Millimeter bewegte, während die gesamte Insel um ihn herumwirbelte. Etwas weiter entfernt wurde ihr vorgeführt, wie es war, wenn man in der Gegenrichtung unterwegs war: Ein Radfahrer flog ihr leicht und schnell wie ein Papierflieger entgegen. Neben ihm lief ein schwarzer Hund, der zwischendurch mit allen vieren einfach so in die Luft sprang, was eine liebenswerte Macke von ihm war: Es war Eyk, ihr Eyk! Ein Mischling mit starken Jagdhundanteilen, langen Beinen und dichtem Fell.

Der fliegende Radfahrer war ihr Vater Jan. Seine mittellangen blonden Haare wurden ihm von hinten ins Kinn und vor die hellblauen Augen geweht. Vermutlich kam er gerade von der Arbeit, er trug noch seine schwarze Dachdeckerkluft, die Leevke nicht besonders mochte. Die groben schwarzen Zimmermannshosen mit den beiden silbernen Reißverschlüssen ließen ihren Papa viel breiter aussehen, als er war. Unter der schwarzen Cordweste trug er immer ein weißes T-Shirt. Selbst im kältesten Winter zog er höchstens eine Jeansjacke darüber, gegen Kälte war er abgehärtet. Trotz seiner robusten Kleidung wirkte er geschmeidig und leicht wie ein Tänzer.

«Rückenwind ist das größte Glück auf Erden», seufzte sie.

«Hier steckst du!», rief ihr Vater. Er sah leicht säuerlich aus. «Hast du mal auf die Uhr geguckt?»

Beide mussten sich richtig gegen den Wind stemmen, um einigermaßen gerade zu stehen. Eyk wedelte wild mit dem Schwanz und bleckte die Zähne, er schien vor Wiedersehensfreude zu lachen. Als sie ihn kräftig hinter den Ohren kraulte, sprang er an ihr hoch. Sie nahm seinen Kopf in beide Hände.

«Ich war bei Alina, habe ich doch gesagt.»

«Wir hatten eine Vereinbarung.»

«Hatte ich vergessen.»

«Ich warte seit fast einer Stunde auf dich.»

«Raik hat mich die ganze Zeit am Lenker festgehalten und nicht lockergelassen.»

«Raik ist ein blöder Angeber», brummte ihr Vater. «Der bauscht sich immer wie wahnsinnig auf, aber da steckt nicht viel hinter. Du kennst ihn doch. Den kriegt man locker klein, wenn man Leevke Clausen heißt.»

Diesen Dialog verstanden nur zwei Menschen auf dieser Welt: sie und ihr Vater. Als kleines Kind hatte sie immer Angst vor Sturmfluten gehabt, die Föhr überspülen könnten. Ihr Vater hatte ihr zwar erklärt, dass das wegen der hohen Deiche nicht möglich war. Aber das beruhigte sie nicht. Was, wenn eine Flut kam, die höher war als alle anderen? Jan gab daraufhin allen Winden und Wasserständen friesische Namen, sodass Ebbe und Flut, Sturm und Windstille zu nahen Verwandten wurden. Den Blanken Hans gab es ja schon, der war grob und laut und tobte sich im Winter gerne mal über der Insel aus, zog sich aber immer nach ein paar Tagen zurück und war im Sommer ein ganz Lieber. Raik war ein Starkwind mit auffrischenden Böen, ein Angeber, der gerne der Blanke Hans gewesen wäre, aber nie an ihn herankam und maßlos überschätzt wurde, während Gunnar Svenson mit seinen schmalen Lippen schon ernster zu nehmen war. Wiebke Flut war harmlos, aber vor Silja Flut musste man sich in Acht nehmen, die war tückisch und falsch. Bei Frerk Ebbe konnte man gefahrlos im Priel vor Oldsum baden, während bei Greta Ebbe Gefahr im Verzug war. Durch die Namen wurden sie alle vertraut wie Tanten und Onkel, die man zwar manchmal komisch fand, aber vor denen man keine Angst haben musste.

«Hilfsmotor?», fragte Leevke.

«Zur Strafe sollte ich dich alleine fahren lassen», erwiderte Jan.

Leevke wusste, dass er das nicht so meinte. Ihr Papa konnte nie lange böse sein, spätestens nach zehn Minuten hatte er vergessen, weshalb er sich aufgeregt hatte. Er legte eine Hand um ihre Schulter und zog sie mit kräftigen

Pedaltritten gegen den Wind zurück nach Oldsum. Er besaß locker Kraft für zwei, es sah nicht mal so aus, als wenn er sich dabei anstrengen musste. Eyk lief nebenher und wedelte fröhlich mit dem Schwanz. Er schien genauso unermüdlich wie ihr Vater zu sein. Es war herrlich, so nach Hause gezogen zu werden!

Eine halbe Stunde später standen sie vor dem knorrigen alten Reetdachhaus, das seit über zwei Jahrhunderten ihrer Familie gehörte. Der Sturm konnte dem Gebäude nichts anhaben, die knallroten Ziegel schienen in der Sonne zu glühen, als ob Hochsommer wäre, dabei war es schon Mitte September.

Drinnen war es wunderbar windstill. Das Haus war für Leevke wie eine warme, reetgedeckte Höhle. Sie huschte die schmale, knarzende Holztreppe hoch in ihr Kinderzimmer, das direkt unter dem Dach lag. Draußen pfiff und heulte Raik immer noch um sämtliche Ecken des Dorfes. Sie lächelte: Hier konnte er ihr nichts mehr anhaben.

Zwischen ihrem kleinen IKEA-Schreibtisch und dem weiß lackierten Bett stand das Terrarium, in dem ihre Rennmäuse Charlie und Louise lebten. Leevke nahm ein paar Körner in die Hand und hielt sie ihnen auf den Fingerspitzen entgegen.

«Was ist?», hörte sie ihren Vater meckern. Er war ihr zusammen mit Eyk ins Zimmer gefolgt. «Statt mit den Schularbeiten loszulegen, spielst du mit den Mäusen.»

Charlie und Louise stellten sich auf die Hinterpfoten und starrten ihn mit aufmerksamen Augen an.

«Mache ich nach dem Abendbrot», kündigte sie an.

Ihr Vater schüttelte heftig den Kopf. «Wenn ich dir in Mathe helfen soll, dann jetzt. Nach dem Abendbrot muss ich zur Elternversammlung.»

«Geh doch einfach nicht hin.»

«Kommt gar nicht in die Tüte. Ich muss doch wissen, was bei dir in der Klasse los ist.»

«Da ist nichts los», behauptete Leevke. Es war ja gut, dass er sich um sie sorgte. Aber es gab handfeste Gründe, warum es besser war, dass ihr Vater diesmal nicht hinging.

Er trat zum Terrarium, um die Mäuse nun ebenfalls mit ein paar Körnern zu füttern. «Und was ist mit der neuen Lehrerin?»

Leevkes frühere, über alles geliebte Klassenlehrerin Frau Paitz war in den Sommerferien Richtung Festland verschwunden, ohne sich zu verabschieden, was Leevke tief enttäuscht hatte. Stattdessen musste sie sich nun mit dieser Frau Grigoleit rumschlagen, die frisch von der Uni kam, obwohl sie schon fast dreißig war und keine Ahnung von nichts hatte. Angeblich war sie nach Föhr gezogen, weil sie mit ihren Eltern mal auf Sylt Urlaub gemacht und sich dabei in die nordfriesischen Inseln verliebt hatte. Die würde sich umgucken! Föhr war eine ganz andere Welt als Sylt, und im Winter erst recht!

«Was soll mit der sein?», fragte Leevke.

«Die Mutter von Sabrina hat mir vorhin im Supermarkt erzählt, dass die Grigoleit dir heute alle Pausen gestrichen hat und du drinnen bleiben musstest.»

Leevke schaute ihn missmutig an, um sich dann wieder den Mäusen zuzuwenden. «Ja, das stimmt.»

«Wieso denn?»

«Wegen gar nichts.»

Ihr Vater richtete sich zu voller Größe auf. Das tat er immer, wenn er sich aufregte. «Wegen gar nichts bekommt man keine Strafe!»

«Bei der schon.»

«Glaube ich nicht.»

«Ich hab nur mit dem Stuhl gekippelt.»

«Das war alles?»

Sie ließ sich von Charly sanft den Zeigefinger anknabbern. «Ja.»

«Echt?»

«Echt.»

Jan wurde richtig sauer. «Der werde ich Bescheid geben. Du hast ein Recht auf deine Pause!»

«Jawohl!»

«Auf jeden Fall hörst du jetzt bitte auf, mit deinen Mäusen zu spielen, und fängst mit den Hausaufgaben an.»

Leevke setzte sich auf ihren Schreibtischstuhl.

«Wieso hast du eigentlich noch keine neue Frau gefunden?», fragte sie unvermittelt. Ihre Mutter war vor neun Jahren mit dem Auto verunglückt, da war Leevke gerade mal ein Jahr alt. Seitdem lebte sie mit ihrem Vater alleine.

«Lenk nicht ab, darüber reden wir ein anderes Mal.»

Leevke lächelte. «Liegt es an dir oder an den Frauen?»

«Hausaufgaben!»

«Ich kapiere Mathe nicht.»

«Zeig her.»

Sie reichte ihm ihr Mathe-Heft mit dem Namen «Flex und Flo».

«Meinst du, es könnte an mir liegen?», fragte sie.

«Mathe kann jeder lernen.»

«Nein, das mit den Frauen.»

«Wieso das denn?»

«Vielleicht schreckt es die Frauen ab, dass du ein Kind hast.»

Ihr Vater winkte ab. «Wenn das so ist, sind sie die Falschen.» Er las die Aufgabe laut vor: «Der nächste Nachbartausender heißt 4000 und ist um 350 größer als die gesuchte Zahl.»

«3770?»

«Rechne noch mal nach.»

«4000 minus 350 ist 3770!»

«Nein, 3650. – Hast du eigentlich auch noch was in Deutsch auf?»

«Nein. Da lesen wir gerade ein Buch, das spielt im Internat. Es ist total lustig da, die haben zwanzig Pferde, und in jedem Zimmer schlafen vier Mädchen, die sich super verstehen.»

«Gut, dann zurück zu Mathe.»

«Ich habe mir überlegt, dass ich auch ins Internat will.»

Ihr Vater lachte.

«Ich meine es ernst», sagte sie.

«Wegen dieses blöden Buches?»

«Nein. – Ich habe mir im Internet schon ein paar Internate angeschaut.»

«Und warum?»

«Na, damit du leichter eine Frau findest!»

«Was?»

«Na ja, du bist oft so traurig, und ich denke, wenn du

eine neue Frau findest, wird das besser. Das ist viel leichter, wenn ich nicht da bin.»

Ihr Papa schluckte. «Wie kommst du darauf?»

«Die Frauen wollen ja was von *dir* und nicht von *mir.*»

«Ich würde nie eine Frau wollen, die nichts mit dir anfangen kann.»

Leevke hatte sich tatsächlich im Netz ein paar Internate angesehen. Natürlich würde sie dort ihre Freundinnen vermissen, die ganze Insel würde ihr fehlen. Es würde hart werden, aber sie würde es auf sich nehmen. Für ihren Papa. Dem Mädchen in dem Buch war es genauso ergangen, am Schluss hatte sie aber das jährliche Reitturnier auf dem Internat gewonnen und war glücklich geworden. Trotzdem merkte Leevke, wie ihr jetzt die Tränen in die Augen stiegen. Schnell schluckte sie sie runter.

«Bin ich echt so oft traurig?», fragte ihr Vater leise.

Leevke nickte. «In letzter Zeit ja.» Das wusste er doch selber, oder nicht?

«Du musst dir aber wegen mir keine Sorgen machen, ich bin alt genug.»

Dann bückte er sich zu ihr runter, nahm sie in den Arm und drückte sie so fest an sich, dass es fast ein bisschen wehtat. Sie konnte ihn nicht sehen, weil ihre Nase tief in seiner Cordweste steckte, aber sie spürte trotzdem, dass auch er feuchte Augen bekommen hatte.

2.

Hinter Föhr traf Raik aufs Festland und fegte nach über fünfzig Kilometern durch die sommerlichen Gassen der Stadt Flensburg, die an einem traumhaft schönen Ostseefjord lag. Jahrhundertealte dänische Giebelhäuser verteilten sich auf den Hügeln über der Stadt und am Wasser wie in einer Modelleisenbahnlandschaft. Raik presste ein paar Böen durch die Straßen, die es in sich hatten. Alles, was nicht befestigt war, tanzte durch die Luft: Papier, altes Laub und Sand. Die bogenförmigen Straßenlampen wurden in Schwingungen versetzt und nickten mit ihren Köpfen auf und ab.

Sina warf einen Blick auf die sonnenbeschienene tiefblaue Ostsee, die zwischen den alten Backsteinhäusern zu sehen war. Das Wasser wurde vom starken Westwind aus der Förde herausgepresst, im Hafen war gerade extremes Niedrigwasser. Sie drückte ihre Sporttasche fest an sich und legte ein schnelles Tempo vor, was gegen den Sturm einige Kraft kostete. Bei jedem Schritt zählte sie auf Französisch bis acht und begann dann wieder von vorne, so wie es beim Ballett üblich war: «Un-deux-trois-quatre …»

Den Gegenwind nahm sie als willkommenen Trainingspartner und legte sogar noch einen Zacken zu. Sie war seit über dreißig Jahren Balletttänzerin und liebte es, auf diese Weise einen Teil des Aufwärmens vorwegzunehmen. Als sie nach einer Viertelstunde vor dem Flensburger Landestheater stand, waren ihre Muskeln warm und gut durchblutet. Sie trat durch die schwere Eingangstür, und sofort war der Wind vergessen. Die meterdicken uralten Steinmauern trotzten jedem Wetter. In den letzten Jahren war dieser wuchtige Bau ihre feste Burg gewesen. Sie eilte nicht wie sonst zur Künstlergarderobe, sondern schlich sich zum Zuschauerraum, wo sie nur selten gesessen hatte. Dort war es komplett dunkel. Der typische Theatergeruch schlug ihr entgegen. Schwer zu beschreiben, was ihn ausmachte, die Polster der vielen Sitze vielleicht? Der Staub? Oder war es eher die Abwesenheit aller anderen Gerüche, die man sonst wahrnahm, Luft, Laub, Erde?

Vorsichtig tastete sie sich an den Sitzlehnen entlang nach vorne ins Parkett. In der zweiten Reihe wählte sie einen mittigen Stuhl und setzte sich. Normalerweise war das ein toller Platz mit bester Sicht auf die Bühne, aber jetzt sah sie trotz offener Augen gar nichts. So muss es sein, wenn man blind ist, dachte sie.

Plötzlich ging ein Punktschweinwerfer an und strahlte auf den schwarzen Vorhang. Die Helligkeit tat ihr richtig weh in den Augen. Normalerweise setzte jetzt das Orchester ein, aber die Musiker waren noch nicht da. Der Vorhang öffnete sich, und die Bühne strahlte wie an einem Tag im Hochsommer. Vorne an der Rampe blühte ein Feld mit Hunderten roter Nelken, an der Rückwand standen schlanke Birken mit dunkelgrünen Blättern, dahinter setzte eine Fototapete den nordischen Wald bis zur

Unendlichkeit fort. Die Bäume auf der Bühne waren echt, sie waren samt Wurzelballen ins Bühnenbild eingepflanzt worden. Kein einziger Baum sollte für das Stück abgeholzt werden, so stand es im Programmheft, denn so etwas kam beim politisch korrekten Publikum gut an. Morgen würden die Bäume von der dänischen Baumschule abgeholt und wieder draußen eingepflanzt werden. Sie hatte das Stück neunzehn Mal getanzt, heute war die letzte Vorstellung.

Die Lichttechniker hinter dem Zuschauerraum spielten ein paar Lichtstimmungen durch: den frühen, zarten Morgen, den prächtigen Sonnenuntergang, die Blaue Stunde danach, die Nacht mit Halbmond. Es war eine wunderbare Reise durch alle Tageszeiten, ohne dass sonst etwas auf der Bühne passierte.

Sina stand auf und ging über eine kleine Treppe zur Rampe. Die künstlichen Nelken steckten in einer Weichmatte, die unter ihren Füßen etwas nachgab. Sie trat zwischen den Birken auf die Hinterbühne und war dann verschwunden. Heute war ihre letzte Vorstellung als Tänzerin, morgen würde alles vorbei sein. Doch das fühlte sich seltsamerweise noch ganz weit weg an.

«Buenos dias, mi amiga Sina!», rief ihre argentinische Mittänzerin Maria. Sie stand in dickem Pullover und Woll-Leggings im Probenraum und legte gerade die Fingerspitzen unter ihre Fußsohlen, die Beine durchgestreckt. Maria war Anfang zwanzig und kam frisch von der Folkwang-Schule in Essen, auf der auch Sina studiert hatte – vor über dreißig Jahren.

«Buenos dias, Maria.»

Sie gaben sich einen Kuss auf die Wange.

«Na, wie fühlt sich das an, so kurz vor der Rente?»

Sina spürte einen Stich. Sie wollte ihr schon spitz antworten, da trat sie schnell auf die Bremse. In Marias Alter hätte ihr das genauso rausrutschen können, sie hatte es bestimmt nicht böse gemeint. Neunundvierzig erschien einem halt mit zwanzig unendlich alt, sie könnte locker Marias Mutter sein.

«Och, ich tanze heute mit Rollator, dann geht's schon», erklärte sie.

Maria lachte. «Was hast du hinterher vor?»

«Ich mache eine Tanzschule auf.»

«Ballett?»

«Auch, aber in erster Linie Salsa.»

Pause.

«Klingt gut.»

Marias entsetzter Gesichtsausdruck sprach Bände: Am Anfang einer Ballettkarriere wirkte eine Tanzschule für Laien wie der größtmögliche Abstieg. Die meisten Balletttänzer versuchten zu verdrängen, dass in ihrem Beruf ziemlich früh Schluss war. Sina war mit neunundvierzig ohnehin schon eine Ausnahme. Professionelles Tanzen war nun mal alles andere als gesund, es gab die übelsten Geschichten über abgenutzte Gelenke, künstliche Hüften und Ähnliches. Das war ihr zum Glück erspart geblieben. Es war allerdings immer anstrengender geworden, mit den Jüngeren mitzuhalten, und sie wollte nicht irgendwann halbtot von der Bühne getragen werden.

«Und was hast *du* hinterher vor?», fragte sie ihre junge Kollegin.

«Ich tanze bis achtzig und werde dann Choreographin am Bolschoitheater.»

Sina nickte. «Und mit hundert heiratest du einen reichen russischen Oligarchen?»

«Das ist der Plan», lachte Maria.

Sina verschwand in Richtung Garderobe. Der Meereswind hatte ihr Blut mit Sauerstoff aufgeladen, in ihrem Körper steckte jede Menge überschüssiger Energie, die jetzt rauswollte. Nachdem sie sich umgezogen hatte, stellte sie sich an die Ballettstange und legte ihr gestrecktes linkes Bein vorsichtig darauf. Prompt wurde ihr Optimismus wieder gedämpft. Schon bei dieser harmlosen Übung spürte sie den Schmerz im linken Knie. Sie war vorletzte Woche beim Putzen in ihrer kleinen Wohnung auf einer Fußmatte ausgerutscht und hatte sich dabei leicht das Bein verdreht. Aber rührte der Schmerz wirklich daher, oder war er doch die Folge des jahrzehntelangen Tanzens? Wenn sie ehrlich war, ging es mit dem Knie schon seit drei Spielzeiten so, mal mehr, mal weniger. Nur dank der harten Disziplin, die sie als Balletttänzerin von früh an gelernt hatte, hatte sie die letzten Aufführungen überstanden.

Sie schaute sich in der Spiegelwand hinter der Stange an. Ihre blonden Haare hatte sie zu einem strengen Zopf zusammengebunden, sodass ihr Gesicht deutlich zu sehen war. Sie konnte zufrieden mit sich sein, fand sie, bis auf ein paar Fältchen hier und da. Die wenigen grauen Haare hatte sie übertönt – geschenkt. Sah sie aus wie neunundvierzig? Nicht, oder? Aber wie sah man denn normalerweise mit neunundvierzig aus? Hinter ihr trippelten ein paar junge Kolleginnen herein, eine jünger und schöner als die andere.

«Ciao, Sina.»

«Ciao, meine Grazien.»

Sie werden alle irgendwann an genau denselben Punkt kommen wie ich, sagte sie sich. Ein schwacher Trost zwar, aber besser als gar nichts. Nach ein paar weiteren Dehnübungen protestierte ihr Knie erneut mit stechendem Schmerz. «Bitte!», bat sie ihr Gelenk. «Nur noch heute!» Die letzte Vorstellung ihrer Karriere wollte sie unter gar keinen Umständen sausen lassen! Abgesehen davon, dass es in der Flensburger Compagnie so schnell keinen Ersatz für sie gegeben hätte.

Sie mochte das Stück sehr, es war wie für sie geschrieben. «Remember Schwanensee» war die Fortsetzung der Schwanensee-Geschichte in der heutigen Zeit: Prinz Siegfried und Schwanenkönigin Odette haben sich irgendwann getrennt und treffen sich zwanzig Jahre nach ihrem ersten Tanz im Schloss zufällig in einem Nelkenfeld wieder. Im Hintergrund werden ihre gemeinsamen Erinnerungen getanzt: die erste Begegnung, der große Ball, die Versuchung der falschen Odette. Im Vordergrund nähern sie sich vorsichtig wieder an, bis sie schließlich erneut zusammen tanzen, im Nelkenfeld und zwischen ihren Erinnerungen weiter hinten. Ob sie wieder zusammenkommen, bleibt am Ende offen, aber es sieht sehr danach aus.

«Remember Schwanensee» war eine gelungene Mischung aus Tanztheater und klassischem Ballett. Für Sina schloss sich damit ein Kreis. Als kleines Mädchen hatte sie nur aus einem Grund vom Ballett geträumt: einmal im Leben die Schwanenkönigin Odette tanzen! Stattdessen war sie nach ihrer Ausbildung am Oldenburger Staatstheater gelandet. Dort ging es um Beziehungsdramen und Politisches, Schwäne waren da verpönt. Auch an den anderen Häusern, in Barcelona, Turin und Stuttgart, tanzte sie später alles Mögliche, doch niemals «Schwanensee». «Remember Schwanensee» erschien ihr wie ein Abschiedsgeschenk. Die Premiere war umjubelt gewesen, heute fand die letzte Vorstellung statt.

Sie schaute sich um, wo steckte nur ihr Tanzpartner?

Sie und Jesper hatten sich nicht auf Anhieb gemocht, was anfangs ein echtes Problem gewesen war. Aber sie hatten daran gearbeitet. Jesper hatte sie eines Nachmittags zu einer Segelpartie auf seinem Katamaran mitgenommen. Bei Windstärke sieben waren sie auf einer Kufe über die Flensburger Förde Richtung Dänemark gerast. Um nicht zu kentern, mussten sie sich mit getreckten Körpern voll ins Trapez hängen. Solche Risikosportarten waren für Tänzer laut Vertrag wegen der hohen Verletzungsgefahr streng verboten, aber das war es wert gewesen. Der Segeltörn hatte sie auf der Bühne zusammenwachsen lassen. Privat interessierte sich Jesper nicht so sehr für Frauen, er war mit dem Hausmeister des Landestheaters liiert.

Statt Jesper stürmte nun der koreanische Choreograph Kim Miung in den Proberaum, der inzwischen mit Tänzerinnen und Tänzern gefüllt war. Alle waren mit ihren Aufwärmübungen beschäftigt. Kim war fast zwanzig Jahre jünger als Sina, Anfang dreißig, und trug seine blond gefärbten Haare raspelkurz. Eigentlich war er selbst Tänzer,

«Remember Schwanensee» war seine erste Arbeit als Choreograph, wofür er zu Recht überschwängliche Kritiken bekommen hatte.

«Eine Katastrophe!», rief er laut in den Raum. «Jesper hatte einen Unfall mit dem Rad.»

«Nein», entfuhr es Sina.

«Er hat sich den Oberschenkel angebrochen. Es ist aber nichts Kompliziertes, sagen die Ärzte.»

«Oh mein Gott, der Arme! Und jetzt?»

Kim sah Sina entschuldigend an und zuckte mit den Achseln. «Wir müssen das Publikum nach Hause schicken.»

«Niemals!», rief Sina. «Heute ist mein Abschied.»

Es wurde totenstill im Raum.

«Gut. Dann tanze ich Jespers Part», sagte Kim kurze Zeit später.

«Was?» Sina schluckte.

«Ich kenne die Rolle am besten.»

Das stimmte zwar, er hatte sich ja die Choreographie ausgedacht und alle Figuren bei den Proben wer weiß wie oft vorgetanzt. Es gab aber noch ein ganz anderes Problem.

«Wie sollen die Zuschauer das Stück dann noch verstehen?», fragte Sina. «Jörgen, der den jungen Siegfried tanzt, mit dem ich früher zusammen war, ist blonder Däne. Dann treffen wir uns nach Jahren wieder, und aus dem blonden Siegfried ist ein junger blonder Asiat geworden, der zwanzig Jahre jünger ist als ich. Die Leute werden denken, dass ich einen neuen, jungen Lover aus Asien habe, was ja auch naheliegt.» Zudem war Kim etwas kleiner als sie – das zusammen genommen war ein bisschen viel an Irritation.

«So oder absagen, ich sehe keine andere Möglichkeit.»

Kim hatte recht. Es war alles andere als optimal, aber deswegen sollte ihre letzte Vorstellung nicht ausfallen.

«Also gut.» Immerhin hatte sie in der vorletzten Spielzeit schon mal mit Kim getanzt, sie kannten sich also.

In den anderthalb Stunden bis zur Vorstellung konnten sie die einzelnen Tänze des Stücks nur andeutungsweise durchgehen. Erleichtert stellte sie fest, dass Kim seine Choreographie wirklich gut kannte. Trotzdem blieb es ein Risiko, denn sie mussten sich auf der Bühne blind aufeinander verlassen können, und das ging eigentlich nur mit viel Übung. An manchen Stellen stand ihr Partner mit dem Rücken zu ihr, dann musste er sich genau im richtigen Moment umdrehen, um sie zu heben. Es konnte eigentlich nur schiefgehen.

Als Sina hörte, dass im Orchester bereits die Instrumente gestimmt wurden, setzte das Lampenfieber ein. Sie eilte in die Maske und zog sich in Windeseile ihr Kostüm an, die Stretchjeans und den ärmellosen Pullover, der ihre langen schlanken Arme besonders hervorhob. Jetzt betrat Kim den Raum, er hatte sich die kurzen Haare grau pudern lassen, um älter auszusehen, fürs Färben hatte die Zeit nicht gereicht. Es sah gar nicht schlecht aus. Sie umarmten sich und spuckten sich nach altem Brauch gegenseitig über die linke Schulter.

«Toi, toi, toi.»

Dann war der große Moment gekommen.

Sina stellte sich mit rasendem Puls hinter den schwarzen Vorhang an der Seitenbühne. Auf der anderen Seite stand Kim in dunkelblauem Kapuzenshirt und roter Sporthose und versuchte ein Lächeln. Aber seine Augen sahen aus wie die eines gehetzten Tieres.

Manchen Künstlern schlug Lampenfieber auf den Magen, ihr wurden immer die Arme und Füße schwer. Was für eine Tänzerin der größtmögliche Albtraum war. Es war ein Fehler gewesen, die Vorstellung durchzuziehen, aber nun gab es kein Zurück mehr. Das Orchester spielte bereits die Ouvertüre.

Der Inspizient gab Sina das Zeichen. Ihr Adrenalinpegel schoss auf Maximum, ihre Finger zitterten. Sie gab sich einen Ruck, richtete sich auf, reckte den Hals und tanzte beherrscht und grazil hinaus auf das sommerliche Nelkenfeld.

3.

Gut zwanzig Mütter und Väter saßen im Klassenraum der 4b in der Süderender Grundschule. Ihre Köpfe hippelten vor Jan unruhig auf und ab wie Bojen bei kurzer Dünung, niemand konnte auf den viel zu kleinen Stühlen lange still sitzen. Auch er nicht. Er träumte sich weg ins ewige Eis, nach Grönland, wo man auf Hundeschlitten das zugefrorene Nordmeer überquerte. Das tat er gerne, wenn er irgendwo warten musste. Er war noch nie auf Grönland gewesen – dafür aber seine Vorfahren, die Walfänger gewesen waren. Wobei man einwenden mochte, dass viele Föhrer behaupteten, von den Walfängern abzustammen. Bei ihm stimmte es aber tatsächlich, wenn auch nur um ein paar Ecken. Ein Vorfahre von ihm war ein Cousin von Matthias dem Glücklichen gewesen, der im 17. Jahrhundert in Oldsum lebte und berühmt dafür geworden war, dass er 373 Wale gefangen hatte. Jan grinste in sich hinein: Wie sich die Zeiten doch gewandelt hatten. Heute würde sich der Mann zum Feindbild von Greenpeace machen, man würde ihn wohl eher «Matthias den Schrecklichen» nennen.

Die Luft roch nach Kreide und Kinderschweiß, von draußen klopfte Raik immer wieder mit einem dünnen

Zweig des Rhododendronbusches gegen die Scheibe. Er sollte sich mehr auf das konzentrieren, was die Lehrerin erzählte, immerhin betraf es seine Tochter. Aber Schulräume machten ihn einfach schläfrig, das war schon in seiner eigenen Kindheit so gewesen. Hannes vom Fischimbiss, Hauke, der glatzköpfige Masseur von der Kurklinik, und er waren die einzigen Männer, ansonsten saßen hier nur Mütter. Über ein paar Ecken war er mit fast allen hier im Raum verwandt. Was die Veranstaltung kaum erträglicher machte.

Vorne am Pult hockte Leevkes neue Klassenlehrerin Frau Grigoleit und redete und redete. Sie war um die dreißig, trug ihre braunen glatten Haare schulterlang und kleidete sich so, wie er es schon lange nicht mehr bei einer Frau gesehen hatte: dunkelblauer Rock und hellblauer Pullover, unter dem ein weißer Blusenkragen mit Spitze hervorlugte. Die helle Perlenkette an ihrem Hals erinnerte Jan an seine Oma. Aus welchem Universum war die bloß gefallen? Ihr Äußeres hätte ihm egal sein können, wenn da nicht die angestrengte hohe Stimme gewesen wäre. Arme Leevke, sie musste diese schrille Tonlage den ganzen Vormittag anhören.

Um sich abzulenken, schaute er sich die bunten Kinderzeichnungen an der Seitenwand an. Es wimmelte von Löwen, Schlangen und Zebras in großen und kleinen Zoogehegen. Nur Leevke fiel mit ihren frei laufenden Flamingos aus dem Rahmen. Die Schule kam ihm vor wie dieser Zoo: Die Kinder wurden in kleine Klassengehege gesperrt und von ihren Lehrerinnen dressiert. Zugegeben, das war ungerecht und übertrieben, sie gaben sich ja alle

Mühe. Wahrscheinlich hatte er nur schlechte Laune. Und trotzdem …

«… ich achte sehr auf die Form, die den Inhalt transportiert», dozierte Frau Grigoleit gerade. «Wie zum Beispiel die Rechtschreibung. Wir sind ja nun schon in der vierten Klasse, und auf den weiterführenden Schulen wird viel Wert darauf gelegt, nicht nur im Fach Deutsch. Auch in Erdkunde oder Religion gibt es bei Rechtschreibfehlern Abzugspunkte. Deswegen werde ich ab jetzt jede Woche ein kleines Diktat mit den Kindern schreiben, um sie gut vorzubereiten.»

«Wie lang ist denn ein ‹kleines Diktat›?», erkundigte sich die blond gefärbte Petra, die Mutter von Leevkes Freundin Bella. Sie war eine Cousine zweiten Grades von ihm.

Jan war geborener Insulaner und hatte Föhr nach dem Abi nicht verlassen wie die meisten seiner Schulkameraden, sondern bei seinem Vater auf der Insel Reetdachdecker gelernt. Was in erster Linie daran gelegen hatte, dass sein Vater krank geworden war und jemand aus der Familie den Betrieb weiterführen musste, damit seine Eltern ihre Rente bekamen. Sein zehn Jahre älterer Bruder Tjaard war längst aus dem Haus gewesen, um Jura in Kiel zu studieren. Also war er dran. Vor fast dreizehn Jahren hatte er dann Britta aus Husum kennengelernt, die in Wyk eine Pension von ihrer Großtante übernommen hatte. Er verliebte sich sofort in die rotblonde quirlige Frau. Und sie sich in ihn. Als sie heirateten, waren sie beide achtundzwanzig, Leevke wurde geboren, und sie waren die glücklichsten Eltern der Welt. Bis zu jenem Samstagmorgen, als zwei Polizisten vor seiner Tür standen, ihre Mützen betreten in den Händen drehten und ihm die Nachricht überbrachten, dass Britta bei einem Verkehrsunfall in Alkersum ums Leben gekommen war. Da war Leevke ein Jahr alt.

Nach dem ersten Schock blieb ihm nicht viel Zeit, um zu trauern. Leevke brauchte ihn, und er war voll und ganz für sie da. Das gesamte Dorf unterstützte ihn nach Kräften, er musste ja weiter Geld verdienen. Die Oldsumer passten auf Leevke auf und machten mit ihr Schularbeiten, wenn er nicht da war. Nie hatte er ein Betreuungsproblem gehabt oder musste sich sonst um seine Tochter Sorgen machen. Oldsum war noch ein richtiges Dorf, in dem die Leute zusammenhielten. Er selbst klinkte sich allerdings aus allen Vereinen und Aktivitäten weitgehend aus. Einzige Ausnahme war die freiwillige Feuerwehr, die für ihn als Reetdachdecker eine moralische Pflicht war: Wenn es brannte, mussten sie sich auf der Insel selbst helfen. Bis Hilfe vom Festland kam, konnte ein Tag vergehen.

Dieses Jahr wurde er achtunddreißig, das kam der vierzig schon bedrohlich nahe. Es war nur eine Zahl, aber irgendetwas fühlte sich seltsam daran an. Ihm fiel immer deutlicher auf, dass er sein Beziehungsleben vollständig für seine Tochter geopfert hatte. Was nicht nur an seiner Trauer lag – Britta hatte ihren ganz eigenen Platz in seinem Leben, den konnte ihr ohnehin niemand nehmen. Nein, er hatte sich einfach an das Leben mit Leevke gewöhnt, sie hatten sich in ihrem Haus eingebuddelt. Seit Brittas Tod waren aber bald neun Jahre vergangen, und in spätestens acht Jahren würde Leevke vermutlich die Insel verlassen, wie es die meisten Insulanerkinder taten. Wenn sie studieren wollte, gab es gar keine andere Möglichkeit. Was wurde dann aus ihm, allein in dem großen Haus? Ein verschrobener Junggeselle, von dem die Leute sagten, dass er früher mal bessere Zeiten erlebt hatte?

Dass Leevke nun ins Internat wollte, damit seine Traurigkeit verschwand und er eine Frau fand, war ein schlimmes Warnzeichen, das er nicht übersehen konnte. Das Beschämende daran war, dass Leevke seine Unzufriedenheit deutlicher wahrnahm als er selbst. Dabei war sie erst zehn Jahre alt! Es musste dringend etwas passieren. Niemals sollte Leevke auf ein Internat gehen, und schon gar nicht seinetwegen!

«Kommen wir zur Befüllung der Federtaschen», schnarrte Frau Grigoleit. «Da sind mir einige Dinge aufgefallen, die wir gemeinsam ändern müssten. Wir brauchen immer, und das heißt: jeden Tag, wenigstens die vier Grundfarben, dazu einen Bleistift, Anspitzer, Lineal und Radiergummi. Fehlt eines davon, kann Ihr Kind nicht vernünftig arbeiten.»

Es war absurd, er rang mit seiner Tochter um alles oder nichts, und diese Frau faselte von der Befüllung von Federtaschen! Sie war dabei so engagiert, als gäbe es nichts Wichtigeres auf dieser Welt.

«Es ist eine Zumutung, welchen Mist wir uns hier anhören müssen!», rief er unvermittelt in die Versammlung hinein. «Wenn ich mich beruflich mit solchen Kleinigkeiten beschäftigen würde, müsste ich Insolvenz anmelden.»

Natürlich sagte er das *nicht*, sondern hielt schön die Klappe – wie alle anderen auch. Aber innerlich kochte er. Was wäre, wenn er es wirklich einmal aussprechen würde?

Doch Vorsicht, es gab auch Mütter, die das ganz anders sahen und ernsthaft auf Frau Grigoleits Federtaschendiskurs einstiegen.

«Wenn man mal den schwarzen Buntstift vergisst, könnte man auch ersatzweise einen Bleistift benutzen, oder?», fragte Petra.

Jan war sich zu diesem Zeitpunkt nicht mehr sicher, ob sie es ernst oder ironisch meinte.

Das nächste Thema war die bevorstehende Klassenfahrt. «Hat jemand Vorschläge, wohin es gehen kann?», fragte Frau Grigoleit und blickte erwartungsvoll in die Runde.

Natürlich brachen jetzt alle Dämme. Frauke Hansen vom Sparmarkt B. Rickmers in Oldsum meldete sich als Erste: «Ich kenne einen ganz tollen Ponyhof in der Nähe von Tondern, da waren wir schon ganz oft, das ist ein Paradies, sag ich euch!»

«Immer diese blöden Ponyhöfe – ich finde eine Kanutour auf der Holsteiner Seenplatte viel besser!», blökte Hannes vom Fischimbiss.

Und so setzte es sich eine geschlagene halbe Stunde fort. Natürlich kannte jeder irgendwo einen tollen Ferienort, die einen fanden den Austausch mit Dänemark wichtig, andere wollten, dass ihre Kinder die Nachbarinsel Amrum besser kennenlernten, wieder andere bevorzugten ein Kinderprojekt in Hamburg, von dem in der Zeitung zu lesen war. Irgendwann riss ihm der Geduldsfaden.

«Bevor wir das Thema Klassenfahrt weiter auswalzen, möchte ich gerne wissen, warum Sie meiner Tochter Leevke vorgestern die Pausen gestrichen haben», rief er, ohne sich zu melden. «Wegen *einmal* Kippeln. Halten Sie das für eine sinnvolle pädagogische Maßnahme?» Er kippelte demonstrativ mit dem Stuhl.

Frau Grigoleits Lippen wurden noch schmaler, als sie es ohnehin schon waren. «Unter extremen Umständen, ja.»

«Was heißt denn das, ‹unter extremen Umständen›?», hakte Petra nach. Sehr gut, seine Cousine war auf seiner Seite. Auf die Familie war Verlass.

«Herr Clausen, könnten wir das vielleicht in einem Einzelgespräch klären?», sagte Frau Grigoleit, ohne auf Petra einzugehen. «Es betrifft wirklich nur Leevke.»

«Nix da», ging Petra dazwischen. «Wenn Sie einfach so die Pausen streichen, geht das alle was an.»

«Es war eine Ausnahme», sagte Frau Grigoleit.

Doch damit provozierte sie noch lauteren Protest.

«Wegen Kippeln!», wiederholte Jan und erntete prompt anerkennende Blicke der anderen Eltern.

«Nun gut», erklärte Frau Grigoleit. «Es war sicherlich nur die Ultima Ratio.»

Stille.

«Wat heißt dat denn?», rief Hannes vom Fischimbiss. «Ich schnack kein Spanisch.»

Guter Mann, danke!

Frau Grigoleit holte tief Luft. «Also gut, wie Sie wollen. Leevke hatte dreimal hintereinander ihre Hausaufgaben vergessen, und ich habe ihr die Möglichkeiten gegeben, sie in der Stunde nachzuholen. Aber sie hat von zwanzig Rechenaufgaben nur eine einzige erledigt. Stattdessen hat sie zwei Dutzend Strandregenpfeifer gezeichnet und anschließend die ganze Zeit den Unterricht gestört. Da habe ich ihr als letztes Mittel die Pausen gestrichen.»

Jan starrte sie empört an. «Das glaube ich nicht.»

Vor ihm drehte sich die dicke Carla von der Fleischerei in Wyk um. «Das mit Leevke hat meine Jasmina mir auch erzählt.»

Er spürte, wie er rot wurde. «Das wusste ich nicht», murmelte er. «Entschuldigung.»

Leevke hatte ihm also nicht die Wahrheit gesagt. Soweit er sich erinnern konnte, war das noch nie vorgekommen. Ihn beschlich ein ungutes Gefühl. Das war doch nicht seine Leevke! Oder lag es nur an ihm? Während Frau Grigoleit weiter über die Klassenfahrt redete, wurde ihm klar, dass dringend etwas passieren musste. Aber was?

4.

Sina lag regungslos im rosa Nelkenfeld, die Birken hinter ihr wurden vom ersten Morgenlicht beschienen. Die Oboe setzte mit einer zarten Melodie ein, die so zerbrechlich wirkte, dass es ihr jedes Mal fast den Atem nahm. Darüber legten sich die Streicher wie eine weite, schneebedeckte Traumlandschaft mit sanften Hügeln. Die «Schwanensee»-Musik von Tschaikowsky zählte für sie zu den schönsten der Welt. Auch wenn sie sie Tausende Male gehört hatte, setzte sie immer noch etwas in ihr frei, das nicht mit Worten zu beschreiben war. Tschaikowsky reizte die Schönheit der Klänge aus, bis sie unmerklich übergingen in Melancholie. Die wiederum wurde abgelöst von bäuerlichen Tänzen, bis alle Dämme brachen und sich das musikalische Thema endlich seinen Weg bahnte, begleitet von trotzigen Paukenschlägen.

Ganz langsam richtete sie sich auf und begann den Tag damit, dass sie Ballettpositionen übte. In der ersten Position bildeten ihre Füße an den Fersen eine Linie und wiesen nach außen. Die Ellenbogen zeigten ebenfalls nach außen, die Hände lagen auf Hüfthöhe über dem Bauch. Es folgte die zweite Position mit einem Schritt Abstand zwischen den Füßen, dann machte sie ein paar Sprünge und landete sanft auf den Fußspitzen. Plötzlich hielt sie inne und schaute auf eine Uhr, die im Wald an einer Birke hing. Mit rudernden Armbewegungen eilte sie über das Nelkenfeld zur Arbeit, so wie Millionen Menschen, die morgens noch schnell die U-Bahn oder den Bus erreichen wollten. Doch der weiche Boden unter ihr gab leicht nach, sodass sie nur mühsam vorankam. Irgendwann hatte sie es zu den Birken geschafft und bewegte sich nun vor ihnen mechanisch wie ein Roboter hin und her.

Jetzt tanzte Kim als Prinz Siegfried auf die Bühne, wunderbar leicht, die Arme weit von sich gestreckt. Er übersah sie zunächst und suchte sie an der Seitenbühne, wo er sich ebenfalls wie ein Roboter bewegte. Nach einer Weile schwebte ein junger weiblicher Schwan zwischen ihnen hindurch. Sie erstarrte. Das war sie, Odette, als junge Frau! Der junge Prinz kam hinzu und forderte die junge Odette zum Tanz auf. Sie schaute zu, wie die beiden zusammen tanzten: Sie drehte sich auf der Spitze, er hob sie hoch und wirbelte sie übermütig durch die Luft. Sie sahen leicht aus wie Schmetterlinge. Die Schwäne verschwanden, Siegfried und sie kehrten zu ihren roboterhaften Bewegungen zurück, was im krassen Kontrast zu der pompösen Musik von Tschaikowsky stand. Da huschte wie aus dem Nichts erneut ein weißer Schwan im Tutu zwischen ihnen hindurch. Mehr und mehr Schwäne folgten. Sie tanzte sich mit Siegfried nach vorne aufs Nelkenfeld.

Sinas Anspannung war verschwunden, sie fühlte sich sicher an Kims Seite. Die zwanzig Jahre gealterten Figuren Odette und Siegfried schauten sich in die Augen. Erst jetzt erkannten sie einander wieder. In diesem Blick lag alles: Erschrecken, Freude, Erinnerung an viele Jahre. Im anschließenden Tanz wirbelten ihre Gefühle wild durcheinander, sie wandten sich voneinander ab, tanzten aufeinander zu, zögerten und gaben sich schließlich mit gespielter Freundlichkeit förmlich die Hand. Es war viel Arbeit gewesen, dies hinzubekommen, ohne dass es zu groß wirkte. «Du kannst dich auf deine Figur verlassen», hatte Kim ihr immer wieder versichert. «Je weniger du machst, desto eindrucksvoller kommt deine Odette rüber.»

Hinter ihnen begann jetzt der Ball: Schwanensee pur, klassisch und schön bis zur Schmerzgrenze. Erschrocken tanzten die Hauptfiguren umeinander herum, während sich das Ballgeschehen immer mehr auf sie zubewegte. Das Licht wechselte, die Sonne ging unter. Ein lauer Sommerabend begann, die Farben des Bühnenbildes wirkten warm und einladend. Kim und sie tanzten ein sehr anspruchsvolles Pas de deux, für das sich Kim wundervolle Figuren ausgedacht hatte: schön, ausladend und trotzdem ganz langsam und still.

Nach dem gemeinsamen Tanz gingen sie wieder auseinander. Es gab zwischen ihr und Kim nicht eine private Geste, kein aufmunterndes Zwinkern, nach dem Motto «Super, es geht doch». Ihrer beider Part funktionierte nur deswegen so gut, weil sie sich voll auf ihre Rollen einließen. Sina atmete wie ihre Figur Odette, sie tanzte und litt wie sie.

Würden Siegfried und sie wieder zusammenkommen nach all den Jahren? Um die Frage ging es in dieser Phase des Stückes. Es war so viel passiert seit der Trennung.

Dabei hatte damals alles so schön begonnen, wie in dem Märchen, das hinter ihnen gezeigt wurde.

Schließlich sanken sie, von der Last ihrer Erinnerungen gepeinigt, auf dem Nelkenfeld zu Boden und überließen die Bühne der Vergangenheit. Ihre Mittänzer führten nun das klassische «Schwanensee»-Ballett in weißen Kostümen auf. Ein Rausch der schönsten Szenen des Ballettes, inklusive des berühmten Tanzes der vier kleinen Schwäne hinter dem leuchtenden Nelkenfeld an der Bühnenrampe. Nach einer Weile richteten sie und Kim sich wieder auf und schritten auf das Geschehen zu. Erst ganz zögerlich, wie nicht geladene Gäste. Alle Bewegungen mussten nun synchron verlaufen.

Sina merkte, wie sie kurzzeitig den Faden verlor. Nach außen war es allenfalls ein winziger Aussetzer, den kaum ein Zuschauer bemerken dürfte. Aber innerlich geriet sie stark ins Schwimmen. Hatte sie womöglich alles vergessen? Sie spürte, wie Panik in ihr aufstieg. Kim bemerkte es zum Glück sofort. Jetzt war es an ihm, sie aufzufangen, ihr den Anstoß in die richtige Richtung zu geben. Das gelang ihm meisterhaft, mit einem fast unmerklichen Fingerdruck hier, einer kleinen Gewichtsverschiebung dort. Dann ging alles wieder wie von selbst, sie tanzte mit ihm zwischen den Schwänen hindurch zum großen Finale im Schloss.

Sämtliche Tänzer wirbelten jetzt so schnell durcheinander, dass sie kaum noch zu unterscheiden waren. Die überbordenden Bilder machten die Zuschauer geradezu betrunken, forderten von den Künstlern aber höchste Präzision. Ein falscher Schritt, und alles bräche zusammen. Am Schluss tanzten alle Tänzer um Sina herum, um ihr Glück zu feiern. Odette kam wieder mit Siegfried zusammen, ihre Gefühle waren nur verschüttet gewesen und traten nun wieder zutage. Dann ertönte der Schlussakkord. Alle hielten inne, froren förmlich ein. Für den Bruchteil einer Sekunde wurde es totenstill im Theater. Das war der schlimmste Moment für alle Mitwirkenden: Was würde passieren?

Das Publikum klatschte laut los, wobei «laut» eine maßlose Untertreibung war. Die Leute tobten und trampelten mit den Füßen. Es kam Sina vor wie eine riesige Welle, die sich über ihr brach. Sie hielt noch eine Weile die volle Körperspannung und stand in perfekter Ballettpose hinter dem Nelkenfeld. Ihr lief ein Schauer über den Rücken. Dann ließ sie locker und umarmte Kim.

«Danke», flüsterte sie.

«Ich danke dir», antwortete er keuchend.

Bravorufe kamen aus dem Saal, der Applaus wurde zum Orkan. Die Leute waren völlig aus dem Häuschen. So hartgesotten und diszipliniert Sina sonst war, jetzt konnte sie nicht mehr an sich halten. Tränen schossen ihr in die Augen, ihre Schminke verlief. Für diesen Applaus hatte sie alles gegeben, drei Jahrzehnte hatte sie jeden Tag trainiert, gefastet und auf Schlaf und Privatleben verzichtet. Genau in diesem Moment war es vorbei – fast.

Sie eilte von der Bühne, damit die anderen drankamen, der Dirigent, die Musiker, die Mittänzer. Kim wischte ihr hinter dem Vorhang mit einem Taschentuch die Tränen aus dem Gesicht, verschmierte damit aber nur noch mehr Schminke. Sie fing laut an zu schluchzen, es schüttelte sie richtig. Die Leute im Saal klatschten immer noch wie wahnsinnig. Kim nahm sie an die Hand und zog sie erneut ins Scheinwerferlicht, um sich mit ihr zusammen zu verbeugen. Dann verschwand er und überließ ihr die Riesenbühne allein.

Sina fühlte sich glücklich und verloren zugleich, sie lächelte tapfer durch ihre Tränen hindurch und breitete überschwänglich ihre Arme aus. Das große Licht ging aus, ein Punktscheinwerfer fiel von oben auf sie herab. Je mehr Tränen ihr kamen, desto lauter wurden die Bravorufe. Einzelne Zuschauer sprangen von ihren Sitzen, dann standen immer mehr auf, bis am Schluss niemand mehr saß. Der ganze Saal hatte sich erhoben, überall blickte sie in erhitzte, lächelnde Gesichter!

Der Intendant trat mit einem riesigen Blumenstrauß auf die Bühne, überreichte ihn ihr und gab ihr ein Küsschen links und rechts, an der Rampe wurden weitere Sträuße abgelegt. Ihre Mittänzer kamen zurück, tanzten einmal um sie herum, sie wollte sich ihnen anschließen. Doch in dem Moment ging das gesamte Ensemble mit einem Knie zu Boden, streckte das andere Bein gerade nach hinten aus und verneigte sich vor ihr. Sie wusste nicht, wie sie damit umgehen sollte, es war ihr alles zu viel. Mit dem Blumenstrauß des Intendanten ging sie ab und hielt sich hinter der Bühne schluchzend die Hände vors Gesicht. Aber keine Chance, sie wurde vom rhythmischen Klatschen des Publikums zurückgeholt. Hörte das jemals auf? Bitte nie! Nichts in ihrem Leben würde jemals wieder so schön werden. Erst nach dem siebten Vorhang war es endgültig vorbei.

Auf der Hinterbühne meldete sich sofort ihr linkes Knie wieder, worüber sie fast lachen musste: Sie hatte es während der Vorstellung trotz der extremen Belastung nicht eine Sekunde gespürt. Erschöpft humpelte sie in die Garderobe und setzte sich an den Schminktisch. Sie blickte in den Spiegel, ihr Gesicht sah wirklich schlimm aus. Aber auch hier hatte sie keine Ruhe. Alle wuselten schnatternd um sie herum, gratulierten, herzten und küssten sie, doch nichts davon drang zu ihr durch. Sie befand sich in einem merkwürdigen Zustand, jenseits von Raum und Zeit.

5.

Den lässigen Wind mit den leicht auffrischenden Böen nannte Jan «Ole Finn». Er kickte hier und dort eine leere Coladose vor sich her oder ließ es in einem Baum kurz rascheln. Heute war Ole Finn in Wyk unterwegs, dazu schien die Sonne von einem makellosen blauen Himmel herab, es war knapp über zwanzig Grad. Strandwetter also, was für Ende September ein echtes Geschenk war.

Jan aber hätte auf Ole Finn genauso verzichten können wie auf die Sonne. Unruhig tigerte er auf dem großen Vorplatz vor dem rot geklinkerten Rathaus in Wyk auf und ab, das ihm wie eine feindliche Festung erschien. Wer wusste schon, als was für ein Mensch er nachher hier wieder rausgehen würde? Unschlüssig lehnte er sich an die Alustange, an deren oberem Ende die blau-rot-gelbe friesische Fahne wehte.

«Los, Jan, reingehen oder abhauen!», redete er sich laut Mut zu.

Bis vor ein paar Tagen noch hätte er voller Überzeugung behauptet, ein zufriedener Mensch zu sein. Der seinen Beruf mochte, ein gutes Verhältnis zu seiner Tochter hatte und in einem idyllischen Föhrer Inseldorf lebte, wo diese inmitten ihrer fürsorglichen Verwandten und Nachbarn aufwuchs. Und nun?

Seit dem Tod seiner Frau hatte er sich nicht mehr so ratlos gefühlt. Gut, Leevke hatte sich nach der Elternversammlung sowohl bei ihm als auch bei Frau Grigoleit entschuldigt, die Lüge war ihr sehr peinlich gewesen. Als Wiedergutmachung hatte sie Strohsterne für seinen und Frau Grigoleits Weihnachtsbaum gebastelt. Die passten zwar nicht in die Jahreszeit, aber die konnte sie am besten. Nur dass damit der Knoten noch nicht gelöst war. Wie musste sich ein zehnjähriges Mädchen fühlen, wenn es seinem Vater vorschlug, in ein Internat zu gehen, um ihm nicht mehr zur Last zu fallen? Was steckte dahinter? Oder nahm er das zu ernst? Vielleicht hatte Leevke das einfach nur so dahingesagt, weil sie gerade ein Buch über ein Internat gelesen hatte. Aber nein, das war nicht ihre Art. Wieso hatte er nicht gemerkt, dass etwas aus dem Ruder gelaufen war? Er musste sich Hilfe holen, denn mit Bordmitteln würde er das nicht hinbekommen. Natürlich hatte er ein paar Freunde, mit denen er hätte reden können, bloß hatten die alle keine Kinder. Konnten sie nachvollziehen, wie es Leevke wirklich ging? Nein, allein käme er nicht mehr weiter, er brauchte dringend professionellen Rat. Und den gab es hier im Rathaus.

Jan schrak aus seinen Gedanken hoch, als er direkt gegenüber vor dem Hotel Duus ein Taxi halten sah. Schnell drehte er sich weg, er kannte den Fahrer. Das hier war Privatsache, niemand sollte ihn sehen.

Jetzt trat aus dem Amtsgebäude eine attraktive junge Frau, höchstens Anfang zwanzig, braune Augen, hennarote Haare. Sie steckte sich eine Zigarette zwischen die Lippen. Ihre Kleidung war im Gegensatz zu ihrer femininen Erscheinung betont burschikos: Jeans und ein kurzärmeliges kariertes Hemd. Ein älterer, glatzköpfiger Mann stellte sich zu ihr, er trug eine randlose Brille und zeigte einen deutlichen Bauchansatz. Er rauchte nicht, versuchte aber mit der Rothaarigen zu flirten. Ziemlich erfolglos, wie es aussah: Während er etwas erzählte und dabei lachte, blieb ihr Gesicht regungslos.

Jan kannte sein Foto aus dem Internet. Der Mann hieß Volker Albers und war Psychologe, er arbeitete in der Wyker Erziehungsberatung, und bei ihm hatte Jan gleich seinen Termin. Schade, die Rothaarige wäre ihm lieber gewesen. Nachdem die Frau aufgeraucht hatte, gingen sie wieder rein.

Jan blickte auf die Uhr, Herr Albers erwartete ihn genau jetzt! Er zögerte jedoch. Auf dem Amt kannten ihn alle, er war häufig wegen Steuersachen und Liegenschaftsangelegenheiten hier gewesen. Was würden die denken, wenn er nun zur Erziehungsberatung ging? Föhr war klein, so was war schnell rum. Andererseits musste es sein, schließlich ging es um Leevke. Er gab sich einen Ruck und betrat das Gebäude. Bedrückt schlich er den langen Flur entlang, bis er die Tür mit dem Schild «Raum 31, Jugendamt, Referat für Erziehungsfragen» erreichte.

«Kommen Sie rein, Herr Clausen, und setzen Sie sich.» Herr Albers trat auf ihn zu, reichte ihm die Hand und führte ihn in einen fensterlosen kleinen Nebenraum, in dem nichts außer einem Tisch und zwei Stühlen stand.

Das Zimmer erinnerte an Besuchsräume im Gefängnis, wie Jan sie im Fernsehen gesehen hatte. Aber dort hätten vermutlich nicht diese überdimensional großen Plakate gehangen, die dazu aufforderten, den Drogen keine Macht zu geben und mit dem Rauchen aufzuhören. Der Psychologe nahm Block und Stift in die Hand und setzte sich ihm gegenüber.

«Was führt Sie zu uns?», fragte Albers und sah Jan durch seine Brille aufmerksam an.

Jan erklärte in knappen Worten sein Problem. Albers schrieb die ganze Zeit mit, was Jan noch nervöser machte, als er ohnehin schon war.

«Herr Clausen, was löst es bei Ihnen aus, dass Ihre Tochter ins Internat will?», fragte der Psychologe und blinzelte ihn an.

«Ich bin nicht mal sicher, dass sie es will. Sie hat es wohl nur gesagt, um mich aufzurütteln. Und weil sie gerade ein Buch liest, in dem es um ein Internat geht.»

Herr Albers lächelte nachsichtig. «Die Interpretation überlassen Sie besser mir, Herr Clausen, dafür bin *ich* zuständig. Ich wiederhole meine Frage: Was löst es bei Ihnen aus?»

Da brauchte Jan nicht lange zu überlegen: «Frust.»

«Geht das noch genauer?»

«Wie jetzt?»

«Na, haben Sie vielleicht das Gefühl, Sie haben alles falsch gemacht?»

«Habe ich das?»

«Das habe ich nicht gesagt. Aber es könnte eine mögliche Antwort auf meine Frage sein: ‹Ich habe alles falsch gemacht, deswegen möchte meine Tochter mich verlassen›.»

«Sonst verstehen wir uns bestens», erwiderte Jan.

«Weswegen haben Sie uns dann aufgesucht?»

Jan atmete tief aus. «Ist ja schon gut.»

Herr Albers notierte etwas in seinem Block. Was schrieb der da bloß alles auf? Wurde jetzt eine Akte fürs Jugendamt angelegt? Albers nahm seine Brille ab und rieb sich angestrengt die Augen.

«Bitte entschuldigen Sie mich einen Moment.» Er erhob sich und verließ das Zimmer. Ein paar Minuten später kam er wieder rein – zusammen mit der Rothaarigen von eben!

«Darf ich vorstellen: Das ist meine Kollegin Nena Großmann. Da es sich bei dem betroffenen Kind um ein Mädchen handelt, halte ich es für besser, eine weibliche Expertin hinzuzuziehen.»

Frau Großmann musterte Jan misstrauisch mit ihren großen braunen Augen. Jan stellte fest, dass er ihre rot gefärbten Haare nicht besonders mochte, und der Lippenstift passte irgendwie nicht zu ihrer Kleidung. Schön war sie trotzdem, aber natürlich viel zu jung für ihn.

«Mein Kollege hat mich über Ihren Fall informiert, Herr Clausen», hob sie an.

Jan schluckte. «Gut.»

Er war jetzt ein «Fall»? Das klang gar nicht gut.

«Mich interessiert, welche weiblichen Bezugspersonen Ihre Tochter hat», sagte Frau Großmann.

Jan winkte erleichtert ab. «Jede Menge. Wissen Sie, es gibt ein afrikanisches Sprichwort: Um ein Kind zu erziehen, braucht man ein ganzes Dorf. Bei uns in Oldsum ist das jedenfalls so. Wir sind umgeben von Nachbarn und Verwandten, jeder kennt jeden, und jeder hat ein Auge auf meine Tochter.»

Nena sah ihn angewidert an. «Mir fällt auf, dass Sie nur die männliche Form benutzen: ‹Nachbarn›. Und das, obwohl ich Sie nach einer *weiblichen* Bezugsperson gefragt habe.»

«War mir nicht bewusst.»

«Umso schlimmer», sagte sie. Dann senkte sie die Stimme. «Haben Sie mal darüber nachgedacht, dass ein Internat vielleicht gar keine schlechte Idee für Sie beide sein könnte?»

«Wie bitte?»

Sie lehnte sich mit dem Stuhl nach hinten. «Lassen Sie den Gedanken doch einfach mal zu!»

«Niemals. Ich liebe meine Tochter.»

Frau Großmann lächelte böse. «Das entscheiden Sie zum Glück nicht allein, Herr Clausen. Wir können das auch ganz einfach per Beschluss von Amt durchsetzen, wenn wir den Eindruck haben, dass Sie Ihrer Tochter nicht gerecht werden. Und das scheint ja so zu sein.»

«Das dürfen Sie nicht tun», sagte Jan leise.

Herr Albers stand auf und baute sich vor ihm auf. Jan war als Hilfesuchender in die Beratungsstelle gekommen und fühlte sich nun wie ein Angeklagter.

«Doch, das dürfen wir sehr wohl, und zwar ganz ohne Ihre Zustimmung, jederzeit!»

«Bitte …»

«Bis Sie kapiert haben, was Sie besser machen können.»

Albers hielt ihm drohend eine Akte mit der Aufschrift «Fall Leevke Clausen» vors Gesicht und schlug sie ihm dann mehrmals auf den Kopf.

Jan stöhnte laut auf, das Herz klopfte ihm bis zum Hals. Er musste einen Tagtraum gehabt haben. Noch immer stand er vor dem Rathaus, die Friesenfahne hing schlaff am Pfahl. Nichts war passiert. Er hatte es einfach nicht über sich gebracht hineinzugehen.

Was war, wenn der Termin nur ansatzweise so ablaufen würde? Wenn sie ihm Leevke wegnähmen? Durften sie das?

Er entschloss sich zur Flucht, lief die Treppe des Rathauses runter und fasste schon auf dem Heimweg einen neuen Plan: Wenn Leevke wirklich das Gefühl hatte, sie müsste mal weg von der Insel, dann würde er sie fürs Erste begleiten. Er war zu allem bereit – wenn es Leevke nur guttat.

6.

Als Jan und Leevke den gelben Doppeldeckerbus am Ku'damm enterten, hatten sie Glück: Sie erwischten zwei freie Logenplätze ganz vorne hinter der Panoramascheibe. Draußen nieselte es ein bisschen, aber die riesigen Scheibenwischer hielten die Sicht für sie frei. Jan hatte sich am Freitag nach Schulschluss kurz entschlossen seine Tochter geschnappt und war mit ihr übers Wochenende nach Berlin gefahren. Einfach mal raus, die Abwechslung würde ihnen guttun.

Hier war was los! Auf den überfüllten Bürgersteigen drängten sich Hunderte Menschen und hatten Mühe, einander auszuweichen. Immer wieder bauten Touristen unüberwindliche Hürden auf, wenn sie ohne jede Vorwarnung stehen blieben, um sich über einen meist zu kleinen Stadtplan oder ihr Handy zu beugen. Dazwischen versuchten Straßenhändler ihr Glück, einige spielten Gitarre oder Akkordeon, die Heilsarmee versuchte verirrte Seelen einzufangen und ein Mobilfunk-Anbieter ebenfalls.

«Hier is' ja 'ne Strömung wie im Priel», grummelte Jan.

«Aber es ist gleichzeitig Ebbe und Flut», sagte Leevke.

Er dachte sich schnell die Häuser und Straßen weg und stellte sich die Szene im Watt vor. Unzählige Menschen drängelten sich auf einem schmalen Weg von Föhr Richtung Amrum und mussten dabei ständig Entgegenkommenden ausweichen – absurd! Das Watt war das Gegenteil von dem hier: Die Wege waren unendlich breit, da konntest du laufen, wo du wolltest. Und wie würde sich das Straßenbild verändern, wenn er mit einer Fernbedienung einfach jemanden wegzappen würde? Nicht einmal eine winzige Lücke würde entstehen. Irgendwie frustrierend, der Einzelne zählte im Grunde nicht.

Das war auf Föhr vollkommen anders. Wenn er mit seinem Lieferwagen über die Insel fuhr, grüßte ihn jeder Zweite mit Handzeichen oder mit Lichthupe. Manche Insulaner kannte er besser, andere schlechter, aber von allen wusste er, wo er sie hinzustecken hatte. Jeder bekam auf der Insel seine Rolle verpasst, was viele Vorteile hatte: Wenn man seinen Platz hatte, gab es wenig Missverständnisse. Alle kannten einen mit seinen Macken und stellten sich darauf ein, was eine Menge Stress nahm. Schwierig wurde es, wenn man sich verändern wollte, jedenfalls sobald es über Frisur und Automarke hinausging. Das verstand einfach niemand, und man konnte ja auch nicht allen erklären, wieso und warum. Das sprach absolut für Berlin. Hier konnte man als Banker mit Seitenscheitel in einem Stadtteil anfangen und in einem anderen als Punker mit Irokese weitermachen, ohne dass es überhaupt jemandem auffiel.

Ihr Bus fuhr gerade am Nobelkaufhaus KaDeWe vorbei, vor dem zwei Bentleys mit russischen Kennzeichen im absoluten Halteverbot parkten. Auch hier setzte sich das Theater fort: alles voll.

Morgen hatte Jan einen Vorstellungstermin bei einem Reetdachdecker-Betrieb am Stadtrand, im Stadtteil Friedrichshagen am Müggelsee suchten sie einen wie ihn. In Berlin kamen Reetdächer immer mehr in Mode, und es gab hier zu wenige Handwerker, die darauf spezialisiert waren. Er war zu allem bereit. Vielleicht würde ein Umzug nach Berlin ganz neue Energien freisetzen. Die Stadt bot Leevke Möglichkeiten, die es auf Föhr nicht gab: Spaßbäder, Tanzkurse, Kletterwände und Musikschulen ohne Ende. Was immer man sich vorstellen mochte – es war da. Wenn sie älter war, könnte sie zu Konzerten von weltbekannten Popstars gehen. Aber erst einmal wollte er ihr noch nichts von seinen Plänen verraten. Sie sollte sich unbefangen umgucken und sagen, ob ihr die Stadt gefiel. So begeistert, wie sie die ganze Zeit an der Scheibe klebte, war das allerdings keine Frage.

«Haben die in Berlin jetzt noch Hauptsaison?», fragte Leevke aufgeregt angesichts der vollen Straßen. «Wir haben doch schon Anfang Oktober!»

Er lächelte. «In Berlin ist praktisch das ganze Jahr Hauptsaison.»

«Toll, immer was los.»

«Lass uns zum schönsten Platz der Stadt fahren», schlug er vor.

«Super, wo ist der?»

«Keine Ahnung. Ich denke, der Ort wird *uns* finden.»

«Hä?» Leevke schaute ihn verwirrt an.

«Wir fahren einfach mit irgendwelchen Bussen kreuz

und quer durch die Stadt. Und wenn uns der beste aller Plätze gefunden hat, steigen wir aus und bleiben da.»

«Wie soll das klappen?»

«Ausprobieren.»

«Okay.»

Das brachte viel mehr Spaß, als mit einem Reiseführer in der Hand die offiziellen Sehenswürdigkeiten abzuklappern. Sie würden ihr ganz eigenes Brandenburger Tor finden, da war er sicher. Neugierig verfolgten sie durch das Fenster jede Straßenbiegung, damit ihnen ja nichts entging. Weit kamen sie allerdings nicht. Kaum hatten sie den Moritzplatz in Kreuzberg erreicht, hielt der Bus hinter ein paar dunkelblauen Mannschaftswagen der Polizei: Blaulicht, alles war gesperrt. Beamte in dunkler Kampfuniform und mit weißen Helmen standen auf der Straße und rauchten.

«Wegen einer Fahrraddemo können wir erst in circa einer halben Stunde weiterfahren», ertönte die gelangweilte Stimme des Busfahrers durch den Lautsprecher.

«Wofür protestieren die?», fragte Leevke.

«Für mehr Radfahrwege.»

«Und wegen diesen Spinnern kommen wir nicht weiter?» Sie wurde richtig sauer.

Jan lachte. «Wieso Spinner?»

«Die sollen froh sein, dass es in Berlin Busse und U-Bahnen gibt! Fahrradfahren ist ja nun wirklich das Allerletzte.»

Jan stellte seine Handykamera an und filmte Leevke. «Du bist immer noch sauer, dass Raik dich fast umgeweht hat?»

Leevke verzog theatralisch das Gesicht. «Föhr soll endlich eine U-Bahn bekommen! Der Wind ist nämlich zum Kotzen. Jawohl, ich bin gegen den Wind, also gegen den Gegenwind. Wind? Nein danke!»

Jan nickte. «Ich werde das mit der U-Bahn im Oldsumer Gemeinderat vorschlagen.»

«Danke, Papa.»

Er hielt sich die Nase zu und quäkte wie durch einen Lautsprecher: «Nächste Station Nieblum. Es besteht Anschluss an die U2 nach Alkersum und an die U4 Richtung Utersum-Strand.» Er drehte die Kamera zu sich und sprach im Kommentarstil eines TV-Reporters in die Linse: «Ja, man glaubt es kaum. Hier in Kreuzberg findet gerade eine große Demo statt: Millionen Berliner fordern eine U-Bahn auf Föhr. Jeder hat das Recht auf eine U-Bahn – auch die Inselfriesen! Von der nordfriesischen Botschaft sind Vertreter erschienen und sammeln Unterschriften.»

Leevke lachte. «Umsteigen?»

Er nickte. «Bevor wir hier nur dumm rumsitzen und warten.»

Sie wechselten danach noch sechsmal den Bus, ohne auf das Ziel zu achten. Von Gewerbegebiet bis Kneipenviertel war auf ihrer Tour alles dabei. Schließlich landeten sie vor einem schlichten weißen Hochhaus, das sich bestimmt fünfzehn Stockwerke bis in den blauen Himmel zog. Leevke betrachtete den Plattenbau mit skeptischem Blick.

«Das ist also der schönste Ort in Berlin, Papa.»

Jan zog die rechte Augenbraue hoch. «Man glaubt es

kaum, aber das ist das weltberühmte Tänzerinnen-Quartier», erklärte er. «Hier wohnen nur Leute vom Ballett.»

In dem Moment schlurften zwei extrem übergewichtige Jungen in Leevkes Alter vorbei. Einer futterte Chips, der andere hielt einen kläffenden Pudel an der Leine.

«Wo genau tanzen die?», fragte Leevke. Sie guckten sich an und mussten lachen.

Jan steuerte nun auf einen jungen Typen mit hellblau gefärbten Haaren und zwei Piercings in der Lippe zu.

«Entschuldigung, vielleicht können Sie uns weiterhelfen», sagte er ernst. «Wir suchen den schönsten Ort Berlins.»

Der Gepiercte verzog keine Miene. «Ihr seid nicht weit davon weg. Müggelschlösschenweg geradeaus und dann links.»

«Und das ist wirklich …?»

«Ganz sicher!», bestätigte der Mann. Sie bedankten sich und erreichten nach ein paar hundert Metern besagten Müggelschlösschenweg, der parallel zu einem Waldweg die Spree entlangführte. Die Sonne kam raus und schien auf das hellgrüne Flusswasser, das im Licht funkelte. Es roch nach feuchtem Laub, Süßwasser und Fichtennadeln. Auf der anderen Seite der Spree standen herrliche alte Villen und Bootshäuser aus Holz. Kurz bevor der Fluss in den Müggelsee überging, jauchzten Jan und Leevke laut auf: Kein Zweifel, das musste der schönste Ort der Stadt sein! Mitten im Strom war ein Floß mit einer zweistöckigen hölzernen Blockhütte verankert! Die sogenannte «Spreearche» war ein schwimmendes Restaurant, mit Terrasse und Dachgarten, der zur Hälfte besetzt war. Die rötliche Abendsonne gab alles, um diese Insel auszuleuchten wie einen Traum.

«Wahnsinn», sagte Leevke.

«Das kannst du wohl laut sagen.»

Sie gingen gemeinsam zum Steg, wo eine Klingel angebracht war. Leevke drückte dreimal. Nach kurzer Zeit tuckerte ein kleines Floß mit Außenborder zu ihnen heran.

«Herzlich willkommen, steigt auf!», rief der junge bärtige Flößer mit dem Pferdeschwanz fröhlich und fuhr sie die paar Meter herüber. An Bord waren noch andere Kinder in Leevkes Alter. Kaum waren sie auf der Arche angekommen, zogen sich einige aus und sprangen nackt ins Wasser, das um diese Zeit – immerhin Anfang Oktober – schon ziemlich kühl sein musste. Leevke war sofort dabei. Zum Glück musste Jan sich keine Sorgen machen, sie war eine hervorragende Schwimmerin.

Er bestellte ein Hefeweizen, fläzte sich auf einen Liegestuhl, der auf der Terrasse stand, und blinzelte in den Fluss. Auf der gegenüberliegenden Seite befand sich ein altes Fabrikgebäude aus hellem Backstein, das aus der Gründerzeit stammen musste. Ein bisschen absurd war es schon: Da hatten sie in der Großstadt Abstand zu Föhr gesucht und landeten ausgerechnet auf einer Insel. Die Abendsonne schien immer noch recht warm vom Himmel herab, es war noch ein Hauch von Sommer zu spüren. Wer weiß, vielleicht kommen wir bald öfter her, weil wir hier in der Nähe wohnen, dachte Jan. In diesem Moment konnte er sich das ganz konkret vorstellen. Es sah sich mit Leevke in einer riesigen Altbauwohnung, vom Garten aus führte eine Wasserrutsche direkt in den Müggelsee. Im Winter liefen sie stundenlang Schlittschuh, auch im Dunkeln. Nach einer Weile döste er weg und vollendete seinen Tagtraum, indem er sich eine wunderschöne dunkelhaarige Frau herbeizauberte, die in der Etage unter ihnen wohnte und Wahrsagerin war. Sie sagte ihm klipp und klar, dass alles gut würde, und äußerte den Wunsch, mit ihm segelzufliegen. Dabei hatte er es gar nicht mit Flugzeugen.

«Papa?»

Leevkes Stimme riss ihn aus dem Halbschlaf. Er öffnete die Augen. Seine Tochter stand triefend vor ihm, sie war in Unterhose ins Wasser gesprungen, und offensichtlich hatten sie beide nicht daran gedacht, dass sie keine Handtücher dabeihatten.

«Mir ist kalt.»

Sie hatte Gänsehaut am ganzen Körper. Er zog seine Jacke aus, legte sie um seine Tochter und nahm Leevke auf den Schoß. Sie schmiegte sich ganz eng an ihn, er rubbelte ihren Rücken trocken.

«Die Arche ist super», sagte Leevke.

Jan strich ihr durchs Haar, blinzelte in die Sonne. «Besser als Föhr?»

Leevke nickte. «Du müsstest nur noch ein Reetdach auf die Hütte bauen.»

Noch traute er sich nicht, Leevke zu sagen, wie nah sie ihrem Traum war.

Abends im Hotel setzten sie sich mit zwei Hockern ans Fenster und schauten vom fünften Stock auf die Lichter der Stadt. Es war bereits dunkel, und das Panorama wurde durch einen leichten Nieselregen weichgezeichnet. Unten am Moritzplatz zischten die Autos über den regennassen Asphalt. Jan blickte auf seinen Lieferwagen mit dem NF-Kennzeichen, den er gegenüber geparkt hatte. An der Seitentür prangte groß und breit die Aufschrift «Reetdachdeckerei Clausen, Oldsum, gegr. 1895».

«Was passiert da wohl gerade in den ganzen Häusern?», fragte Leevke.

«Niemand kann das wissen», antwortete er. «Aber man kann es sich ausdenken.»

«Hier geschehen tausend Geschichten zur gleichen Zeit, oder?»

«Das ist das Schöne an einer Großstadt.»

Jan träumte seit Jahren von einem reetgedeckten Hochhaus, das würde Furore machen und in jedem Reiseführer erscheinen. Er sollte sich das patentieren lassen.

«Sollen wir hierher ziehen?», fragte er vorsichtig. «Was meinst du?»

Leevke guckte ihn belustigt an: «Papa!»

«Ich meine es ernst.»

«Kann ich noch Fernsehen gucken?», fragte sie.

«Klar. Aber du hast mir noch keine Antwort gegeben.»

«Eyk würde sich hier in der Stadt nie und nimmer wohlfühlen. Komm, wir gucken mal, was in der Glotze läuft.»

Damit war es für sie erledigt. Sie legten sich auf das riesige Doppelbett und schauten sich im Fernsehen eine Spielshow an.

«Gut, dann bleiben wir auf Föhr», sagte er entschlossen.

«Kannst du etwas leiser reden, Papa? Ich versteh sonst nichts.»

«Ich werde auf Föhr alles ändern», flüsterte er. «Versprochen.»

Er würde der Reetdachdeckerei in Friedrichshagen gleich am nächsten Morgen absagen. Und auf Föhr ganz neu anfangen.

7.

Sina wurde von einem Sonnenstrahl geweckt, der direkt in das Gaubenfenster ihres Hauses in Oevenum schien. Sie blinzelte kurz ins Licht, schloss die Augen wieder und genoss die Wärme auf ihren Lidern. Es war zu schön unter der warmen Bettdecke. Sie stellte sich das Nelkenfeld vor, in dem sie das letzte Mal getanzt hatte, ihre Mittänzer wirbelten um sie herum, der Applaus wollte nicht aufhören. Verträumt richtete sie sich auf und klemmte sich ein Kissen hinter den Rücken.

Ihr Schlafzimmer hier im ersten Stock war praktisch noch ein Rohbau, die gesamte Innenverschalung fehlte. Sie blickte direkt auf das unverputzte Reet, der Boden bestand aus groben Brettern. Im Raum gab es nur ihr Bett, von dem aus sie nach dem Aufwachen weit in die grüne Marsch schauen konnte. Es war ihr Lieblingsplatz im Haus, hier oben war früher ihr Kinderzimmer gewesen.

Die Sonne musste jetzt im Oktober ein paar Schichten mehr durchdringen als im Sommer, dadurch wirkten die Farben satter und voller: Grün, Blau, Gelb, Braun. Ein milder Wind kräuselte die Gräser, hinter denen irgendwann das mächtige Meer aufblitzte, sie hatten auflaufendes Wasser. Und über allem spannte sich ein gigantischer

Himmel, als sei die Marsch ein mehrere Kilometer hoher Raum.

Bis zu ihrem sechzehnten Lebensjahr hatte Sina mit ihren Eltern in diesem Haus gewohnt. Für ein Mädchen wie sie, das schon früh den Plan gefasst hatte, Tänzerin zu werden, war die Insellage ein echtes Problem gewesen. Die einzige Ballettlehrerin in der gesamten Gegend wohnte auf dem Festland in Niebüll, zu der fuhr sie zweimal die Woche. Das bedeutete, mit dem Fahrrad nach Wyk radeln, dort auf die Fähre, während der Überfahrt Hausaufgaben machen, dann weiter mit dem Bus nach Niebüll, wo sie drei Stunden Ballettunterricht nahm, dann wieder zurück.

Ein Wunder, dass ihre Eltern ihr das damals erlaubt hatten, denn sie hatten mit Kunst und Theater nie was am Hut gehabt. Ihr Vater war Futtermittelhändler gewesen und hatte nicht ein einziges Mal Ballett gesehen – außer dem ZDF-Fernsehballett, das es damals noch gab. Ihre Mutter war gelernte Schneiderin und hielt das Ganze für eine Schnapsidee. Dennoch hatten sie den Willen ihrer Tochter respektiert und ihr einziges Kind im Alter von sechzehn Jahren schweren Herzens aufs Festland ziehen lassen, nach Essen, wo Sina an der Folkwang-Schule ihre Tanzausbildung begann. Vielleicht lag es daran, dass ihre Eltern nicht mehr ganz jung waren, als sie sie bekamen, sie sahen einiges gelassener als jüngere Eltern. Trotzdem, ihre Unterstützung war alles andere als selbstverständlich, Sina war ihnen bis heute unendlich dankbar dafür.

Sie erinnerte sich noch, wie sie es mit der Angst zu tun bekam, als die beiden zu ihrer ersten Aufführung extra nach Essen angereist waren. Denn in dem modernen Tanztheaterstück tanzte sie keinen weißen Schwan, sondern eine drogenabhängige Jugendliche am Bahnhof Zoo. Das verstörte ihre Eltern erwartungsgemäß sehr, andererseits waren sie auch stolz auf ihre Deern. «Wie du dich verbiegen kannst mit deinem Körper, von mir hast du das nicht», hatte ihr Vater sie augenzwinkernd gelobt.

Ihre Lehrerin war die berühmte Choreographin Pina Bausch gewesen. Die Meisterin hatte ihre Mutter und ihren Vater freundlich begrüßt und ein paar Zigaretten mit ihnen geraucht. Sie verstanden sich bestens, Pina war eine Gastwirtstochter ohne jede Allüren. Ihre Eltern hatten nicht den Hauch einer Ahnung, wie berühmt die «Frau Professor» war. Sie wollten nur, dass sie gut auf ihre Tochter achtete, was Pina versprach und auch tat.

Nun war das alles schon Geschichte. Sinas Vater war letztes Jahr im Alter von dreiundneunzig Jahren gestorben, ihre Mutter folgte ihm kurz darauf mit fast fünfundachtzig, und Pina war auch schon tot. Sina seufzte. Sie wurde in diesem Winter so alt wie nie in ihrem Leben. Was natürlich bei jedem Geburtstag der Fall war, aber diesmal wog es schwerer als sonst: Sie wurde fünfzig. Wie das schon klang ... Sie machte sich nichts vor, noch vor wenigen Jahren hatte sie Fünfzigjährige jenseits eines unsichtbaren Zaunes gesehen. Medien, Wohlfahrtsverbände und Sportvereine bezeichneten «Senioren» als «Generation fünfzig plus». Was für Siebzigjährige vielleicht nett klingen mochte, aber für *sie*? Sina hatte das Gefühl, mit ihrem Geburtstag die Grenze in ein Land zu überschreiten, aus dem es keine Rückkehr mehr gab. Mehr als die Hälfte ihres Lebens war rum, das Ende rückte näher. Wobei ja das Alter nur halb so schlimm wäre, wenn es nicht zum Tod führen würde.

Sie fühlte sich schwer wie Blei. Dagegen half nur Bewegung. Sie stand auf und ging in ihrem viel zu großen T-Shirt die knarzende Holztreppe hinunter in die alte Küche, wo sie sich erst mal einen Roibuschtee machte. Die dunkle Einrichtung ihrer Eltern hatte sie durch helle, freundliche IKEA-Möbel ersetzt, was ihr gut gefiel. Ansonsten fehlten im Haus immer noch viele Möbel, einiges hatte sie bereits im Internet bestellt. Nach dem Tee schnappte sie sich die alte Arbeitsjacke ihres Vaters, die viel zu groß für sie war, aber das machte nichts, es sah sie ja keiner. Sie zog sie über und ging barfuß und mit nackten Beinen in den verwilderten Garten mit den alten Apfelbäumen.

Von der Nordsee zog eine salzige Brise herüber. Das Gras unter ihren Füßen fühlte sich feucht und kühl an. Der Wind frischte leicht auf und brachte das Schilf in den unzähligen Wassergräben und Teichen zum Wispern. Die Insel Föhr ist auch älter geworden, seufzte sie innerlich. Aber man sah es ihr nicht an, jedenfalls nicht auf den ersten Blick. Einige Bäume waren höher geworden, einige Büsche üppiger, es war viel nachgewachsen. Als Sina überlegt hatte, zurück nach Föhr zu gehen, hatte sie immer zuallererst an die Apfelbäume und die Marsch gedacht. Sie hatte viel zu viel Lebenszeit in abgedunkelten Proberäumen und Bühnen verbracht, den elterlichen Garten hatte sie immer vermisst.

Sie hob einen halb verfaulten Apfel auf und schleuderte

ihn weit über den hinteren Zaun in die Marsch. Plötzlich packte es sie. Sie hatte nach der letzten Vorstellung im Flensburger Theater zwar jeden Morgen ihre Aufwärmübungen gemacht, mehr aber nicht. Mal sehen, ob sie es noch konnte. Ganz langsam streckte sie ihre Arme zur Seite und tanzte ein paar Schritte, was auf dem unebenen Boden ein riskantes Unternehmen war. Prompt rutschte sie nach einer einfachen Drehung auf einem halb verfaulten Apfel aus und fiel mit dem Gesicht voran auf den Boden. Sie schmeckte krümelige, feuchte Erde auf ihren Lippen. Angewidert spuckte sie sie aus und wischte sich den Mund mit den Fingern ab. Barfuß tanzen in freier Natur funktionierte eben nur im Film, in Wirklichkeit brauchte man nichts so sehr wie festen Boden unter den Füßen. Sie ging auf die Knie, atmete tief durch und richtete sich dann langsam auf.

«Moin, Moin.»

Ruckartig drehte sie sich um – und entdeckte hinter dem Holzzaun einen Mann in Zimmermannskluft, der sie mit leuchtenden Augen amüsiert anstarrte. Sie schätzte ihn auf Mitte dreißig. An seiner Seite tänzelte ein schwarzer Hund mit wedelndem Schwanz, der sie freudig anhechelte.

«Moin», grüßte Sina leise zurück.

Der Mann kam keinen Schritt näher, er verharrte regungslos wie ein Baum am Zaun. Wie lange er dort wohl schon gestanden hatte? Hatte er sie etwa tanzen gesehen?

«Ich komm wegen dem Dach», murmelte er.

«Jan Clausen?», fragte sie und wischte sich unauffällig den Mund ab.

«Hmm.» Sein Hund huschte unter einer Lücke im Lattenzaun zu ihr. Sie hielt ihm eine Hand hin, die er mit seiner feuchten Schnauze anstupste.

«Ich kann Eyk auch in den Wagen setzen.»

«Um Gottes willen, nein.»

Sie streichelte und kraulte den Hund am Kopf, was der sichtlich genoss. Sina musterte Jan genauer, sie kannte ihn noch flüchtig von früher: Das war also aus dem kleinen Bruder ihres Mitschülers Tjaard geworden! Tjaard war mal hinter ihr her gewesen, aber sie mochte ihn nicht besonders, sein Lieblingsfach war Physik, und er ging immer mit einem eckigen Aktenkoffer zur Schule. Sie erinnerte sich noch, dass der kleine Jan sie damals mit seinen blöden Kindersprüchen aufgezogen hatte: «Sina Hansen hat den schönsten Pansen!»

Inzwischen war aus Jan also ein richtiger Kerl geworden. Der betont breitbeinig dastand in seiner schwarzen Cordhose, als würde er sonst den Halt verlieren. Beide Hände in den Taschen, die Stimme etwas zu laut. Mit Kerlen wie ihm hatte sie früher in der Inseldisco «Erdbeerparadies» getanzt. Sein Gesicht war klassisch geschnitten, sehr markant, mit klaren blauen Augen und blonden Haaren, so etwas traf man in der Stadt selten.

«Als Erstes muss ich das Dach vermessen», sagte er. «Darf ich?»

«Nur zu.» Ihr fiel auf, wie angenehm es war, nicht gleich nach der Begrüßung erzählt zu bekommen, was man gerade für tolle Projekte am Start hatte. Das war immer eine Seite am Theater gewesen, die sie genervt hatte.

Als er an die Pforte trat, war Sina überrascht. Er bewegte sich unerwartet leichtfüßig, fast tänzelnd. Ungewöhnlich für einen Mann mit seiner Statur.

«Ferienhaus?», fragte er und lehnte eine lange Aluleiter ans Dach. Vollständige Sätze zu bilden schien ihm wohl zu aufwändig, es ging ja auch so. Sina nahm einen Stock und versetzte Eyk damit in Alarmzustand, er sprang aufgeregt vor ihr auf und ab. Dann schleuderte sie das Holz mit einem entschlossenen, kräftigen Wurf einmal quer durch den Garten.

«Nee, für immer. Bühne ist vorbei.» Mit Sicherheit wusste er, dass sie Tänzerin geworden war, auf der Insel war so was einfach bekannt.

Jan kletterte auf die Leiter und sah sich mit kritischen Blicken auf dem Dach um.

«Frührente, oder was?»

«Nee, ich will auf Föhr 'ne Tanzschule aufmachen.»

Er blickte sie belustigt an, wandte sich dann wieder dem Dach zu.

Als sie in Flensburg angefangen hatte, sich über ihre Zukunft Gedanken zu machen, hatte sie immer an das klare nordische Licht gedacht, das ihre Kindheit beschienen hatte. Dazu kamen die sattgrüne Marsch und der große, freie Himmel über der Nordsee. Nach dem Tod ihrer Eltern hatte sie dann dieses Haus geerbt. Damit stand ihr Plan fest, nach Föhr zurückzugehen. Aber so schön es hier war, von irgendwas musste sie leben. Sie hatte herausgefunden, dass es immer noch keine Tanzschule auf der Insel gab. Wie schon zu ihrer Jugendzeit engagierte man Tanzlehrer, die vom Festland kamen und sich das teuer bezahlen ließen. Wenn die abends unterrichteten, gab es immer noch das Problem der letzten Fähre, man musste sie im Hotel unterbringen, was es noch teurer machte. Eine Tanzlehrerin vor Ort war eine echte Marktlücke, jedenfalls hoffte sie das. Und im Sommer konnte sie zusätzlich mit Feriengästen arbeiten, außerdem gab es ja noch die Kurklinik …

«Lust auf Tanzen?», fragte sie.

Er starrte sie einen Moment verdattert an, dann lachte er. «Nee, lieber nicht.» Sein Lachen stand ihm gut.

«Wieso nich?»

«Ich und Ballett …»

«Tanzt du nie?»

«Doch, aber mehr so Headbanging.»

Sie nickte. «Verstehe.»

Er stieg die Leiter hinunter. «Sag mal, gibst du zufällig auch Kinderkurse?»

Sein erster vollständiger Satz mit mehr als fünf Wörtern.

«Habe ich vor, ja.»

«Meine Tochter Leevke ist zehn und total scharf auf Ballett. Das wäre für sie ein Traum. Du weißt ja, wie das ist, die Mädchen sehen das in Filmen, aber machen können sie auf der Insel nichts.» Für seine Verhältnisse redete er plötzlich wie ein Wasserfall. «Wo soll denn die Tanzschule hin – hier ins Haus?»

«Nee, das ist zu eng. Ich will morgen zu Thorsten Schmidtke, wegen der Turnhalle in Süderende.»

«Oha.»

«Wieso?»

«Der is ’n ziemlicher Stinkstiefel.»

«Inwiefern?»

Jan zuckte mit den Achseln. «Is einfach so.»

«Den kriege ich schon weich.»

Jan deutete auf ihre Jacke. «In *den* Klamotten fährt er bestimmt auf dich ab.»

Erst jetzt fiel Sina auf, dass sie immer noch ihr langes T-Shirt und die schäbige Arbeitsjacke ihres Vaters trug und nackte Beine hatte. So wie er sie anschaute, hatte sie für einen Moment das Gefühl, dass er irgendwie darauf stand. Überschätz dich mal nicht, sagte sie sich, der Typ ist mindestens zehn Jahre jünger als du. Außerdem hat er bestimmt 'ne Frau.

Jan stellte die Leiter ein paar Meter weiter ans Dach, stieg hinauf und fuhr auch dort mit seinen kräftigen Fingern prüfend über die Halme an der Dachkante.

«Hält das noch 'n büschen?», fragte sie bange.

«Wenn wir mit dem Flicken durch sind, an die zwanzig Jahre. Dann muss alles runter.»

Je länger sie diesen Jan betrachtete, desto interessanter fand sie ihn. Natürlich nicht real. Aber wenn sie jünger gewesen wäre …

«Das ist doch mal ein Anfang. Dann erst mal vielen Dank.»

Er nickte ihr freundlich zu.

Als sie ins Haus ging, huschte sein Hund Eyk mit ihr hinein.

8.

Am nächsten Morgen flocht Sina sich einen Zopf, sprang in ihre engste Jeans und zog einen Anorak über ihr schlichtes taubenblaues T-Shirt. Nach ihrem letzten Auftritt in Flensburg hatte sie sich ein ultraleichtes feuerrotes Rennrad geleistet, das nun zum Einsatz kam.

Sie ließ die Marsch an sich vorbeiziehen, der starke Wind wehte ihr heute ausnahmsweise von Osten in den Rücken. Nachdem die Ebbe das Wasser aus dem Wattenmeer herausgedrückt hatte, verhinderte der Wind wie eine Mauer, dass es mit der Flut zurückkam. Im Radio hatten sie gewarnt, dass die Fähren zu wenig Wasser unterm Kiel hatten und tagsüber nicht fahren würden. Von einer Nachbarin wusste Sina, dass wichtige Medikamente heute per Hubschrauber nach Föhr transportiert werden mussten.

Langsam rollte sie durch ihr Heimatdorf Oevenum. Die Herbstsonne ließ die Ziegel der reetgedeckten Häuser rot und weiß aufleuchten, an ihren Wänden rankten sich Rosen und Farne. Überall roch es nach würzigem Holzrauch, weil einige Leute schon den Kamin angeworfen hatten. Sie kannte jede Ecke hier, als Kind war der gesamte Ort ein einziges Spielparadies gewesen. Da es kaum Zäune gab, waren sie mühelos von einem Grundstück zum nächsten gelaufen, und niemanden hatte es gestört. Es hatte sich viel verändert, die Häuser sahen alle irgendwie besser und sauberer aus als früher, sie waren gut in Schuss. Sina war sich allerdings nicht sicher, ob ihr das gefiel. Damals war Oevenum ein Bauerndorf gewesen, im Lauf der Jahre hatten viele Fremde vom Festland hier Häuser gekauft, in denen sie höchstens ein paar Wochen wohnten. Den Rest der Zeit stand das halbe Dorf leer, im Winter brannte kaum irgendwo Licht.

Als Sina hier eingezogen war, hatten ihre alten Oevenumer Nachbarn ihr zur Begrüßung einen Blumenkranz über die Haustür gehängt und einen Präsentkorb für die erste Kühlschrankfüllung hingestellt. Das fand sie sehr rührend. Dabei war sie die letzten Jahrzehnte gar nicht so oft auf Föhr gewesen, die Insel war einfach zu weit weg von Barcelona und Wuppertal und all den anderen Orten, an denen sie getanzt hatte. Die Oevenumer zeigten ihr nun, dass sie immer noch zu ihnen gehörte, und das war ein tolles Gefühl.

Sie ließ sich auf die Dorfhauptstraße rollen, die jetzt, in der Nebensaison, verlassen in der Sonne lag. Von weitem erkannte sie Jochen Brodersen. Der Mechaniker stand im Blaumann vor seiner Werkstatt und rauchte eine. Er musste jetzt kurz vor der Rente stehen, sah aber keinesfalls so aus.

«Moin, Jochen!», rief sie, als sie vorbeiradelte.

Er hob zum Gruß den großen Vierkantschlüssel, den er in der Hand hielt, und lächelte zurück. «Moin, Sina, wo willst du denn drauf zu?»

«Süderende.»

«Mit dem Rad? Oha.»

Jochen hatte nie verstanden, warum jemand nach der Erfindung des Automobils noch ein Fahrrad benutzte. Er war Landmaschinenmechaniker, reparierte aber im Dorf auch alle Autos, das war schon früher so gewesen.

Sie radelte weiter. Tabea, die vollschlanke Kassiererin im «Topkauf»-Markt, winkte ihr fröhlich durch die Scheibe zu. Sina winkte zurück. Tabea war der bestgelaunte Mensch, den sie je kennengelernt hatte, sie konnte wirklich allem noch etwas Gutes abgewinnen. Dabei hatte sie ihre beiden Eltern lange gepflegt und war selbst schwer krank, trotzdem verlor sie nie ihren Humor.

Dann musste Sina breit lächeln: Es gab sie immer noch, die alte Tante Olufs auf ihrer Bank an der Hauptstraße! Sie grüßte Sina freundlich mit ihrem Stock. Früher hatte sie immer einen Bonbon für die Dorfkinder in der Tasche gehabt.

«Moin, Tante Olufs», rief Sina. Es tat gut, es wieder genauso zu tun wie in ihrer Kindheit.

«Moin, Sinchen!»

Da sie Rückenwind hatte, rollte ihr neues Rennrad fast wie von selbst aus dem Ort heraus. Sie flog geradezu auf der geteerten Landstraße durch die Marsch. Bäume und Büsche wurden vom Ostwind heute mal nicht Richtung Festland, sondern zur offenen See hin gedrückt. Die Sonne machte jede Bewegung zu einem einzigen Genuss, die ganze Landschaft tanzte. Sina wurde richtig euphorisch, sogar der Wind war auf ihrer Seite. Das nahm sie als gutes Omen. Denn was sie jetzt vorhatte, war nicht nur wichtig für sie: Es war überlebenswichtig!

Ihr Ziel war die Grundschule in Süderende. Tanzkurse verlangten nach großen Räumen, und die gab es nur in Hallen oder öffentlichen Gebäuden. Natürlich waren die heiß begehrt von allen möglichen Sportgruppen, Sina war also nicht die Einzige, doch das war noch nicht mal das größte Problem. Zuerst einmal musste man an den mächtigen Schwellenhütern vorbeikommen, die die Eingänge solcher Hallen eifersüchtig bewachten. Aber Sina war bestens vorbereitet. Schon im Theater gab es eine wichtige Grundregel, die sie als Künstlerin immer beachtet hatte: Stell dich mit dem Hausmeister gut, dann hast du keine Probleme. Ignorierst du ihn, bekommst du im Zweifelsfall keinen Schlüssel für den Proberaum, egal, wie dringend du ihn brauchst. Als Mädchen vom Lande hatte sie den Hausmeistern immer volle Aufmerksamkeit geschenkt. Sie erinnerten sie ein bisschen an ihren Vater oder an die Bauern aus der Nachbarschaft. Zugegeben, manchmal bedeutete das auch, dass sie sich eine halbe Stunde Panzergeschichten aus der Bundeswehr anhören musste, bevor mit dem Schlüssel rausgerückt wurde. Aber sie bekam ihn immer. In allen Theatern, in denen sie getanzt hatte, hatte sie stets leichter Zugang zu den Räumen gehabt als der Intendant.

Die Schule in Süderende bestand aus mehreren Flachbauten aus den Sechzigern, die am Rand eines kleinen Waldstücks lagen. Die Fenster waren von den Kindern mit Sonnenblumen und Bäumen bemalt worden. Dahinter lag die kleine, schmucklose Turnhalle. Sina war am Ziel. Von ihrem Onkel Peter aus Borgsum hatte sie nämlich erfahren, dass man die Halle mieten konnte und wie der Hausmeister hieß. Thorsten Schmidtke musste ungefähr so alt sein wie sie und war kurz nach Sinas Weggang von Föhr mit seinen Eltern hierher gezogen. Onkel Peter hatte sich sogar angeboten, persönlich mit ihm zu reden, aber das wollte Sina lieber allein machen.

Sie musste nicht lange suchen, bis sie Thorsten auf dem Fußballfeld hinter der Turnhalle fand. Der Hausmeister war riesengroß, bestimmt zwei Meter, und spitteldürr. Er saß auf einem knatternden froschgrünen Aufsitzrasenmäher und zog auf dem sonnigen Feld seine Bahnen. Der Duft nach frisch gemähtem Gras überlagerte alle anderen Gerüche, sogar die des nahe gelegenen Laubwaldes, der im Ostwind mächtig rauschte.

Thorsten hatte beim Mähen ein ganz eigenes System, er zog nicht etwa parallel Bahn für Bahn über den Rasen, sondern zeichnete Muster aus Diagonalen und Achten ins Gras. Seine atemberaubenden Kurven und Haken erinnerten fast an eine Tanzchoreographie. Zuerst vermutete sie, dass er ein Zeichen in den Rasen ritzen wollte, das nur Astronauten und Piloten erkennen konnten oder Außerirdische. Aber dann zerstörte er es sofort wieder. Wahrscheinlich war ihm die Arbeit ohne diese Spielchen einfach zu öde, was sie gut verstehen konnte.

Sie wusste, dass Aufsitzmäher zum Lieblingsspielzeug vieler Männer gehörten, es gab sogar Wettrennen damit! Deshalb störte sie ihn auch nicht, sondern lehnte ihr Rad an eine Wand und setzte sich an den Rand der Wiese. Sie holte Zettel und Stift aus ihrem Anorak und notierte etwas. Nach ein paar Runden hielt er vor ihr und beäugte sie misstrauisch durch seine buschigen Augenbrauen.

«Ist was?», fragte er. Den Motor ließ er laufen.

«Moin, ich bin Sina Hansen.»

Er rieb sich das stoppelige Kinn. «Die Tänzerin aus Oevenum?»

Auf der Insel waren Neuigkeiten schnell rum.

«Jo.» Sie lächelte ihn an, aber seine Miene sah immer noch nicht einladend aus.

«Kann ich mal 'ne Runde fahren?» Sie deutete auf den Mäher.

«Nee!»

«War klar. Hier!»

Sie reichte ihm den Zettel, Thorsten war verblüfft: «Für mich?» Dann las er laut vor: *«Thorsten Schmidtke wird mich auf gar keinen Fall mit dem Aufsitzrasenmäher fahren lassen. Sonst wäre er auch kein echter Kerl.»*

Jetzt musste er doch kurz grinsen: «Bist du deswegen hier?»

«Nein, ich suche einen Raum für meinen Tanzkurs.»

Sofort wurde er wieder muffelig: «Was hab ich damit zu tun?»

«Du bist hier der Chef und hast die Turnhalle zu vergeben.»

Er schüttelte den Kopf. «Wir sind komplett ausgebucht.»

Was gelogen war, wie sie wusste.

«Ich biete dir als Bestechung an, dass du umsonst mittanzen kannst.»

Er blickte so entsetzt, als hätte sie ihn gerade zu einem Häkelkurs in Nordkorea eingeladen.

«Kannste vergessen.» Dann löste er die Bremse seines Aufsitzrasenmähers und knatterte einfach grußlos weiter.

Sina sah ihm ratlos hinterher. Gut, es war ihr erster Versuch gewesen, und es gab noch mehr Hallen auf der Insel. Aber was machte sie, wenn man sie überall so auflaufen ließ? Ohne einen Raum konnte sie ihre Existenz als Tanzlehrerin auf Föhr vergessen. Das wenige Ersparte aus dem Theater würde schnell verbraucht sein, wovon sollte sie dann leben? Ja, Sina, dann heißt es, tschüs Föhr und auf dem Festland eine Tanzschule suchen. Oder bleiben und in der Saison kellnern. Das hatte sie während ihres gesamten Studiums gemacht. Aber sie war nun mal besser im Tanzen als im Kellnern. Mutlos schob sie ihr Rennrad vom Schulgelände.

«Kann ich Ihnen helfen?», rief eine Frauenstimme hinter ihr, als sie gerade wieder aufsteigen wollte. Sie drehte sich um. Eine etwa dreißigjährige Frau lächelte sie aus grünen Augen freundlich an. Sie trug eine schwere Ledertasche über der Schulter.

«Ich wollte die Halle mieten», sagte Sina. «Aber der Hausmeister hat mich abblitzen lassen.»

«Was hatten Sie denn vor, wenn ich fragen darf?»

«Salsa-Unterricht geben.»

Die Frau bekam große Augen: «Ist das Ihr Ernst?»

«Ja.»

«Das wäre ein Geschenk Gottes! Vor Ihnen steht die hessische Vizejugendmeisterin in lateinamerikanischen Tänzen. Also die von vor ein paar Jahren.» Sie reichte ihr die Hand. «Gesche Grigoleit, ich unterrichte hier an der Schule.»

Sina erwiderte den Händedruck. «Ich bin Sina Hansen, bis vor kurzem Tänzerin beim Flensburger Ballett.»

«Wirklich? Bitte geben Sie mir unbedingt Bescheid, wenn es klappt. Ich bin auf jeden Fall dabei. Salsa auf Föhr, das wäre phantastisch! Vor allem jetzt, wo bald der Winter kommt.» Sie holte einen Zettel aus ihrer Tasche und schrieb etwas darauf. «Das ist meine Handynummer. Rufen Sie mich bitte an, wenn Sie etwas gefunden haben.»

Sina lächelte, das war nett von der Lehrerin, aber eine Halle hatte sie deswegen immer noch nicht. Sie setzte sich auf ihr Rad. Der Ostwind pustete gewaltig durch die Bäume. Zurück würde es nun gegen den Wind gehen, das war hart, sie musste richtig reintreten und würde trotzdem nur langsam vorankommen. Kurz überlegte sie, ein Taxi zu rufen. Aber das war ihr dann doch zu teuer. Und wenn sie erst zu Hause war, würde sie nur schwermütig werden. Nein, es war besser, sich jetzt etwas Gutes zu gönnen, etwas *richtig* Gutes!

9.

Eine halbe Stunde später stand Sina vor der Kurklinik, die direkt am Utersumer Strand in einem Waldstück lag. Das rot geklinkerte wuchtige Gebäude aus den dreißiger Jahren erinnerte an eine Burg, ähnlich wie das Landestheater in Flensburg. Sina stellte ihr Fahrrad an einem der unzähligen Ständer ab und ging zum Haupteingang. Der Pförtner wies ihr freundlich den Weg zur Massageabteilung.

«Moin», grüßte die junge Frau hinter dem weißen Tresen.

«Moin, Hansen, ich hatte eben angerufen wegen eines Massagetermins. Man sagte mir, Sie hätten noch eine freie Stunde.»

Die Frau blickte auf ihren Bildschirm.

«Ja, Herr Nissen hat Zeit für Sie», flötete sie. Sina legte den unverschämt hohen Betrag bar auf den Tisch. Aber heute war es egal, sie brauchte das jetzt einfach, außerdem hatte sie ja das Taxigeld gespart.

Ein dicklicher Mann trat aus einem der Hinterräume auf sie zu.

«Die Tanzmaus», rief er lachend. Die Frau hinter dem Tresen guckte verwundert.

«Moin», sagte Sina und versuchte den Witz hinter seiner Begrüßung zu finden – oder sollte es eine Beleidigung sein?

«Kennst du mich nicht mehr?», fragte er.

Jetzt hatte sie eine vage Idee und riss die Augen auf. Dass sie den Mann nicht wiedererkannt hatte, lag nicht an seiner weißen Dienstkleidung. Er wog inzwischen fast das Doppelte und hatte eine Glatze. Hauke, ja genau, so hieß er! Er war damals zwei Klassen über ihr gewesen und hatte schulterlange, lockige Haare gehabt.

«Hauke, die Knetmaus?» Das war sein Spitzname zu Schulzeiten gewesen. Seine Kollegin bekam erneut Kulleraugen.

«Wer sonst?» Er lachte. «Ich hab mich doch kaum verändert, oder?»

«Mann, du hast damals schon allen Mädchen den Nacken massiert. Damit hast du sie immer rumgekriegt.»

«Ich war hässlich und konnte nicht tanzen, das war meine einzige Chance.»

Er führte sie in einen Raum, in dem nichts stand als eine Massagebank und ein Schrank mit Ölfläschchen. Durch das Fenster sah man direkt aufs Wattenmeer und auf die Amrumer Dünen gegenüber. Hier war sie richtig.

Eine halbe Minute später lag sie auf der weichen Massagebank und genoss das heiße Öl, das Hauke vorsichtig in ihren Rücken einmassierte – wie wunderbar! Eigentlich war es fast schade, dass sie den Kopf in das kleine Loch in der Bank halten musste, denn draußen auf dem Meer schillerten unzählige Pfützen im Watt, die den blauen Himmel und das Sonnenlicht spiegelten. Sie schwor sich, den Anblick nach der Massage noch einmal ausführlich zu bewundern.

Hauke fuhr mit seinen Fingern links und rechts der Wirbelsäule entlang, was ein Feuerwerk an wohligen Schauern auslöste.

Sina stöhnte auf. «Gut so.»

«Sina, die Tanzmaus», wiederholte er ungläubig.

Eine Weile schwiegen sie, dann sagte sie: «Du hast dein Hobby also zum Beruf gemacht.»

Er lachte. «Ich kann halt nichts anderes. – Und selber? Ausflug auf dem Festland beendet?»

Ausflug? Meinte er damit die Jahrzehnte, die sie nicht auf der Insel gelebt hatte?

«Festland is' nix für mich», sagte sie.

Hauke lachte. «Um darauf zu kommen, brauchst du dreißig Jahre?»

«Freie Stellen für Balletttänzer waren in der Marsch einfach zu selten.»

Haukes Hände waren wirklich unglaublich, seine Massage war ein Fest.

«Du bist gut durchtrainiert», bemerkte er anerkennend. «Auf deinen Körper wäre manche Dreißigjährige neidisch.»

*Zwanzig*jährige hätte sie noch lieber gehört.

«Danke. Ich tue mein Bestes.»

«Aber da du auch nicht mehr die Jüngste bist, solltest du dir das Bindegewebe öfter massieren lassen.»

Was war das denn? Wie konnte er es wagen, sie auf ihr Alter anzusprechen? Auch wenn er natürlich recht hatte. Am liebsten wäre sie sofort gegangen. Allein seine Zauberfinger hielten sie zurück. Er fand wirklich jede noch so kleine Verspannung und löste sie. Sina hatte als Ballett-tänzerin Masseure aus der ganzen Welt erlebt, aber so einer wie Hauke war selten. Er war ein echter Künstler auf seinem Gebiet und besaß eine untrügliche Intuition für den richtigen Druck an den richtigen Stellen.

«Du solltest locker weitertrainieren, sonst fällt dein Körper schnell in sich zusammen», riet er ihr.

«Das wird von selbst gehen.»

«Stimmt, der Verfall geht immer von selbst», sagte er trocken.

«Komiker! Ich will eine Tanzschule aufmachen, da muss ich jede Menge vortanzen. Außerdem bin ich die ganze Zeit mit dem Rennrad unterwegs.»

«Wann geht's denn los mit dem Tanzen?»

«Ich suche noch Räume.» Hauke fand einen Knoten an ihrem Rücken, von dem sie selbst noch nichts geahnt hatte. Er verharrte bestimmt drei Minuten an dieser Stelle. Unter seinen Händen löste er sich in nichts auf. «Es ist aber schwerer, als ich mir vorgestellt habe. Ich komme gerade von Thorsten Schmidtke, der hat mich glatt abblitzen lassen mit seiner Turnhalle.»

«Nimm's nicht persönlich.» Hauke massierte jetzt ihren Nacken. «Seit der Mist gebaut hat, macht ihm seine Frau die Hölle heiß, und das lässt er an allen aus.»

«Tja, wie heißt es so schön? Hände weg von anderen Röcken.»

Hauke kicherte. «Nee, ganz anders. Der ist zur Nordfriesland-Bank in Wyk gegangen und hat sich einen Kredit über fünftausend geben lassen. Die Kohle hat er dann in

Hamburg an einem Abend im Kasino verzockt. Ohne seiner Frau Bescheid zu sagen, versteht sich.»

«Wie kann man so blöd sein?»

«Dem müssen alle Sicherungen durchgebrannt sein. Dabei ist seine Christine eine echte Perle, vielleicht kennst du sie. Sie arbeitet beim Bäcker hier in Utersum.»

«Nee.»

«Ist nach deiner Zeit hierher gezogen. Die war im ‹Erdbeerparadies› ein ganz heißer Feger. Mann, konnte die tanzen – Wahnsinn!»

Das Erdbeerparadies war eine der beiden Discos auf der Insel, in der Sina und ihre Freunde früher jedes Wochenende ein und aus gegangen waren.

«Und dann hat sie sich ausgerechnet Thorsten geangelt?»

«Verstehe ich auch nicht. Dabei war ich damals auch Single und fand sie klasse.» Hauke war an ihren Beinen zugange. «Muckt dein linkes Knie manchmal?»

Sina schaute erstaunt zu ihm hoch. «Fühlt es sich so an?»

«Die Muskeln drum herum sind ziemlich verhärtet.»

«Stimmt.»

«Ich gebe dir mal eine Salbe mit, die unterstützt die Heilung.»

«Das ist Abnutzung, da kann man nichts machen.»

«Man kann es aber lindern. Eigentlich ist die Salbe übrigens für Pferde.»

«Nicht im Ernst!»

«Wenn man damit Rennpferde über die Ziellinie bringt, sollte sie auch für dich gut sein.»

«Pass auf, was du sagst.»

«Ich meine, dann sollte sie gut gebauten, toll aussehenden Balletttänzerinnen wie dir auch helfen.» Er zog eine Augenbraue hoch. «Oder durfte ich das jetzt nicht sagen?»

«Halt einfach die Klappe und hör nie auf mit der Massage.»

Sina schloss genussvoll die Augen. Vielleicht war sie ihrem Ziel gerade sehr viel näher gekommen. Was Hauke über Hausmeister Schmidtke erzählt hatte, war Gold wert. Mit etwas Glück würden ihre Tanzkurse doch in der Süderender Turnhalle stattfinden. Natürlich musste sie das, was Hauke ihr gesteckt hatte, über Bande spielen, das wusste sie als geborene Insulanerin noch von früher. Aber wenn sie das hinbekam, würde es klappen.

10.

Als Sina mit ihrem Rennrad auf den Utersumer Dorfplatz rollte, leuchtete ihr das Firmenschild der Inselbäckerei Roloff sonnengelb entgegen. Direkt gegenüber lag das Gasthaus Knudsen mit einem Platz davor. An diesen Ort war Sina mit zehn, elf Jahren oft gekommen, um mit ihrer Freundin Beate zu spielen, deren Eltern das Gasthaus betrieben. Vor der Bäckerei kam sie zum Stehen. Neben der Eingangstür hing ein Plakat mit der Aufschrift «Hier läuft die Ware nicht von Band, hier schafft man noch mit Herz und Hand». In dem kleinen Laden, das wusste sie von früher, wurde alles an Brötchen und Backwaren angeboten, was das Herz begehrte. Als Kinder hatten sie hier Kuchen vom Vortag zum halben Preis bekommen, eine ganze Tüte voll für fünfzig Pfennig, es war jedes Mal ein Fest gewesen.

Sina stieg ab und rüttelte an der Tür. Umsonst, der Laden öffnete erst in einer Viertelstunde, wie sie dem Schild mit den Öffnungszeiten entnahm. In Utersum gab es in der Nebensaison eine Mittagspause, so etwas hatte sie seit Jahren nicht mehr erlebt, einmal abgesehen von der Siesta in Spanien und Italien. Sie guckte ins Schaufenster, das mit Plastikblumen, Brottrunkflaschen, Filtertüten und Törtchenformen zum Füllen dekoriert war, an der Scheibe hingen die Termine für die nächsten Wattwanderungen von Föhr nach Amrum. Es sah nach einer Verlegenheits-Dekoration aus, damit würde man niemanden in den Laden locken. Vermutlich war sie seit Ewigkeiten die Erste, die sie sich überhaupt genauer anschaute.

Sie drehte eine kleine Runde auf dem geteerten Platz vor der Bäckerei. Hier hatte sich kaum etwas verändert. In der ausgehängten Speisekarte bei Knudsen wurde von Scholle «Finkenwerder Art» mit Speckstippe und Salzkartoffeln über Sauerfleisch bis hin zu Kalbsgeschnetzeltem alles angeboten, was die gehobene bürgerliche Küche zu bieten hatte. Allein den «Vegetarischen Fitnessteller» hatte es in ihrer Jugend nicht gegeben. Fitness war damals kein Thema, Jogging hieß noch «Dauerlauf» und wurde nur von weltfremden Fanatikern betrieben.

«Na, du kannst es gar nicht abwarten, was?», hörte sie eine Frauenstimme hinter sich sagen. Sie drehte sich zur Bäckerei um und erblickte eine schwarzhaarige Verkäuferin mit gelber Schürze, die gerade den Laden aufschloss, pünktlich auf die Minute. Die Mittvierzigerin trug eine schwarze Designerbrille auf der Nase und lächelte sie freundlich an. Das musste Christine Schmidtke sein, die Frau des Hausmeisters. Sie sah leicht rundlich aus, was ihr aber hervorragend stand. Hauke hatte ihr erzählt, dass sie seit über zwanzig Jahren mit Thorsten verheiratet war und mit ihm drei Kinder groß gezogen hatte. Wie war so eine Klassefrau bloß mit diesem Pannekopp zusammengekommen? Aber vielleicht war Thorsten zu Hause ja ein charmanter, aufmerksamer Ehemann. Schwer vorstellbar, aber möglich war es.

Sina verdrehte die Augen. «Ich habe Hunger», erklärte sie. Tatsächlich hatte sie seit dem Frühstück nichts gegessen.

«Na, dann komm doch rein.»

Die Türglocke bimmelte laut, als sie eintraten. Im engen Raum stand ein gläserner Tresen mit Kuchen und Backwaren, rechts in der Ecke eine klassische Kaffeemaschine, durch die gerade frischer Filterkaffee lief.

«Du bist Sina, nicht?»

Sie wunderte sich schon nicht mehr, dass sie in aller Munde war.

«Jo.»

«Ich bin Christine.»

Hinter der Glasscheibe lachten sie einige der leckersten Sünden dieses Planeten an: Friesentorte, Obststücke, Schwarzwälder Kirschtorte, Schokoladenkekse aus eigener Herstellung und vieles mehr. Als professionelle Tänzerin hatte sie konsequent auf alles Süße verzichten müssen, sie hatte sich höchstens einmal im Monat ein Glas Weinschorle gegönnt. Ohne diese Disziplin wäre es in ihrem Beruf nicht gegangen. Aber jetzt war das vorbei.

«Einen Kaffee, bitte, und dazu ein Stück von diesem wunderbaren Käsekuchen.»

«Mit Sahne?»

«Auf jeden Fall.»

Christine reichte ihr den Kaffee. «Milch und Zucker nimmst du selber, steht am Tisch.»

«Danke.»

«Mensch, erzähl doch mal, wo hast du überall getanzt?», fragte Christine, während sie das Käsekuchenstück auf den Teller mit dem typisch friesischen weiß-blauen Muster schob.

«Wuppertal, Oldenburg, Barcelona, Triest, Köln und zum Schluss Flensburg.»

Christine seufzte. «Es war mein Traum, so ein Leben zu führen.»

«Hast du nie überlegt, von hier wegzugehen?»

«Schon, ich bin ja erst mit sechzehn hierhergekommen. Aber wie es so ist, dann lernte ich meinen Mann kennen, und da war auch schon mein erstes Kind unterwegs. Danach war es kein Thema mehr.»

Sina schwieg. Sie war in dem Moment dankbar dafür, dass sie rechtzeitig den ersten Schritt gemacht hatte. Und dass ihre Eltern ihr keine Steine in den Weg gelegt hatten.

Christine nahm ihre Brille ab und rieb sie an ihrer Schürze. «Und jetzt würde ich gerne hören, dass das Ballettleben ganz schrecklich ist und ich nichts verpasst habe.»

Sina grinste. «Nein, es ist wirklich ein Traum, tut mir leid.»

«Schade.»

«Na ja, verzichten musste ich auch auf vieles. Manchmal habe ich mich schon gefragt, wofür ich mir die Entbehrungen und die harten Proben antue.»

«Na, für den Applaus, oder?»

«Auf jeden Fall nicht fürs Geld. Es war nicht gerade ein Zuckerschlecken, aber ich will nicht jammern, der Applaus war es wert, da hast du recht.»

«Und jetzt?»

«Jetzt träume ich davon, dass ganz Föhr Salsa tanzt.»

Christine reichte ihr den Teller über den Tresen und lachte. «Föhr und Salsa?»

«Wieso nicht?»

«Friesen bleiben Friesen.»

«Ja, aber heimlich sind sie die heißesten Salsa-Tänzer der Nordhalbkugel.»

«Wenn du meinst …»

«Ich kann es sogar beweisen», behauptete Sina. Sie kramte in ihrer Tasche nach einer CD, hielt sie hoch und stand auf. «Hast du einen CD-Player hier im Laden?»

Christine sah sie irritiert an. «Was hast du vor?»

«Wirst du gleich hören.»

Etwas zögerlich nahm Christine die CD entgegen und legte sie in den Recorder, der unter der Kaffeemaschine stand. Sie drückte auf «Play», und schon trommelten wilde kubanische Bongos durch die Lautsprecher der Inselbäckerei, Trompeten kamen dazu, Schlagzeug, Saxophon und Klavier.

Christine vergewisserte sich mit einem kurzen Blick durch die Schaufensterscheibe, dass niemand guckte, dann legte sie hinter dem Tresen los. Anfangs war sie noch etwas gehemmt, aber bald warf sie die Arme weit von sich, womit sie fast das Regal mit den Keksen leer räumte. Die Bäckerei befand sich plötzlich in einer anderen Klimazone, alles im Raum tanzte mit: die Kaffeemaschine, die eckig geschnittenen Kuchenstücke, die Milka-Tafeln im Regal und die fetten Nordzucker-Tüten. Sogar die Bären auf der «Bärenmarke»-Kondensmilch steppten, der ganze Raum begann zu schwanken. Sina wirbelte um den Verkaufstresen herum, nahm Christines Hand und führte sie tanzend durch den Laden.

«Wat is hier denn los?»

Christine drehte sich um und lief rot an. «Äh, Chef …»

Das musste Bäckermeister Roloff sein. Der breitschultrige, stark untersetzte Mann mit der schwarz-weiß karierten Hose und der mehlbestaubten Schürze baute sich vor ihr auf. Er war wohl aus der Backstube gekommen, um zu sehen, was für ein Lärm da aus seinem Verkaufsraum kam. Roloff schaute sich kurz um, dann schnappte er sich erst Sina, anschließend Christine und tanzte abwechselnd mit ihnen – aber wie! Er war ein echter Könner und bewegte sich unglaublich leichtfüßig, was Sina ihm bei seiner Körperfülle nie zugetraut hätte. Jede Drehung saß auf den Punkt.

Christine staunte: «Woher kannst du das, Chef?»

Er grinste. «Tja, *alles* weißt du eben auch nicht von mir.»

Sina merkte zu spät, dass er ihre Hose mit seinem Mehl einweißte, es war ihr egal. Er zog sie an der Hand hinter seinem Rücken entlang, um mit ihr einmal ganz am Kuchentresen entlangzutanzen. Dann riss er die Arme hoch, klatschte laut in die Hände und drehte sich gemeinsam mit ihr. Woher er bei seinem Übergewicht den Hüftschwung nahm, war Sina unbegreiflich, es stellte alles in Frage, was sie beim Ballett je gelernt hatte. Und es sah toll aus! Leider kam in dem Moment ein jüngeres Touristenpärchen herein, das trotz des guten Wetters gelbe Regenkleidung im Partnerlook trug.

«Machen Sie mit?», rief Roloff. «Wir Föhrer tragen in der Nebensaison normalerweise bunte Fischerhemden und bauen aus alten Ölfässern Musikinstrumente. Ja, das vermutet kaum jemand …»

Christina prustete los.

«Wir wollten eigentlich nur Brot kaufen», erwiderte der Mann.

Christine stellte die CD leise. «Was kann ich für Sie tun?»

Roloff trat zu Sina. «Viva!», rief er. «Mehr davon!»

«Das trifft sich gut», sagte Sina. «Ich will auf Föhr eine Tanzschule aufmachen.»

«Ich bin auf jeden Fall dabei», sagte Roloff. «Und meine Frau auch, das kann ich versprechen.» Er rieb sich seine riesigen Pranken. «Wann geht's los?»

«Sobald ich einen Raum habe.»

«Was ist denn mit der Schule in Süderende?»

«Die wollen leider nicht, wie's aussieht.»

«Sagt wer?», mischte sich Christine ein, die gerade das abgezählte Geld für ein halbes Schwarzbrot in die Kasse legte.

«Herr Schmidtke, der Hausmeister.»

«Das ist Christines Mann», erklärte Roloff.

Sina tat überrascht. «Echt?»

Christina verabschiedete die Kunden und stemmte dann die Arme in die Hüften. «Das wäre ja wohl gelacht, wenn es daran scheitern sollte! Ich rede mit ihm.»

«Und du meinst …»

«Die Halle hast du im Sack, das kann ich dir jetzt schon sagen», grinste Roloff.

Sina hätte am liebsten vor Freude laut aufgeschrien. «Super, vielen Dank.»

«Vielleicht bietest du zusätzlich eine Ballett-AG für Schüler an», schlug Christine vor. «Damit machst du dich bei den Eltern beliebt. Das ist die halbe Miete.»

«Gute Idee», sagte Sina. «Ich wollte schon immer mal mit Kindern arbeiten.» Dass sie es ohnehin geplant hatte, verschwieg sie in diesem Moment.

Sina wähnte sich kurz vorm Ziel: Als Wiedergutmachung für seine Spielerei im Kasino würde Thorsten Schmidtke nicht nur die Halle freigeben, sondern wahrscheinlich auch mit seiner Frau Salsa lernen müssen. Zusammen mit Roloff und seiner Frau waren das jetzt schon vier Kursteilnehmer. Das war ein Anfang!

11.

Zwei Wochen später stand Jan mit fünf Feuerwehrkollegen im kleinen Vorraum der jahrhundertealten Kirche St. Laurentii in Süderende, darunter auch Brar, der Mann seiner Cousine Petra, und Hannes vom Fischimbiss. Die Männer trugen ihre Feuerwehruniform mit Mütze, dem Anlass entsprechend mit schwarzem Schlips. Wie immer stand ein ganz eigener, muffiger Geruch im Raum, was an der niedrigen Holzdecke oder an den alten Gesangbüchern liegen mochte, die hoch übereinandergestapelt im Regal lagen.

«Hat jemand noch einen?», fragte Brar in die Runde.

«Einen Blondinenwitz», bot Hannes an.

«Oh, nee», stöhnte Jan. «Blondinen hatten wir schon.»

Jan stellte sich etwas abseits und blätterte in einem Gesangbuch, ohne die Liedtexte zu lesen. Ihm war elend zumute. Seine Euphorie nach dem Berlin-Kurztrip mit Leevke war wie weggeblasen. Kaum waren sie zurück auf Föhr, hatte ihn die Traurigkeit wieder eingeholt, er fühlte sich wie gelähmt. Mittlerweile war er überzeugt, dass mit ihm etwas nicht stimmte.

«Also gut», hörte er Hannes sagen. «Ein Angler, ein Jäger und ein Unternehmensberater machen zusammen einen

Wochenendausflug. Ziel ist es, so viel Wild wie möglich zu schießen. Nach einer Stunde …»

Es war eine Tradition, dass sie sich hier auf Beerdigungen mit gesenkter Stimme blöde Witze erzählten, das taten sie immer. Der verstorbene Siggi Voss, der drinnen in der Kirche im Sarg lag, wusste das. Er hatte hier auch oft gestanden, um einen Kameraden zu Grabe zu tragen. Dies war ein bedeutender Unterschied zwischen den Föhrer Landgemeinden und Wyk: Auf dem Land war praktisch jeder bei der freiwilligen Feuerwehr, die meisten waren auch in einem der Chöre, im Schützenverein oder bei den Landfrauen. Niemand wurde hier auf seinem letzten Weg von einem Fremden zu Grabe getragen. An einer Geburt nahm die Dorfgemeinschaft genauso Anteil wie an einem Sterbefall.

Drinnen spielte die Orgel jetzt den Choral «Näher mein Gott zu dir». Das war das Zeichen. Die Feuerwehrkameraden verstummten mitten im Satz, jetzt wurde es ernst. Das Witzeerzählen war reine Ablenkung gewesen, sie alle hatten Siggi Voss sehr gemocht. Er war im beachtlichen Alter von neunundachtzig gestorben, was es nicht weniger traurig machte. Jan musste schlucken, als es losging, obwohl er im Schnitt ein- bis zweimal im Monat jemanden zu Grabe trug. Er wusste genau, welche Schritte er die nächsten Minuten tun musste, damit Siggi würdevoll unter die Erde kam. Es war eine festgelegte Choreographie, von der niemals abgewichen wurde, das half allen ein bisschen.

Jan und seine Kollegen nickten sich mit ernster Miene zu und stellten sich in zwei Reihen nebeneinander auf. Alle holten noch mal tief Luft. Dann wurde die Tür geöffnet, und sie gingen gemessenen Schrittes im Takt der Orgelmusik durch die engen Kirchenbänke zu Siggis Sarg, der vor dem Altar stand. Die Kirche war voll, an die zweihundert Leute waren gekommen. Die Trauernden wussten, wenn die Feuerwehrkameraden kamen, war es so weit: Der endgültige Abschied stand bevor. Einige schluchzten laut auf, was Jan sehr nahe ging. Am Sarg nahmen die Männer im selben Moment die Feuerwehrmützen ab, hielten sie vor die Brust und verneigten sich. Jan musste schlucken, um seine feuchten Augen unter Kontrolle zu bekommen. Äußerlich wirkte er wie ein starker Kerl, den nichts umhauen konnte, aber er hatte sehr nah am Wasser gebaut, was er niemandem zeigen mochte.

Zu sechst hoben sie den Sarg an den Griffen an und trugen ihn langsam an den Trauernden vorbei. Zum Glück konnte er in diesem Moment nichts denken, sondern musste sich darauf konzentrieren, mit den anderen im Gleichschritt zu bleiben, damit der schwere Sarg nicht verrutschte.

Als sie die Kirche verließen, empfing sie strömender Regen. Ein heftiger Wind peitschte ihnen die Tropfen ins Gesicht. Sie setzten den Sarg auf dem bewährten, rollbaren Untergestell ab und schoben ihn langsam zur Grabstelle, die am anderen Ende des Friedhofs lag. Dort nahmen sie ihn vom Gestell, trugen ihn zur Grube und stellten ihn auf zwei Kanthölzer. Der Pastor sprach seinen Segen. Anschließend ließen sie den Holzkasten an Tauen langsam herunter, das musste absolut synchron passieren, sonst geschah ein Unglück. Kollegen von ihnen war das schon passiert, ein Horror! Sie nahmen alle ihre Mützen ab, und Jan sprach für Siggi ein stilles Gebet: «Lieber Gott, wenn es dich gibt, nimm Siggi bitte auf. Er war ein Guter.» Mochte es ihm nützen.

Dann traten sie zur Seite, um Siggis engster Familie den Platz am Sarg zu überlassen. Jan nahm Siggis Witwe Elke in den Arm und sprach ihr sein Beileid aus. Die Mehrzahl der Insulaner aber eilte über den alten Friedhof zum Parkplatz und ließ die Familie am Grab zurück – aus gutem Grund: Es war eine besondere Form der Rücksichtnahme, denn sie wussten, dass die arme Elke nicht hundert Hände schütteln wollte. Der Regen drehte jetzt noch einmal auf und prasselte laut auf die Grabsteine, die teilweise schon mehrere hundert Jahre alt waren.

Jan ließ sich von dem schlechten Wetter nicht abhalten und schlenderte hinüber zu Brittas Grab, das nicht weit entfernt lag. Der Regen lief in Bächen über den Stein mit der schlichten Inschrift. Oft war er nicht hier. Die Erinnerung an Britta wurde für ihn nicht auf dem Friedhof am Leben gehalten, sondern durch kleine Momente im Alltag – nicht zuletzt durch Leevke, die Britta überraschend ähnlich war. Das Grab erinnerte ihn nur an den Tag der Beerdigung: Es war der schrecklichste in seinem ganzen Leben gewesen. Aber das hatte mehr mit ihm zu tun als mit Britta. Immer wieder tauchte sie unvermittelt am Nieblumer Strand auf, beim Eisladen am Sandwall, an der Kinokasse und mitten in der Marsch. Und meist lächelte sie.

Er brauchte sie jetzt mehr als je zuvor. Wenn er ehrlich war, fühlte er sich gerade mit allem überfordert. Obwohl es auch Zeichen der Hoffnung gab: Leevke hatte heute ihre erste Ballettstunde. Sina, die Tänzerin aus Oevenum, hatte es tatsächlich geschafft, die Süderender Turnhalle für ihre Tanzkurse zu bekommen. Leevke war die Allererste gewesen, die sich zum Kinderballett angemeldet hatte. Als er sie heute dort abgesetzt hatte, hatte sie über das ganze Gesicht gestrahlt.

Frauenthemen wie Ballett, Pferde und Schminken hatte er als Mann nie wirklich nachvollziehen können. Wo kam das her? Er selbst hatte als Junge nie zum Ballett gewollt oder zum Reitunterricht – war das etwa genetisch vorbestimmt? Frauen besaßen zudem Instinkte, von denen Männer nicht einmal träumen konnten. Wie sollte er als Mann seine Tochter in diese unbekannten Sphären einführen? Wie konnte er ihr die Tricks und Kniffe zeigen, die das Leben als Frau ausmachten? Nachdenklich blickte er auf Brittas Grabstein. Hoffentlich klappt das mit Leevke und dem Tanzen, sagte er in Gedanken zu seiner verstorbenen Frau, als säßen sie zusammen am Abendbrottisch. Vielleicht lenkt sie das vom Internat ab. Wenn nicht, müssen wir hier weg und auf dem Festland einen Neuanfang versuchen.

Britta war die Einzige, die es wusste: Sie hatten kurz vor ihrem Tod den Plan gefasst, Föhr zu verlassen. Jan wollte den Betrieb seines Vaters verkaufen und in Schweden etwas Neues aufbauen. Warum sollte man nicht mal etwas anderes von der Welt sehen als die paar Quadratkilometer friesischer Inselerde, hatten sie sich gesagt. Zurückkommen konnten sie ja immer noch. Nach Brittas Tod war es ihm allerdings unmöglich gewesen, die Insel mit der kleinen Leevke im Arm zu verlassen. Er war auf die Hilfe von Freunden und Verwandten angewiesen.

Vielleicht war jetzt der richtige Zeitpunkt gekommen? Die Beerdigung von Siggi war eine Warnung: Jetzt oder nie. Niemand hatte ein zweites Leben im Kofferraum, es gab nur dieses eine, und das musste man nutzen.

Eyk wartete hinterm Lenkrad seines Lieferwagens auf Jan. Er wusste, dass dort normalerweise der Chef saß. Wenn der weg war, vertrat er ihn und bewachte den Wagen.

«Na, alles klar, mein Eyk?» Jan streichelte ihm den Kopf und steckte ihm zur Belohnung ein paar Leckerli zu, die der Hund knackend verschlang. Dann startete Jan den Motor. Er fuhr zur Süderender Schule, um Leevke abzuholen. Es regnete immer noch in Strömen, die Wischer schafften es kaum, die Scheibe freizuhalten.

Jan war sofort begeistert gewesen, als er von dem Ballettkurs für Kinder gehört hatte. Leevke sollte keine professionelle Balletttänzerin werden, sich aber gerne wie eine fühlen. Wenn es ihr gefiel, könnte die Tanzlehrerin ihm einen Teil von dem abnehmen, was er als Mann nicht leisten konnte. Sie könnte Leevke einen Traum erfüllen. Plötzlich fiel ihm wieder ein, wie Sina hinter dem Gartenzaun getanzt hatte, und er musste lächeln. In der alten großen Arbeitsjacke hatte sie ziemlich verwahrlost ausgesehen. Andererseits hatte ihr kerzengerader Rücken nicht zu diesem Eindruck gepasst. Und die nackten Beine, die aus der viel zu großen Jacke hervorkamen, hatten irgendwie sexy ausgesehen. Dabei konnte er diese Balletttanten sonst eigentlich nicht ausstehen. Sie kamen ihm immer vor wie überzüchtete Rennpferde, an denen war einfach nichts dran. Und mit dem künstlichen Gehopse konnte er auch nichts anfangen. Wenn er ehrlich war, hätte er dafür freiwillig keinen Euro ausgegeben. Aber um ihn ging es ja gar nicht. Vielleicht öffnete das Ballett Leevke ja eine Tür, die sie weiterbrachte im Leben, das wünschte er sich.

Nachdem er seinen Lieferwagen auf dem Lehrerparkplatz geparkt hatte, schlich er sich vorsichtig durch einen Nebeneingang in den Geräteraum der Turnhalle. Er wollte heimlich zusehen, wie seine Tochter die ersten Tanzversuche machte.

Zwischen den Geräten roch es nach Staub und Kinderschweiß, wie zu seiner Schulzeit. Es war alles vollgestellt, er kam kaum bis nach vorne durch. Er streichelte über das weiche, abgewetzte Leder des Pferdes. Wie gerne hätte er jetzt einen Überschlag über das Gerät gewagt! Volle Pulle Anlauf, gezielter Absprung vom Sprungbrett, dann mit beiden Händen auf das Pferd, kerzengerade in der Luft und rüber! Irgendwann musste er das mal machen.

Er zog seine pitschnasse Uniformjacke aus und legte sie über den Stufenbarren zum Trocknen, dann lockerte er seinen schwarzen Schlips. Von hier aus hatte er einen guten Blick auf die Halle. Die Wände waren neuerdings mit braunem Schaumstoff gepolstert worden, damit die Kinder sich nicht verletzten, wenn sie mal aus Versehen an die Wand stießen. Weit oberhalb bis zur Decke waren matte Milchglasscheiben, die gedämpftes Tageslicht hineinließen, durch die man aber nicht hinausschauen konnte. Etwa zehn Mädchen hatten sich unter dem Basketballkorb versammelt. Sina stand vor ihnen. Leevke strahlte die Lehrerin an wie eine Göttin. Er war gerührt.

«Bewegt euch bitte mit der Musik einmal durch die ganze Halle!», rief Sina.

Sie stellte auf der Anlage einen Titel an, den man gerade öfter im Radio hörte. Die Mädchen tänzelten und hopsten kreuz und quer durch die Halle, dabei kicherten sie. Jan merkte, wie der Song auch in ihm die Lust weckte, sich zu bewegen. Wann war ich eigentlich das letzte Mal zum Tanzen im Erdbeerparadies?, fragte er sich. Viel zu lange war das her. Nach einer Weile stellte Sina die Musik aus.

«Mutprobe!», rief sie nun. «Wer traut sich, ohne Musik einmal allein durch die Halle zu gehen?»

Die Mädchen lachten.

«Ihr lacht? Wer traut sich?»

Zehn Arme gingen hoch.

«Also gut: Leevke.»

Leevke machte ein paar Schritte in die Mitte der Halle, während ihre Mittänzerinnen am Rand sitzen blieben. Jan ging in Gedanken mit ihr, drückte im Geräteraum seine Füße in den Boden, als könnte das seiner Tochter helfen. Auf der freien Fläche schien sie sich plötzlich komisch vorzukommen, sie watschelte wie eine Ente, um ihre Unsicherheit zu überspielen. Jan konnte sie gut verstehen, das war gar nicht einfach.

«Gut, jetzt lauf einmal zurück und stell dir vor, hier bei uns liegt die Fähre nach Dagebüll, die gleich abfährt und die du unbedingt noch bekommen musst. Du darfst schnell gehen, aber nicht rennen.»

Das schaffte sie ohne Probleme.

«Und, wie war es?», fragte Sina, als Leevke wieder bei den anderen ankam.

«Die Hölle», antwortete Leevke.

Anschließend probierten es auch andere Mädchen, es war für alle schwerer als gedacht, weil sie sich so beobachtet fühlten und eine tolle Figur machen wollten. Sina rollte zwei große Spiegel vor eine Wand und spielte nun die «Schwanensee»-Musik von Tschaikowsky ein. Leevke bekam vor Aufregung einen roten Kopf. Sie hatte sich «Schwanensee» bestimmt hundertmal auf DVD angeschaut, bis Jan ihr ein dreitägiges «Schwanensee»-Verbot erteilt hatte, weil sie nichts anderes mehr machte. Und nun durfte sie nach genau dieser Musik tanzen!

Sina stellte sich vor dem Spiegel auf und tanzte ein paar einfache Schrittfolgen vor, die sich die Mädchen abgucken und die sie wiederholen sollten. Jan hielt den Atem an. Unglaublich, wie schön Sina sich bewegte! Selbst die Fingerspitzen tanzten bei ihr mit. Es hatte ganz einfach ausgesehen.

Leevke war so aufgeregt, dass sie die Schritte nicht hinbekam. Jan probierte die Schrittfolge im Geräteraum ebenfalls, aber es war wirklich sauschwer. Zumal Arme und Beine etwas vollkommen Verschiedenes machen sollten. Außerdem stand ihm ein Bock im Weg, um den er hätte herumtanzen müssen. Das konnte ja nicht klappen.

Sina ging jetzt zu Leevke, um behutsam ihre Haltung zu korrigieren. Jan sah an Leevkes konzentriertem Blick, dass sie dranbleiben und hart trainieren würde. Leevke war keine, die schnell aufgab. Und Sina war für sie das beste Beispiel dafür, dass man es auch als Föhrer Insulanerin in die große Welt des Tanzes schaffen konnte, das würde sie zusätzlich motivieren.

Wieder überkam ihn die Lust, sich auch ein bisschen zu bewegen. Er schaute sich um. Neben ihm stand ein Stufenbarren zwischen ein paar Springböcken, die sich leicht zur Seite schieben ließen. Er war einer der wenigen Jungs gewesen, die Geräteturnen liebten. Kurz entschlossen stellte er die Stangen auf gleiche Höhe, sprang zwischen ihnen hoch und stützte sich mit durchgedrückten Armen auf beiden Seiten auf. Das Holz unter seinen Händen fühlte sich fest und kräftig an. Dann hob er die geschlossenen Beine im rechten Winkel auf Höhe seines Oberkörpers an. Es ging noch bestens! Kein Wunder, auf jeder Baustelle hangelte er sich mehrmals am Tag an den Dachlatten am First entlang, das gehörte für ihn zum Arbeitsalltag. Bis jetzt hatte er es immer locker geschafft. Er drehte nun die Beine nach rechts, verlor dabei das Gleichgewicht, rutschte mit der Hand ab und fing sich im letzten Moment mit dem Unterarm ab. Ihm wurde heiß, beinahe wäre es schiefgegangen! Er probierte es gleich noch mal, hochspringen, Arme durchstrecken, Beine zur rechten Seite, dann zur linken. Diesmal klappte es.

Nach einer guten halben Stunde hörte er, wie Sina die Musik ausstellte und sich kurz darauf von den Mädchen verabschiedete. Schnell huschte er durch den Seiteneingang, um draußen vor der Turnhalle auf seine Tochter zu warten. Es regnete immer noch, auf dem Parkplatz hatten sich kleine Rinnsale gebildet.

«Wie war's?», fragte er, als sie in den Wagen sprangen. Eyk holte sich sofort seine Streicheleinheiten bei Leevke.

«Suuuper!», jauchzte sie. «Ich will auf jeden Fall Profitänzerin werden!»

Jan war erleichtert. «Der Beginn einer großen Karriere.»

«Papa!»

«Es war ein Witz.»

«Ich meine es ernst!»

Mann, war das kompliziert. Er ruderte sofort zurück: «Vielleicht klappt es ja wirklich, das weiß man nie.»

Leevke streichelte immer noch Eyks Fell. «Ich habe gehört, dass Sina auch einen Kurs für Erwachsene gibt, Salzer, oder so. Willst du da nicht mitmachen? Die suchen dringend Männer.»

«Ich? Nee, danke.»

Sie schlug ihren süßesten Ton an: «Papa ...»

«Du weißt, dass ich sonst alles für dich mache, aber das nicht.»

«Die tanzen da echten Salzer, ab nächster Woche», bohrte sie weiter.

«Salsa!»

«Das soll superklasse werden. Thorsten Hausmeister ist auch dabei, hat er gesagt.»

«Der alte Muffelkopp?» Thorsten sah so gar nicht nach Tänzer aus, was war denn in den gefahren?

«Da lernst du bestimmt auch tolle Frauen kennen», erklärte Leevke.

Jan winkte ab. «Die von Föhr kenne ich schon, jedenfalls die in meiner Preisklasse.»

«Und, nix dabei?» Leevke hob den Blick.

«Weißt du doch.»

Zu Hause gingen sie als Erstes gemeinsam in Leevkes Zimmer, um den Rennmäusen Charlie und Louise beim Spielen zuzusehen. «Mäuse-TV» nannte sie das. Eyk war wie immer beleidigt, weil er nicht mitgucken durfte. Er wartete ungeduldig in der Küche auf sie. Jan legte eine Klopapierrolle in das Terrarium, und Charlie und Louise flitzten sofort hindurch.

«Willst du wirklich nicht tanzen, Papa?», fragte Leevke.

«Nein», antwortete er bestimmt. «Und ich will auch nicht immer wieder drüber reden.»

Leevke stemmte die Hände in die Hüften. «Aber du wolltest doch alles ändern auf Föhr, hast du selber gesagt!»

«Wann?»

«Im Hotel in Berlin.»

Jan schluckte. «Das hast du behalten?»

In seiner Erinnerung hatte er es nur so vor sich hin gemurmelt, während Leevke Fernsehen guckte.

«Und? Was war denn damit gemeint?»

«Ich brauche noch etwas Zeit.»

«*Wofür* brauchst du Zeit?», fragte Leevke nach.

«Das …» Er brach den Satz ab. Eigentlich hatte er sagen wollen: «Das verstehst du noch nicht.» Eine der lahmsten Erwachsenenausreden überhaupt, Leevke hatte wirklich mehr verdient. «Ich habe schon gute Ideen, was ich in Zukunft tun werde. Du wirst deinen Daddy nicht wiedererkennen, versprochen! Heute Abend werde ich mich entscheiden.»

Das klang zwar reichlich vage, aber immerhin war es eine Antwort. Für ihn bedeutete das: Er musste bis morgen früh liefern!

12.

Abends wurde die Luft erst feucht und schwer, dann zog dichter Nebel auf. Im letzten Tageslicht waren die Bäume und Häuser nur noch schemenhaft zu erkennen, irgendwann verschwanden sie vollständig in der dicken grauen Suppe. Jan trat aus dem Haus und klatschte einmal laut in die Hände, aber der Nebel verschluckte das Geräusch. Von der See her ertönte das dumpfe Tuten von Schiffshörnern, das ihm von Kindheit an vertraut war. Es gibt kein Wetter, das deine Sinne derartig außer Kraft setzt wie Nebel, dachte er. Er nimmt dir die Sicht und wirft dich vollkommen auf dich selbst zurück. Schonungslos überlässt er dich deinen Ahnungen, vor allem denen, von denen du nichts wissen willst. Als Kind hatte ihm seine Großmutter die Geschichte von dem bösen Riesen Broder erzählt, den noch nie ein Mensch gesehen hatte, weil er sich immer im Nebel versteckte. Bis heute konnte Jan nicht vollständig ausschließen, dass es diesen Broder wirklich gab.

Er sprang in seinen Lieferwagen und ließ das Radio extra ausgeschaltet, denn er musste sich hundertprozentig aufs Fahren konzentrieren. Eigentlich war es Wahnsinn, sich bei dem Wetter auf die Straße zu wagen. Leevke übernachtete bei ihrer Freundin Bella, zu Hause hielt er es nicht aus. Gott sei Dank waren es nur ein paar Kilometer bis Wyk, dort würde es besser werden.

Schon nach einigen Metern erschrak er. Die vertraute Hauslampe bei seinen Nachbarn tauchte erst im allerletzten Moment auf, um dann sofort wieder zu verschwinden. Oldsum kam ihm völlig fremd vor, als sei er hier zum ersten Mal. Der kleine Ausschnitt auf dem Asphalt vor ihm reichte höchstens dreißig Meter weit. Er hörte seinen eigenen Herzschlag, als er langsam Richtung Alkersum weiterfuhr, was beruhigend und bedrohlich zugleich war. Einmal kam ihm ein Wagen entgegen, dessen Scheinwerfer er erst im letzten Augenblick erkannte. Kurz vor Wyk wurde es dann etwas besser, was an der durchgängigen Straßenbeleuchtung lag.

Sein Ziel war der «Heimathafen». Die ehemalige Werkstatthalle der Fährreederei am Hafen war 2011 zu einer Kneipe umgebaut geworden. Die Einrichtung war bizarr: Der Raum war vollständig von Milchglasscheiben umgeben, unter den blank polierten Eisentischen standen alte Motoren und Werkzeuge.

Als er durch die große Tür in den Heimathafen einlief, stand der langhaarige Heinzi hinterm Tresen und polierte Gläser – wie immer. Jan ging selten aus, aber wenn, kam er gerne hierher. Es war sehr hell im Raum, was nach der Nebelfahrt guttat. Jan war der einzige Gast, er hatte aber trotzdem keine Lust zu quatschen. Er war zum Nachdenken gekommen. Zum Glück lebte er auf Föhr, wo es möglich war, zu zweit in einer leeren Kneipe zu sein, ohne ein Wort zu sprechen. Er setzte sich auf einen roten Barhocker an einen hohen Tisch und wartete, bis

Heinzi bereit war, die Bestellung entgegenzunehmen. Aus den Lautsprechern dröhnte «When a man loves a woman». Der langsame, kitschige Soulsong, der leere Raum: all das passte perfekt zu seiner Stimmung.

Heute musste ihm ein Einfall kommen, was er ändern könnte. Es musste nichts Großes sein, aber es sollte etwas in Bewegung setzen und seine schlechte Stimmung vertreiben. Morgen früh, wenn Leevke von Bella zurück wäre, musste etwas Neues beginnen, etwas, das ihn unter Leute brachte und ihm neuen Schwung gab.

«Moin, Jan», grüßte Heinzi.

«Moin, Heinzi, gibst mir 'n Flens?»

«Mit Glas?»

«Seh ich so aus?»

Heinzi ging zum Tresen, holte eine Flasche Flensburger aus dem Kühlschrank und stellte sie Jan wortlos auf den Tisch. Jan öffnete den Bügelverschluss mit einem «Plop» und nahm einen tiefen Zug. Was konnte er machen? Erst mal raus, egal, wie. Zum Fußball hatte er keine Lust, Handball auch nicht, Friesisch für Anfänger machte keinen Sinn, das beherrschte er, obwohl er plattdeutsch aufgewachsen war. Und warum nicht mal was völlig Absurdes anfangen? So was wie Yoga an der Volkshochschule oder wie Sina Schwedisch lernen (er hatte auf ihrem Küchentisch ein Lehrbuch liegen sehen). Aber was sollte er mit Schwedisch? Nein, es müsste etwas sein, was ihn ähnlich erfüllte wie Leevke ihr Ballett. Sie hatte fast überirdisch gestrahlt, als sie heute zur «Schwanensee»-Musik tanzen durfte, es war die Erfüllung ihrer Träume. Und wie herrlich das war, am Stufenbarren zu turnen und sie dabei zu beobachten! Plötzlich wurde ihm ganz warm ums Herz. Das war es doch! Geräteturnen! Wie schön wäre es, mal wieder so richtig Anlauf zu nehmen, sich mit aller Kraft vom Sprungbrett abzudrücken und dann über den Längskasten zu hechten! Allein die Vorstellung gab ihm Auftrieb. Ja, auf seiner Wunschliste standen noch einige Übungen, die er sich als Schüler nicht getraut hatte: Felge am Reck mit Salto als Abgang zum Beispiel, das war sein Traum. In seinem Alter war es noch längst nicht zu spät dafür, er fühlte sich körperlich topfit. Die Arbeit auf den Dächern ersparte ihm jedes Fitness-Studio. Er nahm ein paar Schlucke Bier hintereinander. Gleich morgen früh würde er beim Wyker Turnerbund anrufen und sich anmelden. Damit war die Kuh vom Eis! Leevke würde staunen.

Er lächelte beseelt, während er sich im Geist die waghalsigsten Turnübungen absolvieren sah, als ein Mann in speckiger Bluejeans und ausgewaschenem Sweatshirt die Kneipe betrat: Thorsten Hausmeister. Jan fiel ein, was Leevke ihm erzählt hatte. Stimmte es, dass er zum Tanzen gehen wollte? Thorsten holte sich am Tresen eine halb leere Flasche Jägermeister und ein Glas und setzte sich mit düsterer Miene an Jans Tisch, was ihm gar nicht recht war. Er wollte allein sein und weiter seinen Gedanken nachhängen.

«Moin», sagte Thorsten.

«Moin.»

«Willst du auch ’n Glas?» Er deutete auf die grüne Flasche.

Jan hob abwehrend beide Hände, Jägermeister war so gar nicht sein Getränk. «Nee, ich muss noch fahren.»

Thorsten kippte kurz hintereinander zwei Gläser runter. «Und? Wie geit di dat so?»

«Gut, und selber?»

«Nich so.» Thorsten schüttelte sich.

«Ärger?»

Er schenkte sich das nächste Glas ein. Der wollte es wirklich wissen! «Christine macht ’nen Aufstand wegen jedem Mist, da kommst nicht gegen an.»

«So.» Jan hatte wenig Lust, sich die Laune verderben zu lassen. Sollte der sich alleine vollsaufen und ihn in Ruhe lassen. Jetzt, wo er gerade so euphorisch wie lange nicht war.

«Bei den Frauen steigst einfach nicht hinter, oder was sagst du?»

«Du willst bei Sina tanzen, habe ich gehört?», fragte Jan.

«Ja, leider.» Thorsten pulte am Etikett der Jägermeister-Flasche herum.

«Du und Ballett, das war ja schon immer eins», frotzelte Jan. «So wie du immer übers Schulgelände tänzelst.»

«Ich mach kein Ballett, dat ist Salzer oder so was.»

Jan grinste. «Sag ich doch: Ballett.»

«Kannst auch kommen», sagte Thorsten und fügte todernst hinzu: «Soll Spaß bringen. Übermorgen geht’s los.»

Jan winkte ab. «Nee, für mich is dat nix.»

«Besser als zu Hause auf’m Sofa zu hocken.» Thorsten stürzte sein drittes Glas herunter.

«Meine Welt is mehr so Reck und Springbock und so was», erklärte Jan.

«Pervers.»

«Wieso dat denn?»

«Für mich is das Sadomaso. Wie ’n nasser Sack am Reck hängen, was is daran Sport?»

«Kann eben nicht jeder ‹Schwanensee› tanzen wie du.»

«Du bist ein Idiot, Jan Clausen, weißt du das?»

Jan lachte. «Ich trinke einen mit. Aber nur ’n ganz Lütten.»

Dann saßen sie eine Weile schweigend nebeneinander, starrten auf die Milchglasscheiben und hörten der Soul-Musik zu, die Heinzi persönlich auflegte.

Als Jan später vor dem Heimathafen an der frischen Luft stand, atmete er tief durch. Der Nebel hatte sich verzogen, der Mond schien klar übers Meer, am Hafenanleger lagen zwei Fähren in der Dunkelheit. Vom Festland her strahlten die Lichter Dagebülls herüber wie eine Lichterkette. Er war schon lange nicht mehr so eins mit sich und seiner Insel gewesen.

13.

Sina schritt nervös in der kleinen Süderender Turnhalle auf und ab, die Arme hinterm Rücken verschränkt. Sie war fertig umgezogen, trug ihren weißen Ballettanzug und einen kurzen roten Rock. Draußen wurde es bereits dunkel. Sie hatte gedacht, dass «Remember Schwanensee» ihre letzte Premiere gewesen wäre. Aber das war ein Irrtum gewesen. Jetzt war es wieder so weit, und es kam ihr schlimmer vor als je zuvor. Sie spürte dieselben Symptome, die sie jedes Mal bei Lampenfieber heimsuchten, ihre Arme und Füße wurden schwer – für eine Tänzerin der größtmögliche Albtraum.

Heute Abend ging es aber nicht um eine einzelne Aufführung – es war die Aufnahmeprüfung zu einem neuen Leben! Wie damals als Sechzehnjährige an der Folkwang-Schule in Essen: Die Zweifel, ob es sie es wirklich schaffen würde, eine professionelle Balletttänzerin zu werden, tauchten in ihren Träumen neuerdings wieder auf. Letzte Nacht war sie wieder mal zum Vortanzen in Essen erschienen – und böse gestolpert! Schweißgebadet war sie aufgewacht, und es dauerte ein paar Sekunden, bis ihr klarwurde, dass das Kapitel professionelles Ballett in ihrem Leben ja bereits beendet war.

Es war zehn vor acht. Würden die Föhrerinnen und Föhrer heute Abend wirklich zu ihrer ersten Tanzstunde kommen? Wenigstens die, die fest zugesagt hatten? Die Insel hatte nur 8500 Einwohner, wieso sollten von denen plötzlich welche tanzen wollen? Ihr blieb nichts anderes übrig, als abzuwarten. Aber das konnte sie am allerwenigsten. Wenn die Tanzschule kein Erfolg wurde, müsste sie Föhr wieder verlassen, und das mochte sie sich gar nicht vorstellen. Ihre kleine Wohnung in Flensburg hatte sie zwar noch nicht aufgegeben, sondern an eine neue Tänzerin am Theater untervermietet. Theoretisch konnte sie dahin zurück. Aber sie wollte ihr neues Leben auf der Insel nicht mehr missen. Sie liebte die imposante, zarte Morgenstimmung direkt nach dem Aufwachen. Selbst wenn es regnete, konnte sie stundenlang aus ihrem Schlafzimmerfenster hinaus in die Weite der Marsch schauen. Allein diesen Blick wollte sie nie wieder für eine Wohnung in der Stadt aufgeben, dreißig Jahre waren mehr als genug gewesen. Und auch würde sie so herzliche Nachbarn wie in Oevenum nicht mehr finden. Sie stellten ihr Pflaumen und Kirschen vor die Tür, einfach so. Wenn ihr Dach erst mal fertig war, würde sie als Dank ein großes Fest für alle Nachbarn veranstalten.

Nervös blickte sie in das kalte Neonlicht an der Decke, das auch in Fabrikhallen gern verwendet wurde. In dieser schäbigen Halle mit den alten Milchglasscheiben und den braunen Polsterungen an den Wänden sollte ein Wunder passieren? Die Kinderkurse waren gut angelaufen, aber zum finanziellen Überleben kam sie ohne die Erwachsenen nicht aus. Sie hatte alles versucht, hatte in sämtlichen

Geschäften der Insel Handzettel verteilt und kleine Plakate aufgehängt, auf denen für ihren Tanzkurs geworben wurde. Die Frauen hatten sich in der Regel interessiert gezeigt, die meisten Männer ignorierten ihr Angebot einfach.

Vielleicht hatte sie einen ungünstigen Tag gewählt. War das Wetter heute nicht viel zu gut gewesen? Die letzten Tage auf Föhr waren eine Sensation gewesen, es gab einen prallen Sonnentag nach dem anderen. Jeder, der konnte, ging nach der Arbeit noch mal raus. Wollte man da abends noch tanzen gehen? Sie blickte auf die Uhr: fünf vor acht. Eigentlich müssten die Ersten längst da sein.

Mit einem Quietschen öffnete sich die schlecht geölte Tür zur Turnhalle. Sina musste sich zusammenreißen, um nicht vor Glück laut «Erlösung!» zu schreien.

«Moin!»

Christine und ihr Mann Thorsten Hausmeister betraten die Halle. Christine trug Sporthose und T-Shirt, in der Hand balancierte sie ein Kuchentablett, sie strahlte übers ganze Gesicht. Trotz ihrer kräftigen Hüften und ihres gut sichtbaren Hinterns blieb sie eine attraktive Frau mit unglaublich schönen Augen. Ihr hochgewachsener Mann trug Jeans und ein kurzärmliges Karohemd. Sein Gesicht sah allerdings so aus, als sei der Tanzkurs die Höchststrafe für ihn: mitgefangen, mitgehangen. Sina wusste ja, dass er nur hier war, weil er seiner Frau etwas schuldig war. Trotzdem hatte sie den Ehrgeiz, dass ihm der Tanzkurs eines Tages so wichtig wurde wie sein Aufsitzrasenmäher, das setzte sie sich als Ziel.

«Ich hab uns ein bisschen Stärkung aus der Bäckerei

mitgebracht.» Christine stellte das Kuchentablett auf dem Hallenboden ab und entfernte das Papier. «Greif zu! Das ist Käsekuchen, den magst du doch am liebsten, oder?»

Sina musste sich auf die Lippen beißen. Sie hatte mit dem Salsa-Kurs keinen Kaffeeklatsch im Sinn gehabt. Sport mit vollem Magen, das ging gar nicht. Da ermahnte sie sich selbst: Christine war hier, um Spaß haben. Da galten nicht die Ernährungsprinzipien einer Profi-Ballerina. Sie sollte schnell vom Spitzenballett umschalten auf Föhrer Turnhalle!

«Danke, wie lieb», sagte Sina und nahm sich ein Stück Käsekuchen.

«Sahne ist auch da, im Schälchen.» Christine gab ihr mit einem Plastiklöffel einen Klacks auf den Kuchen, bevor Sina protestieren konnte. Auch Thorsten sah zufriedener aus, als er erst ein Stück im Mund hatte.

«Hallo.»

Jetzt kam Gesche Grigoleit herein, die Lehrerin, die sie vor dem Schulgebäude kennengelernt hatte. Sie trug schwarze Stretchjeans, ein weißes T-Shirt und Ballerinas an den Füßen. Mit großen Augen musterte sie das Kuchentablett.

«Wir haben schon mal angefangen», sagte Sina mit halb vollem Mund.

«Willst du auch?», fragte Christine freundlich.

«Schmeckt super», ergänzte Thorsten.

«Danke, ich habe schon gegessen», erwiderte die Lehrerin.

Sina war gespannt, was die ehemalige Vizejugendmeisterin beim Salsa so draufhatte. Nun waren sie zwei Tänzerinnen, plus ein Mann, plus sie selbst. Eine frustrierende Ausbeute nach dem Riesenwirbel, den sie veranstaltet hatte. Wenn nicht noch mehr Teilnehmer hinzukamen, gab sie der Gruppe eine Überlebenszeit von höchstens zwei Wochen. Aber daran durfte sie jetzt nicht denken.

«Kommt ihr bitte mal alle in die Mitte?», sagte sie. Christine räumte den Kuchen beiseite, dann schauten alle drei ihre Lehrerin erwartungsvoll an. Sina lächelte aufmunternd in die Runde. «Hat jemand von euch schon mal Salsa getanzt?»

Gesches und Christines Hände gingen hoch.

«Braucht man hier etwa Vorkenntnisse?», maulte Thorsten.

Vermutlich war das seine Hoffnung, dann hätte er nämlich eine Ausrede, um sofort das Handtuch zu schmeißen. Aber diese Brücke würde sie ihm nicht bauen.

«Nein, überhaupt nicht.» Sina lächelte. «Und eins kann ich dir jetzt schon sagen: Egal, wie oft man in seinem Leben schon Salsa getanzt hat, niemand geht danach mit schlechter Laune wieder nach Hause. Du wirst deinen Spaß haben, das garantiere ich dir.»

Das waren große Worte in einer schmucklosen Turnhalle mit braun gepolsterten Wänden und drei Kursteilnehmern.

«Mit Geld-zurück-Garantie?», erkundigte sich Thorsten gereizt.

«Selbstverständlich», antwortete Sina. «Ich zeige euch jetzt die allerersten Grundschritte. Aber nur, damit ihr sie hinterher sofort wieder vergesst.»

Für sie schloss sich an diesem Abend ein Kreis: Als sie

in Essen ihre Ausbildung machte, war Salsa ein Hobby vieler Tanzstudenten gewesen, auch wenn er mit Ballett gar nichts zu tun hatte. Es gab keine Studentenparty ohne Salsa, ihre südamerikanischen Mitstudentinnen hatten ihr ein paar tolle Tricks und Figuren gezeigt.

«Für den Herrn: Auf der ‹Eins› links vorwärts gehen und belasten, auf der ‹Und› den hinteren rechten Fuß belasten, auf ‹Zwei› den linken Fuß wieder ranziehen und schließen, auf ‹Und› Pause. Auf ‹Drei› rechts rückwärts, auf ‹Und› stehenden linken Fuß belasten, auf ‹Vier› rechten Fuß ranziehen und schließen, auf ‹Und› Pause. Die Damen entsprechend rückwärts.» Dann zeigte sie, wie es weiterging: Die Herren gingen zurück, die Damen voran. «Probiert es mal langsam aus, jeder für sich.»

Es gab unzählige Arten, Salsa zu tanzen, irgendwann löste man sich von den Schrittfolgen und wurde viel freier. Sie stellte den DVD-Player an. Die Trompeten fingen einen fröhlichen Dialog mit dem Klavier an, begleitet von allerlei Schlagwerk. Wie eine frische Brise fegte die kubanische Salsa-Musik durch die nordfriesische Turnhalle. Plötzlich war aller Frust vergessen.

Nachdem die drei ein paar Minuten vor sich hin probiert hatten, rief Sina: «Und jetzt zusammen!» Sie schnappte sich Gesche, Thorsten versuchte es mit seiner Christine. Während sich Gesche perfekt, wenn auch ein bisschen zu mechanisch, von ihr führen ließ, warf Sina einen verstohlenen Blick auf das andere Paar. Thorstens Gelenke waren wie festgedübelt, er wusste nicht, wohin mit seinen langen Armen, während er sich krampfhaft auf die Schritte konzentrierte. Christine hingegen wirkte elektrisiert. Tanzend bewegte Sina sich auf Thorsten zu, um ihm zu helfen. Ihr war es wichtig, dass die drei von Anfang an nicht schematisch voranschritten, sondern locker blieben, auch wenn sie dabei Fehler machten.

«Beweg deine Hüfte zur anderen Seite, wenn du dich drehst», rief sie Thorsten aufmunternd zu. «Lass die Hüfte locker, guck, so!» Sie ließ das Becken nach links und rechts schwingen. Thorsten schien das erste Mal zu erfahren, dass sich seine Hüfte überhaupt zur Seite drehen ließ.

Während er es weiter ausprobierte, hörte Sina, wie hinter ihr die Tür aufging.

«Moin», brummte eine tiefe Männerstimme in den Raum.

Sie schob Thorstens Bein mit dem Fuß sanft zur Seite. Auf seiner Stirn bildeten sich bereits dicke Schweißtropfen.

«So geht's doch!», lächelte sie und drehte sich dann um.

Sie traute ihren Augen nicht. Im Türrahmen stand der wortkarge Dachdecker, der angeblich nur Headbanging machte.

14.

«’tschuldigung», murmelte Jan. «Ich bin zu spät.»

Am liebsten wäre er auf der Stelle wieder umgekehrt. Er hatte erwartet, dass er sich unauffällig in eine Massenveranstaltung mit mindestens fünfzig Tanzenden einschmuggeln konnte, in die letzte Reihe, wo ihn niemand sah. Aber hier standen, Sina eingerechnet, nur vier Leute! Darunter die Frau, die auf Platz eins seiner persönlichen Albtraumliste stand: Federtaschenbefüllerin Grigoleit. In schwarzer Stretchjeans und weißem T-Shirt.

«Schön, dass du da bist. Stell dich zu uns!», rief Sina und lächelte ihn auffordernd an. «Ich erkläre noch einmal die Grundschritte.»

In ihrem Tanzdress sah sie toll aus. Ihr klares Gesicht mit den knallblauen Augen und den blonden Haaren wirkte fast jugendlich. Er erinnerte sich, dass an dem Morgen, an dem er sie ungeschminkt in ihrem Garten gesehen hatte, nur um ihre Augen ein paar Fältchen zu sehen gewesen waren – und wenn sie lachte, was sie anscheinend oft tat. Sina musste in ihrer Jugend ein echter Knaller gewesen sein.

«Jan?» Sina sah ihn fragend an. «Kommst du zu uns?»

Er musste wirken wie ein Ertrinkender vor dem letzten

Atemzug. Jetzt war es wohl zu spät für eine Ausrede in der Art, ich wollte eigentlich nur fragen, ob ich mit dem Wagen auf dem Schulparkplatz stehen darf, auch wenn ich hier gar nichts zu tun habe … Also zog er sich die Schuhe aus und betrat vorsichtig den leicht federnden Hallenboden, auf dem verschiedene Spielfelder in roten und gelben Streifen aufgemalt waren. Ein paar Meter entfernt konnte er im Fußboden die kleinen runden Scheiben erkennen, die man herausnahm, um die Reckstangen zu fixieren. Er seufzte. *Das* wäre es jetzt gewesen … Aber er war nun mal auf einer anderen Veranstaltung.

Dass er überhaupt hier war, entsprang purer Verzweiflung. Kaum hatte er nämlich seine Leidenschaft fürs Geräteturnen wiederentdeckt, war sie schon wieder ins Leere gelaufen. Denn Turnen wurde auf der Insel nur für Kinder angeboten, für Erwachsene gab es da gar nichts, mangels Nachfrage. Föhr war eben nicht Berlin. Und bevor er mit Gewalt versuchte, einen Platz beim Frauenyoga zu ergattern, war er eben lieber zum Tanzen gegangen. Leevke hatte ihm den letzten Schubser gegeben, indem sie ihn auf charmante Weise erpresst hatte: Sie hatte das gesamte Erdgeschoss gesaugt und die Fenster geputzt. Dafür forderte sie als Gegenleistung, dass er mindestens dreimal zum Salsa-Kurs ging. Sie hatte ihm sogar eigenhändig einen Gutschein ausgestellt. Hätte er da noch kneifen können?

Er würde es genau dreimal durchziehen. Widerwillig stellte er sich neben Christine und Thorsten auf die Mittellinie der Halle, auf der beim Fußball der Anstoß gegeben wurde, und verschränkte abwartend die Arme.

«Na, alter Geräteturner?», zischelte ihm Thorsten hämisch zu und grinste süffisant. Nach seinem Geläster im Heimathafen war es für Jan natürlich eine Niederlage, jetzt und hier neben ihm zu stehen, aber das war sein geringstes Problem.

Sina widerholte ganz langsam den Salsa-Grundschritt, den offenbar alle außer Thorsten Hausmeister und ihm schon draufhatten.

«Jan, Thorsten, versucht's doch mal!», rief Sina.

Mit gesenktem Kopf imitierte er ihre Schritte, aber es war frustrierend. Nicht mal bei langsamem Tempo gelang es ihm ohne Fehler. Als wenn er zwei linke Beine hätte. Auf der Vier und der Acht sollte er Pause machen? Er hatte noch nie zuvor die eigenen Körperbewegungen gezählt, es nervte ihn gewaltig.

«Das Wichtigste ist: Salsa wird mit dem Hintern gesteuert. Ihr werdet sehen, der Hintern nimmt die Hüfte dann einfach mit.»

Nach ein paar Versuchen wurde es besser, aber das war ja ohne Musik gewesen. Nun stellte Sina den CD-Player an, und von da an lief alles komplett durcheinander. Es war ihm total peinlich. Zum Glück tanzte er allein, sodass er niemandem auf die Füße trat. Immer wieder tapste er daneben und bekam jedes Mal das Gefühl, er sei in einen Hundehaufen getreten. Dazu kamen Sinas Anweisungen und Kommentare: «Die Hüfte zur Seite, die Arme weg vom Körper – und die Männer nach der Vier rückwärtsgehen. Nicht so steif! Runde Bewegungen, ja, das wird immer besser!»

Rechts, links, oben, unten, vorwärts, rückwärts? Was

denn noch? Tanzen nach Zahlen funktionierte für ihn nicht, so würde er es nie lernen. Außerdem verwirrten ihn die ganzen Striche auf dem Boden, er verlor immer wieder die Orientierung, wenn er nach unten schaute.

«So, und jetzt sucht euch bitte einen Partner», rief Sina.

Das nun auch noch! Erleichtert nahm er aus dem Augenwinkel wahr, dass sich Frau Grigoleit Thorsten Hausmeister geschnappt hatte. Christine kam auf ihn zu und nahm lächelnd seine Hand.

«Na, Jan, wie is?»

Er bekam einen trockenen Mund: «Gerne.»

Schon lange hatte er sich nicht mehr auf so dünnem Eis bewegt. Sonst gab es für alle Probleme eine Lösung – er musste nur ein Werkzeug rausholen, um es zu beheben, oder er konnte sabbeln oder einfach wegfahren. Hier in der Halle bot sich nichts in der Art an, das war wie nackt durch eine volle Einkaufsstraße rennen. Wie kam er hier bloß wieder raus?

Sina stellte ein Salsa-Stück an, das zum Glück nicht besonders schnell war. Zögerlich nahm er Christines Hand und fasste sie etwas oberhalb der Hüfte. Im Stehen fühlte sich das sogar ganz gut an – aber beim Stehen blieb es ja leider nicht.

«Zähle ich laut mit oder du?», fragte er seine Partnerin.

«Mit Zählen bekomme ich das nicht hin», erklärte sie.

«Dann ich.»

«Los?»

Jan nickte.

«Eins-zwei-drei-Pause», rief Sina und klatschte laut dazu, «fünf-sechs-sieben-halten. Eins ...»

Irgendwie ging Christine nicht in die gleiche Richtung wie er.

«Mist, ich bin draußen», entschuldigte er sich. Er fühlte sich gedemütigt, aber deswegen hörte die Musik ja nicht auf. Vollkommen verwirrt tapste er mit Christine in der Turnhalle herum, während er laut mitzählte. Dabei besaß er eigentlich Taktgefühl, sogar ein ausgeprägtes. Bloß kam das hier irgendwie nicht zum Tragen. Zu gerne hätte er Christine mit elegantem Hüftschwung von einem Ende der Halle zum anderen gewirbelt und dabei von Kopf bis Fuß pure Sinnlichkeit ausgestrahlt. Aber daran war nicht zu denken: Wohin willst du deine Partnerin führen, wenn du keine Ahnung hast, welches der nächste Schritt ist?

«Prima, Jan, das sieht doch schon gut aus!», rief Sina begeistert.

Wollte sie ihn auf den Arm nehmen?

«Nicht aufgeben, das braucht ein bisschen.»

Mann, er war doch sonst kein Bewegungslegastheniker. Die sollten mal sehen, wie elegant er einen Hocksprung über den Kasten machte! Da wusste er genau, wohin mit seinen Gliedmaßen.

Sina stellte den DVD-Player aus. «So, und jetzt wechselt ihr den Partner. Wenn ihr jemand anderen vor euch habt, ist wieder alles ganz neu. Dadurch werdet ihr flexibler und vergesst irgendwann, über jeden Schritt nachzudenken. Ihr sollt den Kopf frei kriegen und die Bewegung genießen.»

Nun war es unausweichlich. Er musste mit der Grigoleit tanzen. Na denn viel Spaß, Jan Clausen! Als Vater, der sie auf der Elternversammlung zu Unrecht angepampt hatte, konnte er ihr nun beweisen, dass er auch beim Tanzen ein Vollversager war – wie lustig.

«Herr Clausen?», fragte Frau Grigoleit höflich.

Als wenn er die Wahl gehabt hätte …

Er nickte. Mit ihren dunklen, korrekt geschnittenen Haaren erinnerte sie ihn an die Chanson-Sängerin Mireille Mathieu, nur in jünger.

«Und immer an den Hintern denken, der ist euer Ruderblatt», mahnte Sina.

Jan schaute seine Tanzlehrerin frustriert an. An seinen Hintern hatte er gar nicht gedacht. Mit dem sollte er navigieren? Er kam sich vor wie ein Roboter mit Getriebeschaden. Mit der Linken hielt er Frau Grigoleits Hand, mit der Rechten fasste er ihre Hüfte. Sie sah die ganze Zeit über seine Schulter hinweg zu den Ringen an der Hallendecke hoch. Wohlzufühlen schien sie sich auch nicht, aber da mussten sie jetzt beide durch.

Irgendwann zwang er sich, etwas ruhiger zu atmen. Er fand den Rhythmus – jedenfalls alle paar Takte. Ansonsten war er froh, dass die Wände der Turnhalle mit einer Art weichem braunem Airbag gepolstert waren, sodass sie geschützt waren, falls sie doch mal aus der Kurve flogen.

«Bitte alle schön im Ebbstrom bleiben, sonst rempelt ihr euch gegenseitig an», sagte Sina. «Jan, die Hüfte mehr nach backbord, und steuerbord locker gehen lassen. Gut, Christine!»

Sinas nautisches Vokabular munterte ihn etwas auf, so ging es ein bisschen leichter. Aber natürlich konnte er auch Frau Grigoleit nicht führen, wohin denn auch? Navigations- und ruderlos trieb er mit ihr durch die Halle.

«Wenn Sie Lust haben, mich zu führen?», bot er ihr an.

«Gerne», antwortete sie, was ihn schon wieder ärgerte: Wie meinte sie das, «gerne»? Sie nahm seine Hand und legte los. Nun kamen sie zwar besser voran, aber trotzdem fühlte es sich nicht gut an. Salsa war dafür gedacht, dass der Mann führte, er kam sich vor wie einer ihrer Grundschüler.

Neben ihm tanzte jetzt Sina mit Christine, was richtig toll aussah, ganz leicht und elegant. Beide hatten das mit dem Po und den Hüften wirklich voll drauf. So würde er es wahrscheinlich nie hinbekommen, er war halt mehr der Kraftmensch. Thorsten saß schon am Rand und naschte vom Kuchen. Immerhin, ganz so steif wie der war er nicht, jedenfalls bildete er sich das ein. Trotzdem, Salsa war nicht sein Ding, das war ja von vornherein klar gewesen. Wenigstens hatte er es ausprobiert, Leevke konnte zufrieden mit ihrem Vater sein.

Sina warf einen Blick auf ihre Uhr. «Feierabend!»

«Jetzt schon?», beschwerte sich Christine.

«Tut mir leid, die Fußballer warten. Ich hoffe, es hat euch ein bisschen Spaß gemacht und ich sehe euch nächste Woche wieder. Ihr habt das wirklich toll gemacht, großes Lob!»

Alle klatschten, auch er. Sina konnte ja nichts dafür, dass Tanzen nicht sein Ding war. Er bemerkte, wie Frau Grigoleit und die Schmidtkes ihn erwartungsvoll ansahen. Als hätten sie sich abgesprochen. Nein, ich will nicht mit euch in die Kneipe, dachte er. Womöglich sollte er dort mit der Lehrerin seiner Tochter auch noch Brüderschaft trinken. So weit ging die Sympathie dann doch nicht.

«Vielen Dank», sagte er in Sinas Richtung, nahm seine Schuhe und verließ die Halle.

Bevor er nach Hause fuhr, machte er mit seinem Lieferwagen noch einen Schlenker auf den Deich. Das nächtliche Watt wurde vom Mond silbern beleuchtet, die Leuchttürme Sylts und Amrums blinkten in gemäßigten Abständen herüber. Hier kam er immer zur Ruhe, egal, wie hektisch es um ihn herum war. Nur heute nicht – er konnte kaum still stehen. Die Salsa-Musik klang immer noch in seinen Ohren, seine Füße wackelten. Irgendwann begann er, ein bisschen auf der Deichkrone hin und her zu tanzen, ohne auf Schrittfolgen und den ganzen Kram zu achten. Und siehe da, es klappte. Ohne Partnerin, ohne Anweisungen und ohne Musik würde es optimal funktionieren!

15.

Am nächsten Morgen stellte Jan zum Frühstück Kerzen auf den Esstisch, auch wenn es bis zum Advent noch ein paar Wochen hin war. Er wusste, dass Leevke das liebte, und auch für ihn begann der Tag damit feierlicher als sonst. Der grobe, hölzerne Esstisch war schon seit drei Generationen im Besitz der Familie Clausen, Jans Großvater hatte ihn seiner zukünftigen Frau seinerzeit als Verlobungsgeschenk geschreinert. Auch Jan hatte als kleiner Junge jeden Tag mit seiner Familie daran gesessen. Die Oberfläche war ziemlich zerkratzt, aber es wäre ihm nie eingefallen, sie glatt zu schleifen. Jede Kerbe stammte von einem seiner Vorfahren, das war eine Art Erbe, und so sollte es auch bleiben.

Er stellte das Radio an, aus dem irgendein Popsong aus den Neunzigern ertönte. Etwas Zeit hatte er noch, bevor er Leevke wecken musste. Unwillkürlich fing er an, in der kleinen Küche dazu zu tanzen. Nicht irgendwie, sondern nach den Schritten, die Sina ihm gezeigt hatte. Jeder Musikkenner wäre vermutlich zusammengebrochen: Salsa-Schritte und Popsongs passten wahrscheinlich überhaupt nicht zusammen, aber zum Glück hatte er von Musik ja keine Ahnung. Während er so zwischen Kaffeemaschine und Tisch hin und her tanzte, fiel ihm auf, dass man gar nicht viel Platz brauchte, damit es funktionierte, jedenfalls nicht, wenn man allein tanzte. Als der Song zu Ende war, setzte er sich an den Esstisch und nahm einen Schluck Kaffee.

Sieben Uhr, es wurde Zeit. Doch in dem Moment stürmte Leevke schon im Pyjama die Treppe runter und setzte sich an den gedeckten Frühstückstisch. Sie war heute ausnahmsweise mal von selbst aufgewacht.

«Papa, wie war es gestern Abend?»

«Guten Morgen», sagte er. «Gut geschlafen?»

«Hast du auch mit Frau Grigoleit getanzt?», fragte sie aufgeregt.

«Ja, und auch mit Christine Hausmeister», versuchte er, die Aufregung seiner Tochter etwas zu dämpfen.

Leevke kletterte auf seinen Schoß. «Hast du mit Frau Grigoleit eng getanzt?»

«Salsa ist kein Engtanz.»

«Hast du ihre Hand angefasst?»

«Das gehört dazu.»

«Ihr Bein gestreift?»

«Auch das.»

«Sie am Po gepackt?»

Langsam wurde es ihm zu viel. «Wird das ein Verhör, oder was?»

«Du klebst beim Tanzen richtig dicht an ihr dran, stimmt's?»

Jan verdrehte die Augen. «Leevke …»

Er füllte die Teller mit Müsli, aber Leevke schien keinen Hunger zu haben. Sie schob ihre Portion weg.

«Komm, du musst doch was essen!», sagte Jan.

«Was magst du am liebsten an Frau Grigoleit?» Sie sah ihn durchdringend an.

«Hä?» Jan goss etwas Milch auf sein Müsli. «Wie meinst du das?»

«Busen oder Po?»

Er war vollkommen baff. «Busen oder Po? Wo hast du *das* denn her?»

Leevke lächelte und zeigte ihre neue Zahnlücke neben den Schneidezähnen. «Aus der Samstagszeitung. Da stand, dass Männer bei Frauen zuerst auf den Busen oder auf den Po achten.»

Jan nahm einen großen Schluck Kaffee. «So, tun sie das?»

Leevke ließ sich nicht ablenken. «Frau Grigoleit hat einen ziemlich großen Busen, oder?»

«Hmm.»

«Also stehst du auf ihre Brüste?»

«Nun ist aber gut», brummte er.

Sie schnappte sich jetzt doch ihren Müsliteller.

Mann, Leevke war zehn, wie sollte das erst werden, wenn sie in die Pubertät kam?

«Hast du die Mäuse gefüttert?», fragte er, um das Thema zu wechseln. Okay, das war plump, außerdem würde Leevke das Futter nie vergessen, denn sie liebte Charlie und Louise über alles. So leicht war sie nicht zu kriegen.

«Natürlich, Papa», erklärte sie. «Frau Grigoleit war übrigens einmal kurz verheiratet. Mit einer Jugendliebe.»

«Woher willst du das wissen?»

«Das hat sie ihren Vermietern in Midlum erzählt, das sind die Großeltern von Beeke aus der 3a.»

«Ah ja.»

Leevke nahm einen Löffel Müsli und sprach mit vollem Mund weiter. «Ich dachte, es interessiert dich. Immerhin tanzt ihr jetzt ja zusammen eng.»

«Salsa ist kein ...»

«... kein Engtanz, ich weiß. Aber falls du sie anbaggern willst, weißt du Bescheid.»

«Ich denke, du magst sie nicht?»

«Das hat sich geändert, sie ist doch ganz okay.»

«Ach wirklich?»

«Ich habe gestern in der Pause sogar mit Frau Grigoleit über dich geredet.»

Jan legte erschrocken den Löffel beiseite. «So? Was denn?»

«Nichts wegen der Schule, keine Angst. Es war rein privat.»

Das klang gar nicht gut, bei ihm klingelten alle Alarmglocken. «Was hast du ihr über mich erzählt?»

«Dass du dringend eine neue Frau suchst.»

«Was heißt denn *dringend*?»

«Dringend heißt zacki-zacki-hopp-hopp.»

«Das hast du aber nicht so gesagt, oder? Mit zacki-zacki-hopp-hopp?»

Leevke lächelte. «Sie fand das sehr spannend.»

«Ist ja tröstlich.»

Er konnte Frau Grigoleit nie wieder unter die Augen treten, weder im Tanzkurs noch in der Schule. Was würde die von einem Vater halten, der dringend eine Frau suchte, und zwar zacki-zacki-hopp-hopp?

«Kannst du jetzt Salsa?», fragte Leevke.

Jan holte tief Luft. «Ganz ehrlich, Leevke, Tanzen ist einfach nicht mein Ding.»

«Du hast versprochen, dass du fünfmal hingehst», erinnerte sie ihn.

«Dreimal», korrigierte er.

«Also, versprochen ist versprochen.»

«Ja.»

Damit war das Thema hoffentlich erst einmal beendet.

16.

Als Jan eine Woche später zum zweiten Salsa-Abend nach Süderende fuhr, fühlte er sich immer noch wie verhaftet. Die Vorstellung, sich ein weiteres Mal in der leeren Turnhalle vor den Damen zu blamieren, war nicht gerade verlockend. Was könnte man in der Zeit nicht Tolles machen: Reckturnen, Stufenbarren, Hochkasten, Ringe ... Aber versprochen war versprochen, er tat es allein für Leevke, und das war auch gut so. Es gehörte dazu, wenn man Vater war.

Als er die Tür zur Turnhalle öffnete, staunte er: Der füllige Bäckermeister Johann Roloff aus Utersum war mit seiner Frau Sabrina erschienen, beide in dunkelblauem Jogginganzug aus Ballonseide. Sina stand in der gegenüberliegenden Ecke über den CD-Player gebeugt und bemerkte ihn erst nicht. Sie trug dasselbe Outfit wie letzte Woche, was ihn insgeheim freute.

«Moin», rief er beherzt in den Saal.

Sina drehte sich um und strahlte, als sie ihn sah. «Schön, dass du da bist.»

«Moin, Moin», riefen die Roloffs.

Hoffentlich kommen noch mehr Leute, dachte er. Allein mit den Roloffs wäre es ja noch schlimmer als letztes Mal. Andererseits fühlte er sich heute ein bisschen sicherer. Er hatte nämlich im Badezimmer vorm großen Spiegel geübt, während die Roloffs wahrscheinlich bei null begannen. Außerdem hatte er sich unzählige Salsa-Tänzer auf YouTube angeschaut, was ihn allerdings sehr frustriert hatte. Die Einzigen, mit denen er im Internet mithalten konnte, waren Kinder.

Die Roloffs konnten es offenbar gar nicht abwarten und fingen schon ohne Musik an zu tanzen, was überraschend gut aussah. Da schlich sich hinter ihnen ein klein gewachsener Landwirtssohn um die zwanzig herein, den Jan flüchtig vom Sehen kannte.

«Moin, ich bin Kai.»

Der arme Junge schaute sich um und war sichtlich irritiert. Falls er hierhergekommen war, um eine Frau zu finden, musste er nun einsehen, dass er in der falschen Altersklasse gelandet war. Aber er blieb. Ihm folgte Frau Grigoleit in schwarzem Tanzdress. Jan spürte, wie ihm die Röte ins Gesicht stieg, wegen dem, was Leevke über ihn erzählt hatte. Andererseits war es ihm auch egal; sollte sie denken, was sie wollte.

«Moin», grüßte er so beiläufig wie möglich.

«Hallo.» Sie lächelte ihn an.

Es wurde plötzlich richtig voll, als eine Gruppe von der Kurklinik die Halle stürmte, ungefähr ein Dutzend Physiotherapeutinnen, Köchinnen und Krankenschwestern sowie drei Ärzte. Dann trafen Thorsten Hausmeister und Christine ein.

«Moin, Moin, schön, dass ihr alle da seid!», rief Sina. «Kommt doch bitte mal hier zusammen.»

Alle stellten sich auf die Anstoßlinie in der Mitte. Sina erklärte noch einmal die Grundschritte, die jeder zuerst für sich tanzen sollte. Jan stellte erfreut fest, dass er sie einigermaßen draufhatte, jedenfalls langsam. Nach etwa zehn Minuten sagte Sina: «Klasse, und jetzt tut ihr euch bitte zu zweit zusammen, und wir versuchen es mit Musik.» Sie lief zum CD-Player und schaltete kubanische Salsa-Musik vom Feinsten an, treibend und lässig-entspannt zugleich. Und wer war zufällig wieder Jans erste Partnerin? Natürlich Frau Grigoleit. Offenbar war sie sein Karma, irgendwas musste er in seinem vorherigen Leben falsch gemacht haben, wofür man ihn nun büßen ließ. Er versuchte, sich seine Abneigung nicht anmerken zu lassen, und nahm ihre Hand. Ohne ein Wort zu wechseln nahmen sie die Ausgangsstellung ein. Sina gab das Kommando zum Start, da begannen sie auch schon, sich gemeinsam im Rhythmus zu bewegen.

Auch wenn er Frau Grigoleit nach wie vor für eine kleinkarierte Federtaschenbefüllerin hielt, musste er insgeheim eins zugeben: So steif sie als Person war, so geschmeidig bewegte sie sich auf dem Parkett. Bestimmt hatte sie mal Turniere getanzt, sie spielte jedenfalls in einer ganz anderen Liga als er. Was es für ihn als blutigen Anfänger umso schlimmer machte. Trotzdem sammelte er all seinen Mut und übernahm die Führung. Perfekt ging anders, aber es lief eindeutig besser als letztes Mal.

Plötzlich ging die Tür auf, und eine Zuspätkommerin huschte herein, mit der er so gar nicht gerechnet hätte. Was vor allem daran lag, dass sie für ihn eher eine Phantasiegestalt als ein realer Mensch war. Ihr Kleid, das an ein

Dirndl erinnerte, passte vom Stil zwar überhaupt nicht nach Nordfriesland, sah deswegen aber irgendwie exotisch und sehr sexy aus. Es war Nena Großmann, die Frau von der Erziehungsberatung. Er musste in sich hineingrinsen: Was hatte er dieser Frau in seinen Albträumen für Zickereien angedichtet! Zu einer richtigen Hexe hatte er sie gemacht, dabei war sie in Wirklichkeit bestimmt charmant und sympathisch.

Der Song lief langsam aus, Gesche ließ seine Hand los.

«Wechselt bitte die Partner!», rief Sina.

Nena trat auf ihn zu. «Wollen wir?», hauchte sie.

«Ja, gerne.»

Er nahm ihre Hand und umfasste ihre Hüfte. Erst jetzt bemerkte er, dass sie am Nasenflügel einen kleinen Anstecker mit grünem Schmetterling trug. Er konnte nur hoffen, dass sie nicht auch so eine Könnerin war wie Gesche.

Sina stellte ein rhythmisches Salsa-Stück an, das zum Glück nicht besonders schnell war. Was folgte, war eine Vollkatastrophe. Nena war völlig ungeschmeidig und besaß keinerlei Taktgefühl. Steif wie ein Brett hoppelte sie mal in die eine, mal in die andere Richtung, wobei es zuverlässig immer die falsche war. Zählen konnte sie noch weniger als er. Dessen ungeachtet wollte sie trotzdem führen. Er selbst war ja nicht gerade eine Tanz-Koryphäe – aber sie kam ihm noch um einige Grade unbegabter vor. Unauffällig tanzte er mit ihr in Richtung Geräteraum und erklärte ihr etwas abseits von den anderen, was er beim letzten Mal gelernt hatte.

«Die Hüfte zur Seite, die Arme weg vom Körper – und du musst zu Anfang rückwärtsgehen.»

«Wieso kannst *du* nicht rückwärtsgehen?», fragte sie genervt zurück, als könne man darüber diskutieren.

Jan holte tief Luft. «Weil der Tanz so geht. Im zweiten Takt gehe ich dann zurück.»

Auch danach klappte es nicht besser.

Sina stellte die Musik ab. «Ich möchte nun, dass wir alle einmal quer durch die Halle tanzen, hin und zurück. Stellt euch vor, ihr seid mitten im Watt und tanzt auf den Leuchtturm von Hörnum zu. Den behaltet ihr bitte immer im Blick, während ihr mit Hintern und Hüften nach backbord und steuerbord schlenkert. Jan, kommst du mal bitte zu mir? Wir machen es einmal gemeinsam vor.»

Jan merkte, wie ihm heiß wurde: Wieso ausgerechnet er?

Sina stellte die Musik an und nahm seine Hand. Allein das fühlte sich perfekt an, sie griff nicht zu lasch und nicht zu fest, es war genau richtig. Sie tanzte mit ihm einmal längs durch die Halle. Er gab alles – was nicht gerade viel war. Ein Glück, dass er zu Hause geübt hatte und die Schrittfolge konnte, sodass es keine Vollkatastrophe wurde.

«… der Leuchtturm in Hörnum gibt euch Orientierung, er blinkt euch ganz ruhig zu …»

Sie hielt kurz vor der Wand inne und blickte auf die Gruppe in der Mitte der Halle.

«… und plötzlich meint ihr, dass ihr auf der Amrumer Odde den Eiffelturm gesehen habt …»

Alle schauten sie verwundert an.

«… jawohl, den aus Paris, über dreihundert Meter hoch. Wie kann das sein, denkt ihr, wie kommt der nach

Amrum? Während ihr ungläubig weiter Richtung Sylt tanzt, dreht ihr noch einmal den Kopf, um euch zu vergewissern, dass ihr geträumt habt. Aber da steht tatsächlich der Eiffelturm, es ist keine Fata Morgana. Wahnsinn! Jetzt dreht sich auch euer Körper dorthin und tanzt begeistert direkt auf ihn zu. Diese Begeisterung will ich in euren Augen sehen. Probiert's mal aus!»

Sie ließ ihn kurz los, stellte den CD-Player an und nahm dann wieder seine Hand. Alle Paare stellten sich in eine Reihe an der Wand, und los ging es. Jan fand das Eiffelturm-Bild anfangs etwas albern. Was sollte das bringen? Für ihn war das Kunst-Schickimicki. Er sprach ja auch nicht mit den Reethalmen, wenn er ein Dach deckte. Aber als er jetzt mit Sina auf den Hörnumer Leuchtturm zutanzte, fand er sich plötzlich mitten nach Paris versetzt, schlenderte mit ihr über die Champs-Élysées zum Arc de Triomphe und weiter zum Eiffelturm. Er fühlte sich richtig beflügelt und hatte mit einem Mal Stationen im Kopf, die über den einzelnen Schritt hinausgingen. Phänomenal. Das hätte er nie gedacht. So sah doch alles schon viel besser aus.

17.

Als der Kurs vorbei war, standen sie noch kurz gemeinsam vor der Turnhalle. Draußen war es lange dunkel, der Vollmond schien direkt über ihnen. Jan fühlte sich prächtig, er hatte die Salsa-Musik immer noch im Ohr, er konnte sie gar nicht wieder abstellen. Dabei hatte er früher immer sofort das Radio ausgeschaltet, wenn mal ein Salsa-Stück lief. Bäckermeister Roloff und seine Frau Sabrina waren die Härtesten: Sie tanzten vor der Tür weiter.

Zum Abschied umarmte Sina ihn kurz, bevor sie auf ihr feuerrotes Rennrad stieg und davonfuhr. Sie roch nach Vanille. Jetzt ging auch er zu seinem Lieferwagen. Als er aufschloss, musste er feststellen, dass die Scheiben von innen beschlagen waren. Wo war nur der verdammte Schwamm? Immer wenn er ihn brauchte, war er verschwunden. Er tauchte in den Fußraum unter dem Beifahrersitz ab, und tatsächlich, da lag er. In dem Moment hörte er draußen eine Frau wütend fluchen:

«Mistfahrrad, verdammtes!»

War das Sina?

Hatte sie eine Panne?

Er sprang aus dem Wagen – und sah statt seiner Tanzlehrerin Nena Großmann. Sie kniete vor ihrem alten Hollandrad und hielt eine Luftpumpe in der Hand.

«Was ist passiert?», fragte er.

«Ich hab 'nen Platten.»

«Ärgerlich.»

«Und wie komme ich jetzt nach Wyk?» Sie klang fast vorwurfsvoll – als wäre es seine Schuld.

«Fährt denn kein Bus mehr?»

«Um diese Zeit?»

Jan schaute sich um. Die anderen Wyker waren schon verschwunden.

«Na gut, ich fahre dich.»

«Und mein Fahrrad?»

«Werfen wir in meinen Lieferwagen.»

Sie fuhren zusammen durch eine klare Vollmondnacht, die Föhr in ein unwirkliches Licht tauchte. Der Mittelstreifen auf der Straße und die Begrenzungspfähle leuchteten matt, auch wenn die Scheinwerfer seines Wagens sie noch gar nicht erfassten. Ole Finn strich durch die fahlen Maisfelder und erzeugte hier und da ein paar leichte Wellen im Gebüsch. Jan versuchte, nicht daran zu denken, was für böse Worte er seiner Beifahrerin in seinem Tagtraum in den Mund gelegt hatte. Nena war mit Sicherheit eine Nette. Und dass sie nicht tanzen konnte, hatte fast etwas Rührendes. Außerdem, er musste sich gerade melden …

«Wie findest du den Kurs?», fragte sie.

«Gut», antwortete er. «Und du?»

«Ich finde, das Ganze könnte etwas didaktischer aufgebaut sein», nörgelte sie. «Ich bin gar nicht mitgekommen.»

Hm. Ob das an Sina lag? Wohl kaum …

«Auf jeden Fall ist Sina eine Wahnsinnstänzerin», sagte Jan. «Hast du mal genau hingeguckt, wenn sie etwas vormacht?»

«Na ja, die ist ja auch Profi», gab Nena zurück. Es klang fast eifersüchtig.

Sie schwiegen beide und starrten in die Landschaft, die im hellen Mondlicht ganz anders aussah. Einige Wolken wirkten wie ein schneebedecktes Gebirgsmassiv, das gleich hinter Föhr begann und höher als der Himalaya war.

«Mist, jedes Mal vergesse ich es!», sagte Nena. «Ich wollte mir doch bei Vollmond die Haare schneiden lassen.»

«Bringt das denn was?», fragte er vorsichtig.

«Ebbe und Flut gibt es auch nur wegen dem Mond.»

Ihm war nicht klar, was das mit ihren Haaren zu tun haben sollte, aber er ließ es einfach mal so stehen.

«Ist das dein Wagen?», fragte sie irgendwann.

«Ja.»

«Dann bist du Reetdachdecker?»

«Jo.»

«Das ist ein schöner Beruf, finde ich. So natürlich.»

«Finde ich auch. Was machst du?»

Niemals hätte er zugegeben, dass er schon mal mit ihrem Kollegen telefoniert und ihn fast aufgesucht hätte.

«Sozialarbeiterin in der Wyker Erziehungsberatung.»

«Schon lange?»

«Ein Jahr.»

«Und wie findest du Föhr? Du bist nicht von hier, oder?»

«Na ja, ich komme aus dem Gotteskoog bei Niebüll, von dort aus war ich vorher schon öfter hier.»

«Eine Festlandfriesin also. Mit Schmetterling», ergänzte er in Anspielung auf den kleinen Stecker an ihrem Nasenflügel.

«Stört dich mein Joey etwa?»

Ihr *was*?

«Wieso? Nein.»

Jan parkte den Lieferwagen auf dem Wyker Deich, von hier aus hatte sie es bestimmt nicht mehr weit bis nach Hause.

«Wollen wir noch ein Glas im Heimathafen trinken?», fragte sie und sah ihn auffordernd an.

Damit hatte er nun gar nicht gerechnet. Ehrlich gesagt, war er nicht gerade begeistert. Wahrscheinlich würde er dort Thorsten Hausmeister treffen, der ihn sofort damit aufziehen würde, dass er beim Tanzen erschienen war, wo er doch vorher noch darüber gelästert hatte.

«Ich muss eigentlich ...»

«Nur einen Absacker – als Dankeschön ...»

Sie warf ihm einen verführerischen Blick zu. Aber Jan zählte nicht zu den Enddreißigern, die auf junge Frauen standen, um das eigene Älterwerden zu verdrängen. Nena war Anfang zwanzig, höchstens. Und sie sah toll aus. Aber er hatte eine Macke, die kaum jemand nachvollziehen konnte: Zwar schaute er solch glatte, ebenmäßige Schönheiten gern an, aber letztlich stand er überhaupt nicht auf sie. Nena war einfach zu jung, er mochte lieber Gesichter, in denen etwas von einem gelebten Leben zu lesen war.

«Okay, auf ein Glas.»

Heinzi stand wieder am Tresen, der Raum war heute fast voll. Thorsten war Gott sei Dank nicht da, das war schon mal gut. An den Tischen zwischen den alten Schiffsmotoren lungerte dafür die halbe Insel Föhr herum, jedenfalls kam es ihm so vor. Nena steuerte sofort den Tresen an.

Nachdem sie einen Caipirinha und er ein alkoholfreies Bier bestellt hatten, sagte sie: «Vielleicht erzähle ich mal ein bisschen über mich, damit wir uns besser kennenlernen.»

So schematisch wollte sie das angehen? Es kam ihm vor wie eine behördliche Erklärung.

«Also, ich mag Tiere auf eine Art lieber als Menschen, deswegen bin ich auch Vegetarierin.»

«Okay», sagte Jan.

«Heißt okay, du bist auch Vegetarier?»

«Nein.»

«Du isst also Leichenfleisch?»

Oje.

«Das klingt ein bisschen hart, findest du nicht?»

Nena zeigte das erste Mal richtige Leidenschaft. «Hast du schon mal in die Augen eines toten Tieres gesehen?»

«Klar, ich habe schon selber geschlachtet.»

Was glatt gelogen war, aber es brachte Spaß, ihr etwas entgegenzusetzen.

«Das ist nicht dein Ernst!»

Jan beugte sich zu ihr hin. «Möchtest du, dass ich lüge?»

Sie nahm einen Schluck von ihrem Caipirinha. Ihr Blick war jetzt kühl, fast abweisend. «Wieso redest du nicht ein Wort über dich? Kannst du das nicht? Du wirkst auf mich total verschlossen.»

«*Du* wolltest doch reden», erwiderte er.

«Aber doch nicht die ganze Zeit!»

Jan holte tief Luft. «Also gut. Wo würdest du gerne mal hinfahren? Wenn du unbegrenzt Zeit und Geld hättest.»

Womit er immer noch nicht über sich redete, aber das merkte sie gar nicht.

«Tibet.»

«Wieso gerade Tibet?»

«Die Menschen dort besitzen eine ganz natürliche, tiefe Spiritualität.»

«Alle?»

«Aber ja.»

«Warst du schon mal da?»

«Nee, aber das ist allgemein bekannt.»

Er wollte etwas erwidern, befürchtete aber, sie damit erneut zu verärgern. Das war es ihm nicht wert. Also schwieg er.

Mehrere Minuten sagten sie gar nichts, starrten in ihre Gläser. Jan wollte nur noch nach Hause. Dort wartete zwar niemand auf ihn, Leevke schlief wieder bei ihrer Freundin, aber sogar die Rennmäuse waren spannender als diese neurotische Nena Großmann. Aus Höflichkeit wartete er noch eine halbe Stunde, in der er sie ausschließlich über sich reden ließ, dann forderte er bei Heinzi die Rechnung an und sagte:

«Sorry, aber ich hab meiner Tochter versprochen, dass ich vor Mitternacht zu Hause bin.»

Diese Notlüge war erlaubt, fand er. Die Wahrheit hätte äußerst uncharmant geklungen: «Du redest die ganze Zeit nur von dir, das langweilt mich zu Tode. So etwas ist kein

Gespräch, sondern ein Monolog. Und so interessant sind deine Ansichten auch wieder nicht, auch wenn du dir das selbst nicht vorstellen kannst.»

«Du hast eine Tochter?», fragte Nena. «Das hast du gar nicht gesagt.»

Weil ich überhaupt nicht zu Wort komme, dachte er, außerdem geht es dich nichts an.

«Ich wollte nicht die ganze Zeit über mich reden», sagte er lächelnd. Dann verabschiedete er sich und verließ die Kneipe.

Kurze Zeit später fuhr er durch die helle Vollmondnacht zurück nach Oldsum und sang, so laut er konnte, ein Salsa-Stück in Phantasiespanisch nach. Was bestimmt vollkommen daneben klang, aber es hörte ihn ja keiner, und das tat saugut.

Es war ein toller Abend gewesen, trotz allem. Sonst traf er sich immer mit denselben Leuten, alte Bekannte oder Freunde, die er seit seiner Kindheit kannte. Das war zwar nett, aber es passierte nie etwas Unvorhergesehenes. Wann hatte er sich das letzte Mal mit einer Frau getroffen, mit der er sich überhaupt nicht verstand? Wo er richtig herumlavieren musste, um nicht unhöflich zu werden? Nicht, dass er sich danach gesehnt hatte – ein Date mit einer auf seiner Wellenlänge wäre ihm lieber gewesen. Aber immerhin war er jetzt mal richtig auf Betriebstemperatur gekommen. Nena war wie eine kalte Dusche: unangenehm, aber sie hatte ihn wach gemacht. Das war es doch, was er gewollt hatte, oder nicht?

18.

Sina saß im lockeren beigen Sportdress in ihrer Küche, eine Teetasse in der Hand, und guckte zufrieden in die Marsch hinaus. Ein junger Kiebitz landete direkt vor ihrem Fenster und musterte sie mit einem Auge. Wenn sie im Nachhinein an den ersten Kurstermin in der Süderender Turnhalle dachte, wurde ihr immer noch ganz anders: Bei vier Teilnehmern hatte sie gedacht, das wäre das Ende. Nun waren sie schon sechzehn, und ein weiterer Kurs stand in Aussicht! Sie trank einen Schluck Tee. Im Frühjahr kämen dann auch noch die Vorbereitungen für die Konfirmationen hinzu, auf denen immer viel getanzt wurde.

Sie öffnete die große Terrassentür. Ein frostiger Luftzug kam herein, es war unter zehn Grad. Draußen hörte sie, wie ein Hammer auf Holz schlug. Auf ihrem Dach werkelte Jan gerade mit seinem Gesellen Hark Bohn. Sie legte ihren rechten Fuß auf der IKEA-Anrichte ab, streckte das Bein und beugte sich mit dem Oberkörper nach unten. Noch haute es gerade so hin, sie würde aber wieder mehr trainieren müssen, um ihr Level zu halten. Sie räumte ein paar Stühle beiseite und trippelte auf der nun frei gewordenen Fläche auf und ab.

«Wie ist der Salsa-Kurs denn so?», hörte sie Hark draußen auf dem Dach sagen. Sie stoppte abrupt mit ihrer Übung und hielt den Atem an. Jans Antwort interessierte sie natürlich brennend.

«Was soll ich sagen?», sagte Jan. «Man bewegt sich nach Musik.»

«Und die Weiber?»

«Auch.»

Na toll, dachte Sina, das ist alles? Die beiden wussten zum Glück nicht, dass sie mithörte.

«Habt ihr denn genug Frauen?», fragte Hark.

«Mehr als Kerle.»

Die Stimme seines jüngeren Kollegen begann jetzt fast zu kicksen: «Frauenüberschuss? Echt?»

«Aber hallo! Und fast alle auf der Suche.»

Sina formte mit den Armen einen Halbkreis über dem Kopf und ging mit den Füßen vor der Küchenanrichte in die erste Position.

«Ich habe gehört, Nena Großmann war auch da?», fragte Hark.

«Jo.»

«Die sieht granatenmäßig aus, oder?»

Sina hatte sich schon gedacht, dass die meisten Männer auf diese Frau abfahren würden.

«Woher kennst du sie?», fragte Jan.

«Na, die lässt im Erdbeerparadies keine Party aus.»

Das «Erdbeerparadies» war eine der beiden Inseldiscos.

«Was das Tanzen anbelangt, ist die eher ein schwieriger Fall», entgegnete Jan.

Wie wahr, dachte Sina. Eigentlich hatte sie erwartet,

dass auch Jan auf Nena stehen würde. Sie streckte die Arme nach beiden Seiten aus und beugte sich nach vorne.

«Und wen findest du im Kurs zum Tanzen am besten?», fragte Hark.

Sina grinste und rutschte mit ihrem Hintern auf die Arbeitsfläche. Was kam nun?

«Lass mal überlegen», brummte er. «Christine Schmidtke, mit der ist es super.»

Damit hatte Hark nun gar nicht gerechnet. «Christine? Die von Thorsten Hausmeister?»

«Wieso nicht?»

«Na ja, die ist ja einiges älter als du.»

«Und?»

Sina musste grinsen: guter Mann!

«Ist denn da noch Platz beim Salzer?», fragte Hark.

«Salsa», verbesserte ihn Jan.

«Sag ich doch.»

«Wir suchen dringend Kerle», sagte Jan. «Es ist das reinste Paradies für Singles, sag ich dir. Brauchst Sina nur Bescheid zu geben.»

Sina tanzte in der Küche vor Begeisterung ein paar Pirouetten.

«Und ist dieser Salzer schwer?», fragte Hark. «Ich meine, rein vom Tanz her?»

«Wenn du mich fragst, ist das nur Mittel zum Zweck.»

«Wie bei Ü-30-Partys?»

Die Ü-30-Partys in der Disco Erdbeerparadies wurden von allen Insulanern nur «Föhrer Heiratsmarkt» genannt.

«So ungefähr. Nur heftiger.»

«Mach mich nicht fertig», stöhnte Hark begeistert.

«Du musst dich aber ordentlich anziehen. Jeans-Kutte kommt nicht so gut.»

«Klar, Chef: frisches Oberhemd, saubere Hose.»

Sina wäre vor Freunde fast geplatzt. Jans Werbung war perfekt auf Insulaner wie Hark zugeschnitten, besser ging es nicht!

Der uralte Kessel ihrer Mutter pfiff auf dem Induktionsherd. Sina hatte es nicht übers Herz gebracht, ihn durch einen elektrischen Wasserkocher zu ersetzen. Sie schaltete den Herd aus und goss neuen starken Tee in einer Porzellankanne auf. Jan und sein Kollege konnten bestimmt etwas Warmes gebrauchen. Als sie den Garten betrat, sah sie Hark gerade zum Auto gehen. Wahrscheinlich machte er sich auf den Weg zu einer anderen Baustelle. Sie schaute hoch zu Jan, der wie ein Reiter auf dem Dachfirst hockte und ein Reetbündel mit einer riesigen Nadel einnähte.

«Teepause?», rief sie. Eyk fegte mit plötzlich wedelndem Schwanz um ihre Beine herum und bellte einmal kurz auf, als wolle er ihr beipflichten.

«Ich komme», rief Jan. Vorsichtig stieg er vom First auf die Leiter und kam herunter. Eyk, der im Garten gewartet hatte, sprang nun an ihm hoch und kam dann wieder zu ihr.

Sie setzten sich in die Küche, die nach der Renovierung immer noch neu roch. Neben dem Tisch hing ein Bild von dem großen Nelkenfeld auf der Flensburger Bühne, im Hintergrund vor dem Birkenwald waren ein paar Balletttänzer zu erkennen. Sina kraulte Eyk hinterm Ohr, der ihre Zärtlichkeiten in vollen Zügen genoss. Umgekehrt liebte sie sein weiches Fell und seine uneingeschränkte Zuneigung. Jan nahm einen kräftigen Schluck Tee.

«Das tut gut», sagte er.

«Freut mich. Und? Wie läuft's für dich im Kurs?», fragte sie.

«Bestens.»

«Du machst dich sensationell.»

Jan war für sie die größte Überraschung des Kurses gewesen. Vor seinen Kunden gab er den schroffen Handwerker, indem er sich breitbeinig vor ihnen aufbaute und ihnen sein lautes «Moin» entgegenschleuderte. So hatte er anfangs auch in ihrem Kurs gewirkt. Doch so paddelig er sich in der ersten Stunde angestellt hatte, so geschmeidig führte er die Damen inzwischen durch den Saal. Es sah so aus, als wenn er sich gar nicht anstrengen musste. Er war ein echtes Naturtalent, und was das Schönste war: Er hatte nichts davon geahnt. Es schien ihm immer noch nicht bewusst zu sein.

Jan grinste verlegen und strich sich durch sein volles blondes Haar. «Nun übertreib mal nicht.»

«Und was ist mit den Frauen?», erkundigte sie sich. «Hast du welche gefunden, die tanzmäßig zu dir passen?»

Jan rieb sich das Kinn. «Christine.»

Sina lächelte. «Was ist denn mit der schönen Rothaarigen?»

Er lachte. «Nena? Die ist steif wie ein Brett.»

«Aber sie ist hübsch, oder nicht?»

Er blickte ihr kurz in die Augen. «Als wenn du dich beschweren müsstest.»

Mann, konnte der gucken.

«Danke», sagte sie lächelnd.

Jan seufzte. «Außerdem mag Nena Tiere lieber als Menschen.»

Sina überlegte. «Alle Tiere?»

«Ich denke, ja.»

«Auch Mücken, Wasserratten und Maden?»

«Falls die aussehen wie süße junge Katzen, bestimmt.»

«Lass mich raten, sie steht auch auf Asien.»

Er haute mit der flachen Hand auf den Tisch. «Volltreffer! Über Tibet weiß sie alles. Die Leute sind da spirituell viel weiter als wir beide – und alle anderen.»

Sina holte eine angebrochene Flasche Weißwein aus dem Kühlschrank.

«Hast du ihr vom friesischen Dalai Lama erzählt?»

«Wer sollte das sein?»

Sie tat geheimnisvoll. «Den kennst du nicht? Na ja, er lebt vollkommen unauffällig unter uns und gibt sich nicht zu erkennen. Aber er ist ein echter Guru.»

«Aha. Erzähl mir mehr.»

«Willst du auch?» Sie deutet auf die Flasche.

«So früh?» Es war immerhin noch Vormittag. «Na gut, einen Schluck …»

«Im Friesen-Lama wohnt die Weisheit der Götter, die seit Jahrtausenden hier im Wattenmeer existiert.» Sie fügte raunend hinzu: «Seine Vorfahren kannten sowohl Jesus als auch Buddha persönlich.»

«Kenne ich ihn?»

«Man darf seinen Namen nicht laut aussprechen, das bringt Unglück. Ich flüstere ihn dir ins Ohr.»

Sie beugte sich zu ihm.

«Thorsten Schmidtke», raunte sie.

Er lachte laut auf. «Der Hausmeister? Ich habe es die ganze Zeit geahnt.»

Sina blieb ernst. «Wie er tanzt, hat eine göttliche Dimension. Von mir hast du das aber nicht.»

«Niemals. Ich schwöre es bei Thorsten Hausmeister, dem wiedergeborenen friesischen Dalai Lama aus Süderende.»

Sina schenkte ihnen ein, sie stießen an und alberten weiter herum. Nachdem sie die angebrochene Flasche ausgetrunken hatten, öffnete sie eine Flasche Prosecco. Aufs Dach würde er wahrscheinlich heute nicht mehr gehen.

«Was hältst du von Gesche?», fragte Sina und stieß noch mal mit ihm an.

Er verdrehte die Augen. «Frau Grigoleit?»

Sina staunte. «Ihr siezt euch?»

«Sie ist die Lehrerin meiner Tochter.»

«Und wie ist sie so als Lehrerin?»

«Geht so.»

«Mehr nicht?»

«Fürs Tanzen ist es egal.»

«Sie tanzt gut, findest du nicht?»

Mit Gesche Grigoleit tanzte er besonders geschmeidig, fand sie. Irgendwie war da eine besondere Spannung zwischen den beiden.

«Kein Wunder, sie war Turniertänzerin.»

«Klingt fast so, als wenn dich das stört.»

Er nahm einen großen Schluck aus dem Glas. «Sie betont das für meinen Geschmack etwas zu häufig. Es weiß inzwischen jeder im Kurs. Das muss doch nicht sein, oder?»

«Dabei bist du auch ein begnadeter Tänzer.»

«Ich gebe mir Mühe.»

Sina schob ihr Glas beiseite. «Nee, du hast was, was man nicht lernen kann.»

«Bäckermeister Roloff aber auch.»

«Ja, der ist nicht schlecht, aber du bist noch einige Tacken besser.»

Jan verbeugte sich. «Danke für die Blumen, Meisterin.»

«Das heißt nicht, dass du nicht noch eine Menge lernen musst.»

«Musst?»

Sie lächelte ihn hintergründig an. «Ich habe mich mit meinen Kollegen auf Amrum und Sylt kurzgeschlossen. Wir haben einen Tanzwettbewerb ausgeheckt, Motto: ‹Welche Insel tanzt am besten?› Was hältst du davon?»

Jan lachte. «Haben wir da überhaupt eine Chance?»

«Wieso nicht?»

«Es wird nur Salsa getanzt?»

«Genau. Wir machen einen Gruppenwettbewerb und eine Einzelwertung im Paartanz.»

«Da können wir uns bis auf die Knochen blamieren.»

Sie legte ihre Hand beruhigend auf seinen Unterarm, ohne darüber nachzudenken. «Ach was, Jan, im Grunde ist Salsa doch ein typischer Föhrer Tanz.»

Er verzog keine Miene. «Okay, das ist natürlich unser Vorteil. Wir Föhrer haben es selbstverständlich im Blut, von Geburt an.»

Sie lachten.

Jan blickte auf seine Uhr. «Ich muss Leevke abholen.» Er stand auf, sie umarmten sich kurz. Sie spürte die Bartstoppeln an seiner Wange. «Tschüs», sagte er leise. Eyk bellte einmal eifersüchtig auf, um auf sich aufmerksam zu machen, er wollte ebenfalls umarmt werden, was Sina auch tat.

«Das Auto lässt du am besten stehen», schlug sie vor. «Ich kann dir mein Rennrad leihen.»

Also setzte sich Jan auf ihr ultraleichtes feuerrotes Rennrad, das etwas zu klein für ihn war. Aber für die kurze Strecke würde es gehen.

«Du bist der perfekte männliche Part für den Paartanz», erklärte Sina zum Abschied.

«Ich?» Jan wirkte erstaunt.

Sina strahlte ihn an. «Aber ja! Ich suche nur noch die ideale Partnerin für dich.»

«Wer kommt denn da in Frage?»

«Ich schau mal.» Sina lächelte.

Er fuhr los. Ob sie sich Sorgen machen sollte, weil er auf ihrem Rennrad so hin und her schwankte? Nein, einer wie Jan bekam das geregelt, da war sie sicher.

19.

Drei Wochen später stand Jan zusammen mit Hark auf dem Dach von Professor Guhn aus Flensburg, der sich in Oldsum gerade seinen zukünftigen Alterssitz einrichtete. Die Morgensonne wanderte an einem satten dunkelblauen Himmel höher und höher, auf den Wiesen der Marsch lag eine dünne Schicht Raureif. Ein Fischreiher saß stumm auf einer Trauerweide und schaute ins Licht. Ole Finn schlenderte durch die Landschaft, frischte hier und da auf und ließ das Schilf rascheln. Der kühle Luftzug tat Jan gut.

Viele auf der Insel schimpften auf die Leute vom Festland, vor allem die Hamburger, die den Einheimischen die Häuser vor der Nase wegkauften und die Preise in die Höhe trieben – was ja auch stimmte. Inzwischen wurden den Insulanern von den Gemeinden sogar schon Flächen zugewiesen, auf denen nur sie bauen durften, weil sie auf dem freien Markt sonst keine Chance mehr hatten. Andererseits besaßen die Auswärtigen einen romantischen Blick auf die Insel, der vielen alten Häusern das Leben gerettet hatte. In den Siebzigern waren Eternitdach-Vertreter äußerst erfolgreich mit der Devise durch Nordfriesland gereist: Runter mit dem Reet, rauf mit dem Eternit.

Letzteres musste man nicht alle vierzig Jahre neu eindecken, außerdem sank die Feuerversicherung auf einen Bruchteil. Viele knickten damals ein, das war bares Geld. Nur stellte sich dann heraus, dass die Hamburger Feriengäste ungern unter Eternitdächern wohnen wollten, noch weniger wollten sie sie kaufen. Sie mochten Reet und nichts anderes. Wovon Jan gut lebte. Abgesehen davon liebte er es, dieses Material zu verarbeiten. Die Halme kamen unverfälscht aus der Natur, wurden geerntet, gebündelt, gepresst und genäht. Ein Dach daraus zu bauen war für ihn etwas sehr Naheliegendes, man musste nichts brennen, brauchte keine Fabrik und keinen Ofen. Nur Nadel und Faden. Und diese Dächer boten den Menschen seit Jahrhunderten zuverlässig Schutz vor jedem noch so schlimmen Sturm.

Es war Samstag, sie mussten Überstunden machen, um alle Baustellen fristgerecht zu schaffen. Jans Arbeitsschuhe hatten festen Halt auf seinem Deckstuhl, einer kleinen Leiter mit zwei langen Haken, die durch das Reet gestochen und an den Querlatten darunter befestigt wurden. Mit einem gebogenen Haken an einem Holzgriff, dem sogenannten Knecht, fixierte er ein Rutenbündel, bevor er es mit einer armlangen Aluminiumnadel vernähte. Während er arbeitete, gingen ihm die gut gelaunten Salsa-Rhythmen der letzten Tanzstunde nicht aus dem Kopf, vor allem nicht aus dem Körper. Er stellte sich Sinas Tanzfiguren vor und deutete dabei seine Schritte mit den Füßen auf der Leiter an. Zwischendurch blickte er immer wieder über den Dachfirst hinweg auf die weißen Dünen der Nachbarinseln Sylt und Amrum.

«Was bist du heute zappelig», bemerkte Hark.

«Ich tanz den Salsa von gestern noch mal durch.»

«Pass auf, dass du nicht abgehst.» Sein Geselle hatte natürlich recht, das schräge Reetdach war einer der ungeeignetsten Plätze zum Tanzen. Hark war ebenfalls seit zwei Wochen im Kurs dabei und klebte ziemlich an Nena Großmann, der das sehr zu gefallen schien.

«Ob ich das mit dem Paartanz packe?», fragte sich Jan laut. «Wenn alle zugucken?»

«Mit wem sollst du denn ran?»

«Steht noch nicht fest.»

Der Wettbewerb gegen die umliegenden Inseln hatte wie ein Turboantrieb auf die Kursteilnehmer gewirkt, alle legten sich voll ins Zeug. Amrum und Sylt sollten sehen, wozu sie fähig waren! Jan war äußerst gespannt, welche Tanzpartnerin Sina letztlich für ihn auswählen würde. Immerhin würde er mit der betreffenden Person die nächsten Wochen wer weiß wie oft zusammen üben, da musste die Chemie stimmen. Wer kam überhaupt in Frage? Christine Schmidtke? Oder die Krankenschwester aus der Kurklinik, deren Namen er immer wieder vergaß? Sabrina, die Frau von Bäcker Roloff?

«Ich würd das mit dem Paartanz nich machen», meinte Hark. «Da kann alles passieren. Mir genügt schon der Gruppentanz. Wie war das noch? Wir laufen auf Hörnum zu, dann weiter zum Eiffelturm, rüber nach Amrum …»

«… Verwunderung in den Augen zeigen …»

«… dann raus aufs Meer, abheben in die Luft und mit den Wolken weiter Richtung Neufundland. Habe ich was vergessen?»

«Der Hintern ist euer Ruderblatt», wiederholten Jan und Hark synchron Sinas Daueransage. Sie mussten lachen. Sina hämmerte ihnen die Bilder geradezu ein, damit sie später beim Wettbewerb für alle zuverlässig abrufbar waren, was vieles erleichterte.

Jan schaute auf die Uhr. «Ich muss.»

Hark legte ein Reetbündel auf die freie Stelle vor ihm. «Und du weißt echt nicht, mit wem Sina dich verkuppeln will?»

«Soll 'ne Überraschung werden, meint sie.»

«Na denn.»

Jan robbte vorsichtig zur Leiter. «Du kommst alleine klar?»

«Jo.»

So schnell er konnte, eilte er zwischen den Oldsumer Reetdachhäusern zu Fuß nach Hause. Im Vormittagslicht sah sein Dorf so aus, als sei es aus einer anderen Zeit gefallen. Und trotzdem war es kein Museum, hier wohnten und lebten ganz normale Menschen wie er. Er war froh, dass Leevke an einem so schönen Ort aufwuchs. Außerdem war jedes Reetdachhaus für ihn eine sichere Bank, denn jedes einzelne Dach musste alle paar Jahre neu gedeckt werden. Er hatte mehr als genug zu tun.

Zu Hause duschte Jan, zog seinen Anzug und ein lila Hemd an und schlüpfte in seine schwarzen Schuhe, die er sonst nur auf Beerdigungen trug. Vor dem Spiegel zupfte er seine Haare mit etwas Gel zurecht und sprühte sich mit Eau de Toilette ein. Er war bereit!

Obwohl es ja eigentlich um nichts ging, fühlte es sich ein bisschen so an wie ein Blind Date. Für die Fahrt zur

Süderender Turnhalle ließ er sich extra viel Zeit und öffnete das Seitenfenster. Ole Finn schlenderte weiter durch die Marsch und spielte mit den Grashalmen und Büschen, alles war gut.

Als er ankam, sah er, wie Sina vor der Turnhalle auf und ab ging und dabei telefonierte. Sie trug eine helle Jacke und eine schwarze Marlene-Dietrich-Hose. Ihr Blick wirkte genervt. Als sie ihn sah, legte sie auf.

«Moin, Jan», sagte sie und umarmte ihn. Sie roch, wie immer, nach Vanille.

«Moin, Sina, Probleme?»

«Ja, mit den neuen Möbeln aus Kiel. Die werden mit einem Anhänger auf die Fähre gebracht. Aber wie kommen sie dann weiter nach Oevenum?»

Er lächelte sie an. «Von der Fähre übernehme ich sie mit meinem Lieferwagen, wo ist das Problem?»

Sie strahlte zurück. «Echt?»

«Jo.»

«Danke, danke, danke!»

«Und was ist jetzt mit meiner Tanzpartnerin?»

Sina lächelte geheimnisvoll. «Abwarten, sie kommt gleich.»

«Mann, du machst es echt spannend.»

«Lass uns schon mal reingehen.»

In der Halle setzte sie sich auf einen kleinen Kasten. Jan fiel in diesem Moment wieder ein, dass er ursprünglich Geräteturnen machen wollte. Stattdessen nahm er nun an einem Tanzturnier gegen Amrum und Sylt teil. Irgendwie war er da reingerutscht, bevor er realisiert hatte, was es eigentlich bedeutete: vor Leuten tanzen, in aller Öffentlichkeit, sogar die Zeitung würde kommen! Wollte er das wirklich? Andererseits hatte er sich nach einer neuen Herausforderung gesehnt – und hier war sie!

Sina holte ihr Handy aus der Jacke und schaute aufs Display. «Ich habe gerade eine SMS bekommen. Sie kann erst in einer Stunde.»

«Wer ist es denn nun?»

Sie lächelte. «Überraschung.»

«Was machen wir jetzt?»

«Teetrinken bei Stellys?»

Er schaute auf seine Uhr. «Lohnt sich nicht für die kurze Zeit.»

Plötzlich sah er die Chance gekommen, auf die er schon so lange gewartet hatte, immerhin hatten sie gerade die ganze Turnhalle zur freien Verfügung. «Ich weiß was Besseres – Reckturnen!»

Sinas Gesicht verwandelte sich in ein Fragezeichen. «Du meinst dieses ekelige Gestell aus Metall, an das man sich ranhängt wie eine Christbaumkugel?»

«Genau das.»

Er ging in den Geräteraum, schleppte im Eiltempo die Reckstangen heraus und versenkte sie in den dafür vorgesehenen Löchern im Hallenboden. Dann legte er die Verspannung an, sodass die Stangen nachfedern konnten und damit gleichzeitig gesichert waren. Entschlossen verschraubte er die Reckstange. Sina schaute ihm mit verschränkten Armen zu und zog eine Augenbraue hoch.

«Du willst in den Tanz ein Reck einbauen?», fragte sie leicht amüsiert.

Jan ließ sich nicht aus der Ruhe bringen. «Ich wollte mit

der Frau, deren Namen du mir nicht verrätst, oben auf der Stange Salsa tanzen. Is mal was anderes, oder?»

«Damit kommst du bestimmt ins Fernsehen.»

Sie half ihm, ein paar Matten heranzuschleppen und sie unter das Reck zu legen.

«Du zuerst?», fragte Jan höflich.

«Ich? Davon war nie die Rede! Nein, du.»

Jan zog sich das Hemd aus und sprang in seinem dunkelblauen T-Shirt an die Stange. Es tat gut, das glatte Metall in den Händen zu spüren. Mit durchgestreckten Armen nahm er behutsam Schwung.

«Wird das etwa eine Riesenfelge?», rief Sina besorgt.

«Im besten Fall ja.»

«Pass bloß auf.»

Er schwang sich immer höher. Langsam wurde es kritisch, seine Arme fühlten sich an, als würden sie ihm gleich ausgerissen, er hätte sich vorher warm machen sollen. Aber nun musste es so gehen. Er nahm noch mal deutlich mehr Schwung, dann wagte er es – und kam tatsächlich einmal rum: Das war die Riesenfelge!

«Yippiiee!», schrie er, und Sina klatschte.

Erleichtert ließ er sich ausbaumeln und auf die Matte fallen. Er musste erst mal Luft holen.

«Woher kannst du das?», fragte Sina sichtlich beeindruckt.

Jan zuckte mit den Achseln, er war noch ziemlich außer Atem. «Was ist mit dir?»

«Reck war nie mein Ding», bekannte sie.

«Halt dich einfach an der Stange fest, dann kann dir nichts passieren.»

«Sehr witzig.»

Sina hängte sich ans Reck und nahm Schwung. Schon wie sie das anging, sah irgendwie elegant aus. Sie zeigte nicht nur Kraft, sondern unglaubliche Körperbeherrschung. Sie kam viel schneller hoch als er. Zwischendurch bekam er Angst. Hatte er sie zu etwas verleitet, was viel zu gefährlich war? Aber Sina hatte alles im Griff, sie schwang unter dem Reck hin und her wie ein Pendel im Tanzanzug. Dann kam ihre Felge, einmal um die Achse, Wahnsinn! Als sie mit hochrotem Kopf auf der weichen Matte zu stehen kam, klatschte er leise.

«Super!»

Sie konnte es selbst kaum fassen. «Das mache ich nie wieder», stöhnte sie und stützte sich mit der Hand an seinen Schultern ab. «Ich hatte so einen Schiss.»

Draußen hörten sie ein Auto vorfahren. Jan versuchte am Motorenklang auszumachen, wessen Wagen es war, kam aber zu keinem Ergebnis. Egal, gleich würde er es wissen. Kurz darauf klackerten ein paar Schuhe den Gang entlang. Mit rotem Kopf hastete er zur Tür und sah neugierig in den Flur. Sein Kopf wurde noch röter, als er die Frau erkannte.

Das konnte nicht wahr sein.

«Frau Grigoleit», sagte er und schaute Sina fragend an.

«Sie ist die Beste für dich», erwiderte sie.

«Niemals», zischte er. «Sag ihr, ich habe einen wichtigen Termin. Nein, sag ihr besser, ich habe aufgehört zu tanzen.»

«Jan, was ist denn los mit dir?»

«Nicht mit der Grigoleit!»

Das Klacken auf dem Flur kam unerbittlich näher. Es wäre ihm peinlich gewesen, ihr zu begegnen und es ihr direkt ins Gesicht zu sagen: «Ich werde auf keinen Fall mit Ihnen tanzen!» Er hechtete in den Geräteraum und sprintete von dort durch einen Nebeneingang hinaus auf den Parkplatz. Das war gar nicht witzig!

Dass er das Reck nicht abgebaut hatte, fiel ihm erst ein, als er zu Hause war.

20.

Beim nächsten Freitagskurs hatte Sina Jans aufmerksamer, leicht skeptischer Blick gefehlt, wenn sie etwas erklärte. Er hatte sich einfach abgemeldet. Dass er den Salsa-Kurs wegen Gesche Grigoleit geschmissen hatte, konnte sie gar nicht glauben. Was hatte er gegen sie? Sie war eine nette Frau und eine tolle Tänzerin. Der Wettbewerb der Nordfriesischen Inseln würde ein Riesenspaß für alle werden – und nebenbei eine tolle Werbung für die ganze Region! Sie wollte unbedingt, dass ihre Truppe gewann, und die Besten für den Paartanz waren nun mal Gesche und Jan. Zugegeben, Jan musste noch einiges mehr lernen als Gesche, aber das würde er hinbekommen. Er war im Gegensatz zu den anderen ein Naturtalent, niemand konnte ihm wirklich das Wasser reichen. Wahrscheinlich würde sie nun die Roloffs einsetzen müssen, die waren sehr nett, aber tänzerisch eher Hausmannskost als Galadiner, jedenfalls wenn sie es kritisch sah. Gesche hatte sie mit einer Ausrede erklärt, warum Jan abgehauen war. Sie hatte behauptet, er hätte gerade zu viel zu tun. Was feige war, zugegeben. Aber hätte sie Gesche direkt ins Gesicht sagen sollen, dass Jan sie nicht mochte?

Sie hatte Jan zweimal angerufen, aber er hatte sich nicht

umstimmen lassen. Immerhin blieb seine Tochter Leevke ihr Fan. Leevke hatte sich fest vorgenommen, Tänzerin zu werden, und wollte alles aus der Welt des Balletts wissen.

Der Kinderkurs war gerade vorbei, die Schülerinnen waren in die Umkleidekabine gestürmt. Sina verspürte Lust, noch etwas länger in der Halle zu bleiben. In ihrem Ballettkostüm ging sie in den Geräteraum, blieb vor einem der Schwebebalken stehen und schob ihn dann in die Halle. Das Reckturnen mit Jan hatte sie auf die Idee gebracht, mal wieder etwas mit Geräten zu machen, das letzte Mal hatte sie das in ihrer Schulzeit auf Föhr getan.

Sie stellte sich auf den Schwebebalken und musste sich kurz an die Höhe und den schmalen Grat, den sie begehen wollte, gewöhnen. Wie oft hatte sie von ihren Ballettlehrern und Choreographen die Anweisung bekommen, so zu tanzen, als wenn sie auf einem Schwebebalken balancierte? Es war als Metapher gedacht; wenn es schiefging, passierte ja nichts, außer dass sie sich ärgerte. Ging es aber jetzt daneben, würde sie stürzen.

Sina balancierte einmal auf dem Schwebebalken hin und wieder zurück. Das war erst einmal ungewohnt, also wiederholte sie es ein paarmal. Ihre Körperbeherrschung funktionierte noch bestens, stellte sie zufrieden fest. Würde sie sich mehr trauen? Sie gab sich einen Ruck, setzte die Hände auf dem Holz auf, schlug ein Rad – und landete präzise auf dem Balken. Erleichterung. Sie machte eine halbe Drehung. Jetzt traute sie sich, zwei Räder hintereinander zu schlagen, auch das klappte, aber nur knapp.

Sie hörte Schritte in der Halle und blickte kurz nach rechts. Es war Leevke. Sie hatte sich umgezogen und setzte sich nun auf die Bank neben der Eingangstür. Eigentlich war es Sina nicht recht. Falls sie stürzte, würde es Leevke mit ansehen, das wollte sie lieber mit sich selbst ausmachen. Andererseits wollte Sina sie auch nicht wegschicken, sie mochte sie sehr. Leevke war ein neugieriges und humorvolles Mädchen, manchmal vielleicht etwas altklug, aber nur ein kleines bisschen, was in ihrem Alter absolut verzeihbar war.

«Endlich darf ich das wieder!», rief Sina ihr zu.

«Wieso?»

«Als Tänzerin war das streng verboten, wegen der Verletzungsgefahr.» Sie machte noch ein paar Drehungen, schlug zwei Räder, stieg dann vom Schwebebalken und setzte sich zu Leevke auf die Bank. Das Mädchen schien etwas auf dem Herzen zu haben.

«Na? Alles in Ordnung?

«Hm.»

«Wie geht's deinem Vater?»

«Keine Ahnung, warum der nicht mehr tanzt, er redet nicht darüber.»

«Dabei ist er richtig gut.»

«Willst du mit ihm gehen?», fragte Leevke und sah sie mit großen Augen an.

Sina war verblüfft.

«Ich bin viel zu alt für ihn.» Sie lachte.

«Schade.»

Sina zog ihr Gesicht mit den Fingern zusammen. «Schau her, ich bekomme bald Falten, Falten und noch mal Falten, wie eine Hexe. So etwas kommt im Alter leider.»

Leevke überlegte. «Auch wenn man auf Föhr viel an der frischen Luft ist?»

«Leider. – Kannst du deinen Vater nicht überreden, wieder zum Salsa zu kommen? Wir brauchen ihn so sehr.»

«Frau Grigoleit und er haben sich auf der letzten Elternversammlung ziemlich gestritten.»

Daher wehte also der Wind.

«Weißt du, wieso?»

Leevke biss sich auf die Lippen und schaute zu Boden. «Es lag an mir. Ich habe meinen Vater angelogen, und er hat sich auf der Elternversammlung voll bei ihr blamiert.»

«Das hat sie ihm bestimmt verziehen. Er soll doch nur mit ihr tanzen. Das bedeutet nicht, dass er sie heiraten muss.»

«Papa kann total stur sein.»

«Das kann ich mir vorstellen.» Sina schlug mit der flachen Hand auf die Holzbank. «Mann, Leevke, ich möchte unbedingt gegen die anderen Inseln gewinnen!»

Leevke kletterte neugierig auf den Schwebebalken und richtete sich auf. «Papa hat früher Fußball gegen die Sylter und Amrumer gespielt, der mag solche Wettkämpfe eigentlich.»

Ihr war die Höhe nicht ganz geheuer, sie ging in die Hocke. Sina nahm ihre Hand.

«Dann soll er gefälligst mitmachen.»

«Finde ich ja auch.»

«Ich werde auf gar keinen Fall lockerlassen.»

Leevke richtete sich erneut auf und ging ein paar Schritte auf dem schmalen Balken. Sina schritt am Boden neben ihr her, um ihr ein Gefühl von Sicherheit zu geben.

Irgendetwas würde ihr schon einfallen, um Jan wieder in den Kurs zu holen. Aber erst einmal stand das Fest für ihre Oevenumer Nachbarn an. Das Dach war fertig, jetzt gab es keine Ausrede mehr.

Sie hatte eine große Tafel im Apfelgarten hinter dem Haus aufgebaut, was Mitte November ein echtes Wagnis war. Aber die Föhrer waren hart im Nehmen. Von der Bäckerei Roloff hatte sie sich Decken und ein paar Heizpilze geliehen, damit würde es schon gut gehen. Zusätzlich hatte sie Glück: Die Sonne presste am frühen Samstagnachmittag noch einmal alles heraus, wozu sie im November imstande war. Die schrumpeligen Borken der alten Apfelbäume leuchteten hell auf, ebenso wie das ausgebesserte Reetdach. Der Garten erschien ihr auch im Winter wie ein Paradies, nirgends hatte sie so schön gewohnt. Und Apfelkuchen mit Sahne in der Sonne zu essen machte das Idyll perfekt.

An die zwanzig Gäste waren nach und nach eingetrudelt, darunter Tabea, die freundliche Kassiererin aus dem Supermarkt, Ludger, der Milchbauer, Jochen, der Landmaschinenmechaniker, Tante Keike und Tante Olufs, die jüngeren Schwestern ihres Vaters, inzwischen weit über achtzig, die ein bisschen viel redeten, aber ansonsten sehr nett waren. Und natürlich ihr Großonkel Peter Petersen, ein hagerer, kantiger Zweimetermann, der seit Jahrzehnten Bürgermeister in Borgsum war. Er trug, wie immer, sein ausgebeultes braunes Tweed-Jackett mit den aufgenähten hellgrauen Ärmelschonern. Dass das Kaffeetrinken draußen stattfand, störte niemanden: Die Luft war frisch, sie hatten dicke Jacken an, und unter Decken und Heizpilzen musste niemand frieren.

«Moin, Moin. Schön, dass ihr alle da seid!», rief sie.

«Schön, dass du wieder zu Hause bist, Sina!», rief Peter zurück. Alle Gäste hatten ein Glas Manhattan vor sich stehen, mit dem sie sich zuprosteten. Ohne das Nationalgetränk der Insel, das Föhrer Auswanderer aus den USA zurückgebracht hatten, fand auf der Insel keine Feier statt: ein Teil Bourbon-Whisky, ein Teil roter und weißer Wermut, zwei Spritzer Angosturabitter, eine Cocktail-Kirsche – und gute Stimmung war garantiert.

«Und, wie läuft die Tanzschule?», fragte Tante Keike, die vor der Feier extra zur Utersumer Filiale von Friseur Eberhard Pohlmann gegangen war. Dort sprachen alle Angestellten Friesisch, da fühlte sie sich besser aufgehoben als in der Wyker Zentrale.

«Sehr gut», antwortete Sina.

«Was tanzt ihr da? Foxtrott? Oder Rock'n' Roll wie in meiner Jugend?»

«Nee, Salsa.»

«Wat is dat denn?»

«Was Flottes», erklärte Peter. «Habe ich recht?»

Sina nickte. «Dat is friesische Karibik im Tanzen.»

Alle quatschten wild durcheinander, man tauschte den neusten Inseltratsch aus, wer-mit-wem und wer-nicht-mehr-mit-wem, wie sich das für ein anständiges Kuchenessen auf Föhr gehörte. Als Sina zwischendurch in der Küche stand, um etwas Sahne zu schlagen, schaute sie zufrieden in den Garten hinaus. Die Sonne schien auf die lange Tafel unter den Apfelbäumen, allen ging es bestens.

«Ich habe mir mal dein Dach angeschaut», sagte Onkel Peter, der in die Küche getreten war. «Das hat Jan gut gemacht.»

Davon verstand Peter etwas, auch wenn er kein gelernter Reetdachdecker war.

«Finde ich auch.»

Sie schenkte ihm ungefragt ein weiteres Glas von dem Manhattan ein, der fertig gemixt in einer Karaffe auf der Arbcitsflächc stand, und nahm sich auch einen.

«Skål!»

«Skål!»

«Sag mal, ich habe gehört, du willst die Sylter und Amrumer im Tanzen schlagen?», fragte Peter.

«Eigentlich schon.»

«Wieso ‹eigentlich›?» Er grinste. «Die haben schon lange mal wieder 'ne ordentliche Abreibung verdient.»

Sina lachte. «Wieso das?»

Peter machte ein ernstes Gesicht. «Einfach weil sie da sind, da braucht es keinen speziellen Grund für. Zu meiner Zeit gab es einen Inselpokal im Fußball, den haben immer wir Föhrer geholt, das war Ehrensache.»

Sina stieß gleich noch mal mit ihm an. So heiß, wie manche taten, wurden die Rivalitäten zwischen den Inseln natürlich nicht gehandelt. Europa wuchs auch hier zusammen: Amrum und Föhr waren inzwischen zu einem Amt zusammengefasst worden. Etwas anderes war es mit Sylt.

«Ein Tanzwettbewerb ist eine super Idee, das gefällt auch den Touristen», meinte Peter.

«Aber das Ganze ergibt nur Sinn, wenn man die besten Tänzer dafür kriegt.» Sie legte die Stirn in Falten.

Peter nickte. «Gibt's Probleme?»

«Wenn du mich schon so direkt fragst: Ja, unser bester männlicher Tänzer ist gerade ausgestiegen.»

«Hast du denn keinen anderen?»

«Keinen, der an ihn rankommt.»

«Und der steigt aus, obwohl wir die anderen mit ihm schlagen könnten?» Peter wurde richtig laut, was auch an dem Manhattan liegen mochte. «Das kann kein Föhrer sein!»

Sina nippte an ihrem Glas. «Doch, leider.»

«Aber nicht gebürtig.»

«Doch.»

Jetzt richtete Peter seine zwei Meter zu voller Größe auf. «Wie heißt der Verräter?»

«Das fällt unter Datenschutz. Er soll übrigens mit der neuen Lehrerin aus Süderende tanzen, Gesche Grigoleit heißt die, und er hat irgendein Problem mit ihr.»

«Die Grigoleit kenne ich. Das ist doch ein richtig schmucken Deern, der hat sie doch nicht alle. Als wenn das eine Strafe wäre!», schnaubte Onkel Peter wütend und überlegte: «Wenn er von sich aus nicht will, werde ich den offiziellen Dienstweg nehmen und ihn zwingen.»

Das klang wie Musik in Sinas Ohren. «Was bedeutet das?»

«Wer ist es?» Peter sah ihr direkt in die Augen.

Sie schwiegen einen Moment

«Jan Clausen», sagte sie dann.

«Oha.» Onkel Peter streckte das Kinn angestrengt nach vorne.

«Wieso?»

«Na ja, so ’n Witwer mag man ja nicht so hart angehen.»

«Was hattest du denn vor?»

«Na ja, ich bin eigentlich gegen Gewalt. Aber manchmal nützt Schnacken einfach nix.»

«Du meinst …?»

Er stellte das leere Glas auf den Tisch. «Ich kümmere mich um Jan. Mehr sollst du gar nicht wissen.»

«Aber Gewalt muss nicht sein …»

«Nur, wenn er es sich anders überlegt.»

«Das ist in Ordnung.»

Sie gingen zurück zu den anderen, die inzwischen schon beim dritten oder vierten Manhattan angelangt waren. Alle lachten und redeten fröhlich durcheinander. Sina lächelte. Sie wusste, dass sie sich auf ihren Onkel verlassen konnte. Jan würde in den Kurs zurückkehren und beim Tanzwettbewerb mitmachen, da war sie sich plötzlich ganz sicher.

21.

Jan begab sich in diesen Tagen häufig in seine Scheune, um etwas zu tun, was er sich schon lange vorgenommen hatte: endlich mal klar Schiff machen. Wo früher die Kühe seines Urgroßvaters gestanden hatten, lagerte er heute die Reetgarben, die ihm aus Ungarn und Rumänien geliefert wurden. Dazwischen lagen eine Unmenge Werkzeug, Schrauben und ein alter Schiffsmotor von seinem Vater, der mal wegmusste. Aufräumen war immer ein Angang für ihn, aber wenn er erst einmal dabei war, brachte es sogar Spaß. Irgendwie hatte es etwas Befreiendes, unnütze Gegenstände zu entsorgen. Dazu zählte im übertragenen Sinne auch der Tanzkurs: Er hatte ihn ausprobiert, und es war ein Flop gewesen, na und? Stattdessen war er in die Föhrer Altherren-Basketballmannschaft eingetreten. Die trainierte zwar in Wyk, aber da blieb er wenigstens von Paartänzen verschont.

«Darf ich zu Bella?» Leevke stand im Scheunentor.

«Klar.»

«Oder tanzt Petra jetzt auch bei Sina und ist dann nicht zu Hause?»

Jan holte tief Luft. «Nee, Leevke, es gibt auch Leute auf Föhr, die *nicht* Salsa tanzen.»

«Aber nur wenige, weil es ja um den Wettbewerb geht.»

«Bitte!», brummte er fast bedrohlich. «Ich will davon nichts mehr hören.»

«Hmm, aber …»

«Viel Spaß bei Bella, grüß alle.»

Leevke zog ab, und er wühlte weiter. Wie war Sina bloß auf die Idee gekommen, er würde mit Frau Grigoleit tanzen? Da würde er sich noch lieber jeden Abend mit Nena im Heimathafen treffen und über Leichenfleisch und Tibet reden. So ein Tanz setzte Harmonie voraus, und die gab es zwischen Frau Grigoleit und ihm einfach nicht. Mit jeder anderen, aber nicht mit der! Es war ihm unverständlich, dass die feinfühlige Sina das nicht erkannt hatte.

Er fing an, Kleinteile aus Metall zu sortieren, die auf der Werkbank herumlagen; Schrauben, Muttern, Nägel, es waren Hunderte. Diese stumpfsinnige Arbeit erlaubte es ihm, seine Gedanken weiter kreisen zu lassen. Immerhin hatte ihm der Salsa-Kurs gezeigt, wie wichtig es war, rauszugehen und etwas zu unternehmen. Dafür war es gut gewesen. Die neue Basketballmannschaft war nur ein Anfang, im Sommer würde Beach-Volleyball oder Kite-Surfen dazukommen, da würde er bestimmt eine Menge neuer Leute kennenlernen.

Er wurde aus seinen Überlegungen gerissen, als vom Eingang ein großer Schatten auf die Werkbank fiel.

«Moin, Jan!»

Jan drehte sich zum Scheunentor um. Hinter ihm stand Bürgermeister Peter Petersen aus Borgsum. Ein Mann, der mit Anfang siebzig noch so fit und agil wirkte, dass man ihn locker zehn Jahre jünger schätzen könnte. Peter war schlank und groß, sein Haar grau meliert, und sein Gesicht war immer leicht gerötet. Zum Teil vom Reizklima, zum Teil vom Schnaps, den er auch tagsüber gerne schon mal nahm. Sein einziger Nachteil war, dass er immer um den heißen Brei herumredete, wenn er etwas wollte, man musste bei ihm immer viel Zeit mitbringen.

«Moin, Bürgermeister.»

Seit ewigen Zeiten wurde Petersen von allen Föhrern so genannt.

«Wie geit di dat?»

«God.»

Petersen setzte sich auf einen kleinen Holzschemel. «Ich hab ein Anliegen.»

«Klingt ja richtig offiziell», sagte Jan.

«Ist es auch.»

Jan holte sich einen leeren Ölkanister und setzte sich zu ihm. Der Bürgermeister schien angestrengt nach den richtigen Worten zu suchen.

«Was Großes?», fragte Jan.

«Jo.»

«Wie groß?»

«In der Summe an die dreißigtausend Leute, plus x.»

«Oha.»

Der Bürgermeister holte tief Luft. «Weißt du, es gibt ja so Sachen, die über den Einzelnen hinausgehen. Zum Beispiel Ebbe und Flut, Leben und Tod.»

Was sollte das werden? Eine Lehrstunde in Philosophie?

«Jo.»

«Jeder Insulaner auf Föhr muss Opfer bringen. Zum Beispiel freiwillige Feuerwehr oder Deichverteidigung.»

Jan nickte. «Klar.»

Der Bürgermeister schnappte sich einen Knecht, der neben ihm am Boden lag, und spielte an dem Draht herum.

«Und dann gibt es manchmal Sonderpflichten. Wenn einer was für die Gemeinschaft tun kann, was kein anderer kann.»

Jan überlegte. «Du meinst Leben retten.»

Der Bürgermeister kratzte sich am Kinn. «Ganz so hoch würde ich das vielleicht nicht ansetzen. Es ist eine Frage der Ehre.»

«Hm.»

«Du hast doch früher Fußball gegen Sylt und Amrum gespielt, oder?»

«Sag bloß, ihr wollt die alte Liga wieder aufleben lassen?» Jans Herz machte einen Freudensprung. «Ich wäre sofort dabei!»

Der Bürgermeister schüttelte den Kopf. «Nee.» Er blickte ihm in die Augen. «Sina Hansen hat bei mir vorgesprochen.»

«So.»

Für einen Moment herrschte Stille.

«Hör mal zu, Jan», setzte Petersen an. «Wir *müssen* die anderen Inseln im Salsa-Tanzen schlagen.»

Jan sprang auf. «Du kommst zu mir, weil du willst, dass ich …?»

Petersen hob beschwichtigend die Hände. «Sina hat mir gesagt, du bist der Beste für den Zweiertanz.»

«Sagt sie das.»

«Sie ist der Fachmann.»

«Fach*frau*», verbesserte ihn Jan.

«Meinst du nicht, du kannst dich nicht einfach ein bisschen zusammenreißen?»

Das war fast schon frech, immerhin sprach der Bürgermeister mit einem erwachsenen Mann.

«Verstehe ich das richtig? Du willst mich überreden, beim Turnier mit Frau Grigoleit zu tanzen?»

«Auch.»

«Was denn noch?»

Der Bürgermeister schnalzte mit der Zunge und schaute auf seine Fingernägel. «Es geht um die Ausschreibung für das Kurhaus in Nieblum», erklärte er. «Das soll neu eingedeckt werden. Wir haben die Landesmittel dafür durch.»

«Will sagen?»

«Das wäre ein fetter Auftrag für dich.»

Jan schüttelte fassungslos den Kopf, als könne er damit die bösen Geister vertreiben, die Petersen mit in die Scheune gebracht hatte. «Willst du mich erpressen?»

Der Bürgermeister beugte sich vor und wurde nun etwas lauter. «Du bist nix als ein sturer Bock. Mensch, Jan, Tanzen ist Sport, das ist so, als ob ihr Doppel im Tennis spielt!»

«Nee, das ist ganz anders», widersprach Jan. «Beim Tanzen klebt man nämlich auf Tuchfühlung aufeinander. Da ist es nicht von Nachteil, wenn man sich gut versteht.»

«Sina hat erzählt, dass die Grigoleit mal Turniertänzerin war. Von so was können die auf Amrum und Sylt nur träumen. Es geht dabei nicht nur um den dusseligen Wettbewerb. Vielleicht weißt du es noch nicht, aber im nächsten Jahr heißt das Werbemotto von Föhr: ‹Die Insel tanzt›. Die Kurverwaltung hängt sich da fett rein. Die hauen jetzt schon Pressemitteilungen raus, das Fernsehen will kommen, also versau uns nicht die Tour!»

«Wieso ich?»

Er fasste Jan an der Schulter. «Mann, die Grigoleit ist nun wirklich 'ne schmucke Deern. Für die würden Tausende Männer tagelang anstehen – auch bei hohen Minustemperaturen.»

Langsam bekam Jan schlechte Laune. «Nun übertreib mal nicht.»

Der Bürgermeister stand auf: «Also ja?»

«Was jetzt?»

Peter lächelte. «Willst du das Kurhaus neu eindecken und damit Geld verdienen? Und nebenbei den Föhrer Tourismus fördern? Von dem du sehr gut lebst, wenn ich dich mal erinnern darf.»

Jan atmete tief ein. «Ich überleg's mir.»

Der Bürgermeister grinste ihn breit an. «Ein doppeltes Ja? Das wollte ich hören.»

Ohne weiteren Gruß verließ er die Werkstatt. Jan starrte bedröppelt auf die Werkbank mit den Schrauben. Der Bürgermeister hatte ihm eine Schraubzwinge angelegt: Wie kam er da bloß wieder raus?

Sina saß auf der Terrasse vor ihrem Haus im Liegestuhl und schälte einen Apfel. Es war ziemlich kalt geworden, jetzt ging es in Riesenschritten auf den Winter zu. Sie hatte sich unter die Jeans eine Wollleggings gezogen und trug eine dicke Jacke, damit konnte sie es im Liegestuhl gerade so aushalten. Am Himmel zogen riesige Wolkenfelder über die Marsch hinweg, die vom kühlen Meereswind auf einen Punkt am Horizont getrieben wurden. Was war wohl an diesem Punkt, wie sah es dort aus? Das hatte sie sich schon als Kind oft gefragt, aber sie hatte nie eine Antwort bekommen. Wenn man den Horizont jagte, tanzte er immer weiter vor einem her.

War es richtig gewesen, Onkel Peter ins Vertrauen zu ziehen? Sie war sich auf einmal nicht mehr sicher. Besaß er überhaupt genug diplomatisches Geschick, um Jan umzustimmen? Wenn er ihn zu sehr unter Druck setzte, war damit nichts gewonnen, im Gegenteil.

Ein nagelnder Diesel kam auf ihr Haus zugefahren, er hörte sich an wie ein Trecker. Onkel Peter stieg aus seinem schwarzen Uralt-Bauern-Mercedes, Typ 200 D, den er seit vierzig Jahren fuhr. Erstaunlicherweise glänzten die Chromleisten immer noch wie damals beim Kauf des Autos. Die gelben Nebelscheinwerfer, früher hochmodern, waren mittlerweile eine Rarität.

«Moin.» Er gab ihr einen Kuss auf die Wange und setzte sich neben sie auf einen Stuhl.

«Tee? Schnaps? Kaffee?», fragte sie.

«Nee», sagte er. «Ich bin im Stress.»

«Wie das?»

Onkel Peter schob immer eine Riesenwelle vor sich her, er brauchte das einfach, um sich wohlzufühlen. «Als Bürgermeister hast du ’ne Menge an den Hacken, das sag ich dir.»

Sina musste ein Grinsen unterdrücken – Borgsum hatte dreihundertfünfzig Einwohner.

«Die Föhr-Touristik braucht mich heute noch. Wir planen gerade unter Hochdruck den nächsten Sommer.» Er fügte hinzu: «Hoffentlich vergisst die neue Chefin dabei die Wetterlage der Insel nicht. Die Dame haben sie nämlich gerade frisch vom Tourismusverband aus Gran Canaria geholt, die ist von daher ganz anderes gewohnt.»

«Ja, die Sonne ist ein wichtiger Faktor auf Föhr», gab Sina ihm recht. «Viele kommen nur deswegen hierher.»

Ihr Großonkel lächelte. «So ist es. Auch wenn nicht alle im Urlaub die Sonne auf Föhr finden.»

Ehrlicherweise interessierte sie das Wetter herzlich wenig, sie brannte darauf zu erfahren, ob er schon mit Jan gesprochen hatte. Aber man musste Onkel Peter so seine Zeit lassen, bis er warmlief.

«Ja, manchmal muss man wissen, wo sie sich versteckt», sagte sie.

«So ist es. Wobei die Nachsaison dieses Jahr ein Traum ist.»

«Nur die Landwirte jammern, die brauchen mehr Regen.» Sie bot ihm ein Stück Apfel an. «Und? Ist dir was eingefallen wegen dem Tanzwettbewerb?» Sie konnte sich nicht mehr zurückhalten.

«Ich bin ein alter Mann, da sind keine Wunder zu erwarten.»

«Schade.»

«Wie hieß dieser Tanz noch mal?»

«Salsa.»

Er verzog angewidert das Gesicht: «Ist das nicht auch eine Sauce?»

«Ja.»

«Scharf und würzig, nicht wahr?»

«Ja.»

Onkel Peter stand auf und legte seine Hand auf ihre. «Alles klar, mien Deern. Jan Clausen ist wieder an Bord.»

Sina schaute ihn ungläubig an. «Wie hast du das geschafft?»

Er blickte ihr in die Augen. «Mit Gewalt. Es ging nicht anders, tut mir leid.»

Sie verzog das Gesicht. «Du hast ihn *geschlagen*?»

«So 'n Wettbewerb muss man ernst nehmen, Sina. Da heiligt der Zweck jedes Mittel.» Er zwinkerte ihr zu.

«Da hast du auch wieder recht.» Sie umarmte ihn überschwänglich.

Die größte Hürde war genommen. Jetzt konnte es losgehen.

22.

Jan stand im Flur seines Hauses und warf einen letzten Blick in den Spiegel. Er trug heute wieder seinen schwarzen Anzug, dazu das lila Hemd. Vor seiner Verabredung wollte er Leevke schnell zu Bella bringen, die am anderen Ende des Ortes wohnte. Normalerweise fuhr seine Tochter die paar Meter mit dem Rad, aber bei dem Wind heute weigerte sie sich, was Jan gut verstehen konnte. Im Lieferwagen saß Eyk zwischen ihnen und hechelte fröhlich vor sich hin. Leevke hatte ihren Vater natürlich gelöchert, für wen er sich so schick gemacht hatte, aber das war sein Geheimnis.

Durch die Windschutzscheibe des Lieferwagens konnten sie zuschauen, wie Raik die Büsche und Bäume mit Gewalt von Westen nach Osten bog und sie kräftig durchschüttelte. Welcher von ihnen noch Blätter gehabt hatte, verlor sie spätestens jetzt. Die Reetdächer trotzten Raiks Angriffen, unbeeindruckt wie immer, was Raik maßlos ärgerte. Deswegen ging er die Bäume und Schornsteine umso härter an.

Bellas Mutter Petra stand vor ihrem kleinen Reetdachhaus und erwartete sie schon. Sie trug einen grauen Jogginganzug und hatte sich ein Handtuch um den Kopf gewickelt. Als Jan die Wagentür öffnete, sprang Eyk hinaus, um sich ein paar Streicheleinheiten bei ihr abzuholen. Jan gab Leevke zum Abschied einen Kuss auf die Stirn.

«Wo willst du denn drauf zu?», fragte Petra, als sie seinen Anzug sah.

«Wieso? Kann ich mich nicht mal anziehen wie ein erwachsener Mann? Außerdem ist ja wohl nicht alles öffentlich, oder?»

Petra grinste. «Ich weiß es sowieso.»

Jan war verblüfft. «Ach ja?»

Petra schaute zu Leevke. «Er trifft sich mit Nena Großmann, der Sozialarbeiterin vom Wyker Amt.» Sie warf Jan einen amüsierten Blick zu. «Stimmt's?»

Der staunte. «Woher weißt du denn von der?»

«Siehste? Voll ins Schwarze getroffen! Carlottas Mutter aus der Parallelklasse ist mit Heinzi vom Heimathafen befreundet.»

Auf Föhr lief eben alles unter Supervision, daran konnte man nichts ändern.

«Wer ist Nena?», fragte Leevke neugierig.

Jan schüttelte grinsend den Kopf. «Eine Frau.» Dann verschwand er in seinem Lieferwagen.

Die paar Kilometer zur Süderender Turnhalle fuhr er mit gemischten Gefühlen. Bürgermeister Peter Petersen sollte bloß nicht glauben, er sei erpressbar. Was dachte der sich? Er hatte genug Aufträge und war auf ihn nicht angewiesen. Außerdem gab es Wichtigeres auf dieser Welt als einen Tanzwettbewerb gegen die Nachbarinseln! Wenngleich so etwas natürlich Spaß brachte, das war schon damals beim Fußball so gewesen.

Wenn er ehrlich war, hatte ihm Sinas Tanzkurs richtig gefehlt. Den Salsa hatte er immer und überall im Ohr, er konnte kaum noch still stehen, ohne im Takt zu wippen. Peter Petersen war nicht der Grund, sondern nur der Auslöser dafür, dass er jetzt wieder einstieg. Es machte einfach wahnsinnigen Spaß. Und mit Gesche Grigoleit zu tanzen war allemal besser, als gar nicht zu tanzen.

Er stellte den Lieferwagen am Lehrerparkplatz in Süderende ab und ließ Eyk raus. Unter dem Lichtkegel einer Straßenlaterne wurden Blätter und kleine Stöcker vorbeigeweht. Die Tür zur Turnhalle war nicht abgeschlossen. Drinnen war es dunkel, nur im Geräteraum war die Notbeleuchtung angeschaltet. Immerhin waren die Fluchtwege klar markiert, das beruhigte ihn. Eyk verschwand irgendwo im Nichts. In der Dunkelheit erschien ihm Raik noch lauter, er donnerte gewaltige Böen gegen das Gebäude und schlug immer wieder hart gegen die großen Scheiben.

«Hallo?», fragte er leise.

«Ja?», meldete sich eine Frauenstimme.

Vorsichtig tappte er in Richtung Hallenmitte, wo er die Silhouette eines Menschen vermutete.

«Frau Grigoleit?», fragte er noch mal nach.

«Ich bin hier.»

Sie saß alleine auf einem flachen Längskasten. Eyk war schon bei ihr, sie kraulte ihm den Nacken.

«Moin. Ich kann den Hund auch anleinen.»

«Nicht nötig.»

Von draußen wurde erneut eine schwere Bö gegen die Scheibe gedrückt.

«Wahnsinn, das Wetter», sagte sie.

«Diesen Wind hat meine Großmutter immer Raik genannt», erklärte er und stellte sich an den Kasten.

Frau Grigoleit lächelte. «Den kenne ich auch aus der Schule. Ist das dieses ADS-Kind, das nicht still sitzen kann?»

Sie schwiegen einen Moment und hörten gemeinsam im Dunkeln Raiks Wüten zu.

«Wir sollten Licht anmachen und Musik», sagte er nach einer Weile.

«Sie haben gezögert, mit mir zu tanzen?», fragte sie.

Das stimmte zwar; es offen auszusprechen war Jan allerdings unangenehm.

«Ich bin kein Turniertänzer wie Sie. Wie soll das gehen?» Das klang doch nach einer guten Begründung, oder?

«Ach, das ist lange her.»

«Trotzdem.»

«Hören Sie.» Sie sah ihn an. «Wir hatten auf der Elternversammlung nicht gerade einen Traumstart. Können wir das nicht einfach vergessen?»

Jan hatte noch einmal darüber nachgedacht, was Petersen ihm gesagt hatte: Es war ein bisschen wie beim Doppel im Tennis. Nur weil man zusammen spielte, musste man ja nicht privat befreundet sein. Er gab sich einen Ruck.

«Okay, ich bin Jan.»

Sie gab ihm förmlich die Hand: «Gesche.»

In dem Moment hörten sie laute Männerstimmen, die in die Halle stürmten.

«Hast du gesehen, wie er den gehalten hat?», dröhnte es. «Bei *der* Flanke!»

«Für mich war das Abseits.»

«Niemals! So steigen die garantiert ab.»

Bäng-bäng-bäng! Das Neonlicht sprang an, Eyk bellte laut los, als wollte er die Helligkeit vertreiben. Jan rieb sich die Augen. Jetzt konnte er seine Tanzpartnerin das erste Mal deutlich sehen. Sie trug eine enge Sporthose und eine recht weit ausgeschnittene Bluse.

«Moin», rief einer der Männer. «Ihr müsst woanders weiter rummachen.» Die anderen lachten. Erst jetzt erkannte Jan die Altherren-Fußballer aus Süderende.

«Was wollt ihr denn hier?», rief er ihnen zu.

«Wir haben die Halle für heute gebucht.»

«Nee, wir.»

«Zu zweit?»

«Wir brauchen den Platz.»

«Dann hat sich Thorsten Hausmeister geirrt, das ist unser Termin. Soll ich dir die Mail zeigen?» Er zückte sein Smartphone. «Außerdem sind wir mehr.»

Jan schaute Gesche fragend an, die zuckte mit den Achseln.

«Fahren wir zu mir», schlug sie vor. «Ich rufe Sina an, dass sie dorthin kommt.»

Jan folgte ihrem kleinen Peugeot, der den Weg über ein paar Nebenstraßen nahm. Es war nicht so, dass jetzt plötzlich die große Liebe zwischen ihm und Gesche ausgebrochen wäre. Aber zum Tanzen sollte es allemal reichen – und dafür, die Nachbarinseln zu schlagen, sowieso.

Gesche wohnte am Rand der Marsch in dem kleinen Dorf Midlum, in einem einsamen, rot geklinkerten Haus

aus den sechziger Jahren, das nie renoviert worden war. Sogar die Eingangstür aus Milchglas stammte noch aus dieser Zeit. Gesche ging vor, Eyk huschte an ihr vorbei in die Wohnung. Ein enger Flur führte zu einem großen Raum mit einer grässlichen Einbauküche, gegenüber stand eine wuchtige dunkelbraune Schrankwand, davor eine hellbraune Sitzgarnitur. Eine weitere Tür führte zum Schlafzimmer. Eyk fühlte sich sofort wie zu Hause und legte sich auf den Boden vor der Couch. An den Wänden hingen kitschige, schlecht gemalte Ölbilder mit Föhrer Ansichten, darunter ein Seemann in Südwester, mit Pfeife im Mund, dessen wasserblaue Augen Jan mittelschwer anschielten – da hatte sich der Kunstmaler wohl ein wenig verguckt. Die Fenster zur Straße hin waren mit Spitzenstores verhängt. Die ganze Einrichtung erinnerte Jan sehr an seine verstorbene Großmutter.

«So wohnt eine spießige Grundschullehrerin.» Gesche grinste und breitete die Arme aus.

Er wusste gar nicht, was er sagen sollte, denn er hatte genau das gedacht. «Soso», murmelte er vage.

«Du darfst hier nichts verändern», sagte sie. «Alles steht unter Denkmalschutz, ich will mit den Sachen hier ein Siebziger-Jahre-Museum einrichten.» Sie lächelte ihn an. «Das ist die billigste Ferienwohnung, die ich auf die Schnelle finden konnte. Ich suche dringend was anderes. Also, wenn du was hörst …»

Es klingelte an der Tür. «Das wird Sina sein.»

«’tschuldigung, ich bin etwas spät», keuchte sie. Ihre knallblauen Augen leuchteten Jan und Gesche unternehmungslustig an. Sie trug einen figurbetonten, eng anliegenden Trainingsdress. Eyk erkannte sie sofort, sprang auf und rannte zu ihr. Sina streichelte ihn überschwänglich.

«Mann, ist das ein Wind. Das ist ja so, als wenn dich einer hinten am Rad festhält.» Sie umarmte Jan und Gesche kurz, was sich gut anfühlte, und sie roch frisch wie immer. Ihre Körperhaltung war aufrecht und elegant, dabei wirkte sie keinesfalls steif oder ungeschmeidig. Jan merkte, dass er sich automatisch auch ein bisschen aufgerichtet hatte, nachdem sie den Raum betreten hatte.

«Ruh dich einen Moment aus», sagte Gesche und holte eine Flasche Weißwein aus dem Kühlschrank und Gläser. Sie stießen an. Jan merkte, dass sein Anzug viel zu feierlich war, die Damen dachten beim Tanzen eher an Sport als an ein gesellschaftliches Ereignis.

Sina schaute sich um. «Viel gemütlicher hier als in der Turnhalle.»

«Aber kleiner.»

«Für die erste Einzelprobe genügt es dicke.»

Sie schoben die Sitzmöbel und den Tisch an die Wand, sodass eine kleine Tanzfläche entstand. Jan und Gesche schauten Sina fragend an: Sie holte einen Ohrenschutz und einen dünnen Sommerschal heraus, mit dem sie Gesche die Augen verband.

«Im schlimmsten Fall hatte ich ja ein Tutu erwartet», frotzelte Jan. «Aber Augenbinden und Ohrenschutz?»

«Spielen wir jetzt Topfschlagen?», fragte Gesche.

Sina blieb vollkommen ungerührt. «Beide Füße nebeneinanderstellen, bitte», sagte sie zu Gesche. «Hält die Augenbinde? Ich setze dir gleich den Ohrenschutz auf, und dann gehst du bitte einfach fünf Schritte nach vorn und fünf zurück.»

Jan war froh, dass sie sich nicht gleich nahe kommen mussten. Sina stülpte Gesche den Ohrenschutz über. Die ging erst vorwärts, dann zurück. Man merkte bei jedem Schritt, wie unsicher sie war. Die Ausgangsposition verfehlte sie um ein gutes Stück. Sina wiederholte den Versuch mit ihm. Es war unglaublich schwer, sich ohne Augen und Ohren zu orientieren, auch wenn es nur wenige Schritte waren. Er wich deutlich weniger ab. Was vermutlich daran lag, dass sein Balancegefühl durchs Dachdecken besser trainiert war.

«Ihr müsst eure Bewegungen richtig im Körper spüren, sonst wird euer Tanz zu ungenau», erklärte Sina.

Sie führte ihnen eine ganz einfache, kleine Figur mit acht Schritten vor, die sie nachtanzen sollten. Dann nahm sie seine Hand, um es ihm zu zeigen, und das fühlte sich schön an. Sie lenkte ihn sicher durch den Raum und bog immer rechtzeitig ab, wenn der Couchtisch, die Stühle oder der aufgerollte Teppich im Weg war. Anschließend tanzte er mit Gesche unter der vierarmigen Deckenlampe los. Bei jeder Drehung schielte ihn der Seemann im Südwester an, nach dem dritten Mal schien er ihm zuzuzwinkern.

«Jan, die Haltung deines Zeigefingers gefällt mir nicht, dein Kopf ist etwas geneigt. Gesche, was soll die rechte Schulter? Die hängt nach unten.» Sina kritisierte viel, lobte aber auch. Das war gut, denn so konnte er sich auf das konzentrieren, was sie sagte, und musste nicht die ganze Zeit über die Situation nachdenken, die ihm immer noch merkwürdig vorkam. Sie hatten noch eine Menge Arbeit vor sich. Gerade mal acht Schritte hatten sie geprobt, und alles war noch viel zu ungenau. Wie würde er jemals einen kompletten Tanz hinbekommen? Aber Aufgeben kam nicht in Frage.

Nach der Probe fläzten sie sich auf Gesches Couch. Eyk, der die ganze Zeit ruhig und brav gewesen war und ihr Getanze nur aus einem halb geöffneten Auge beobachtet hatte, kuschelte sich an Sina und Jan und wurde mit Streicheleinheiten hinterm Ohr belohnt.

«Hast du eine Ahnung, wie gut die anderen sind?», fragte Gesche.

«Keinen Schimmer», sagte Sina.

«Ich werd mal meine Spione losschicken», sagte Jan. «Auf Amrum kenne ich ein paar Leute.»

«Und was ist mit Sylt?», fragte Gesche.

«Sylt war schon immer eine Welt für sich», stellte er fest. «Nach Amrum kam man bei Ebbe zu Fuß, nach Sylt musste man ein Boot nehmen. Föhrer und Amrumer konnten sich immer schon auf Friesisch verständigen, was beim Sylter Friesisch unmöglich war. Mal ganz davon abgesehen, dass die nördliche Nachbarinsel sowieso vollkommen anders war als ihre beiden Schwestern weiter südlich.»

Eine Stunde später verabschiedeten sie sich. Es war fast windstill, als Gesche Sina und ihn zur Haustür begleitete. Jan schickte Eyk noch einmal hinaus in die Marsch, damit er sich austoben konnte.

«Raik hat sich verdrückt», stellte Gesche fest.

«Stattdessen ist Keike da», sagte Jan. Die flüsterte ihm gerne undeutlich etwas zu. Manchmal verstand er sie, manchmal war es nur aufgeregtes Gewisper.

«Kommt sie auch am Tag?», fragte Gesche.

«Nee, Keike ist nur nachts unterwegs. Tageslicht scheut sie meistens.»

«Was redet ihr da?», fragte Sina.

«Jan gibt den Winden Namen», erläuterte Gesche.

«Das müsst ihr mir später erklären», sagte Sina. «Ich muss los.»

«Ich auch», sagte Jan.

«Tschüs.»

«Kommt gut nach Hause.»

Sina setzte sich auf ihr Rennrad und wurde nach wenigen Metern von der Dunkelheit verschluckt. Jan wartete noch, bis Eyk aus der Marsch zurückkam. Dann stieg er mit dem Hund in den Lieferwagen.

War doch gar nicht so schlimm, Jan Clausen, dachte er, als er nach Hause fuhr. Und das mit Gesche würde er hinbekommen.

23.

Ab da gab es für Jan drei Tanztermine in der Woche, einmal den Gruppentanz, dann zwei Proben für den Paartanz mit Gesche – dazu kam natürlich das Üben vorm Spiegel. Leevke war total stolz auf ihren Vater und erzählte all ihren Freundinnen, dass er Föhr beim Wettbewerb der Nordfriesischen Inseln im Februar vertreten würde. Natürlich freute ihn das, andererseits machte es ihm Angst. Gesche tanzte immer noch um Klassen besser als er, er musste langsam in die Gänge kommen, um mithalten zu können.

Dann kam die Weihnachtspause. Leider fiel Heiligabend kein Schnee, wie es sich Leevke jedes Jahr wünschte. Stattdessen fegte ein mächtiger Orkan über das Wattenmeer, der eine Sturmflut auflaufen ließ und vor dem alle einen Heidenrespekt hatten: Es war der gefürchtete «Blanke Hans». Jan und Leevke feierten zusammen mit Petra und Bella, die Kinder spielten bis nach Mitternacht selig mit ihrem neuen Spielzeug. Den ganzen ersten Weihnachtstag war Jan mit den anderen Oldsumern von der freiwilligen Feuerwehr unterwegs, um die Deiche zu kontrollieren. Sie hielten zum Glück, aber in Utersum wurden große Teile des Strandes weggespült. Schlimmer sah es gegenüber aus: Von der Südspitze Sylts mussten große Landstücke ans Meer abgegeben werden.

Während dieser Tage geriet das Thema Tanzen in den Hintergrund. Erst als sich der Blanke Hans wieder verzogen hatte, war Jan danach zumute, vor dem Spiegel Salsa zu üben. Und dann war auch schon bald Mitte Januar. Noch drei Wochen bis zum Wettbewerb, langsam wurde die Luft dünn. Es gab eine Nähgruppe, die unter Anleitung einer türkischen Schneiderin Kostüme für die gesamte Truppe nähte. Dabei wurde besonders stretchfähiges Material verwendet, damit während der Aufführung ja nichts riss. Zu eng durfte es aber auch nicht werden, sonst sähen die Kleider und Anzüge aus wie Wurstpellen; es besaß ja nicht jeder eine Traumfigur.

Irgendwie hatte sich die Stimmung auf der Insel verändert. Wer in diesen Tagen zum Supermarkt ging, musste feststellen, dass kubanischer Rum und Tequila ausverkauft waren. Der «Geele Köm», den man sonst gerne in den Tee tat, wurde zum Ladenhüter. Der Grund: Zusätzlich zu den Kursen trafen sich die Tänzer auch privat, um zu üben – und karibisch zu feiern. In den Föhrer Reetdachhäusern und Scheunen brach eine wahre Partymanie aus, auch unter denjenigen, die gar nicht am Wettbewerb teilnahmen. Teenager mussten fassungslos zusehen, wie ihre Eltern dem Salsa verfielen.

An einem kalten Morgen machte Jan in seiner Scheune Inventur. War noch genügend Reet da, oder musste er sich vom Zwischenhändler mehr liefern lassen? Ausgerechnet jetzt rannten ihm die Auftraggeber die Bude ein. Er hatte mehrere Baustellen gleichzeitig, allein in Nieblum mussten vier Neubauten mit Reet gedeckt werden. Aber er war nicht bei der Sache. Während er sich die Reetbestände anguckte, tanzte er in der einstudierten Schrittfolge um die Bündel herum. «Gesche, darf ich bitten?», sagte er und verbeugte sich leicht. Dann nahm er ein Reetbündel in die Hand, führte es im Salsa-Schritt durch die Scheune und drehte sich dabei mehrmals um die eigene Achse. Sogar ohne Musik machte Sinas Choreographie Spaß.

Sie war wirklich eine Königin. Erst gestern hatte sie ihm und Gesche vorgetanzt, was sie sich als i-Tüpfelchen für ihren Auftritt im Februar vorstellte. Kurze Schritte und elegante Streckungen, eine durchgehende Linie zog sich von ihren Fußspitzen bis zum Kopf, alle ihre Bewegungen sahen federleicht aus. Es erschien ihm wie ein Traum, dem er begeistert beiwohnte – aber wie sollte *er* das hinbekommen? Dazu kam dieses irrsinnige Lampenfieber – jetzt schon! Wann hatte er jemals auf einer Bühne gestanden? Beim Abi, als er sein Zeugnis entgegennahm, sonst nie. Der Wettbewerb war sicher einige Nummern zu groß für ihn. Und die Sonderrolle, die Sina ihm zugedacht hatte, versetzte ihn erst recht in Panik. Wenn er versagte, würde ganz Föhr untergehen. Oder zumindest würde er zum Gespött aller werden. Dabei hatte er in Wirklichkeit doch gar keine Ahnung vom Tanzen!

Er begann erneut, mit dem Reet zu tanzen, diesmal die Choreographie der Gruppe, bei der er ja auch mittanzte. Hier sollten sie zur Salsa-Musik einen tumben Bauerntanz parodieren, nach dem Motto «Friesen und Salsa, das geht gar nicht». Das ging fast unmerklich über in den leichtfüßigen Salsa-Rhythmus, ausladend und fröhlich tanzte man dann nach Hörnum auf Sylt, bis der Eiffelturm auf Amrum in Sicht kam. Die Stationen waren klar, aber ihm fehlten in der Mitte und am Schluss ein paar Schritte. Wie war noch die Drehung nach dem «tara-tata» der Trompeten? Aber sosehr er sich anstrengte, es fiel ihm nicht ein. Es machte ihn wahnsinnig. Er musste es herausbekommen, und zwar sofort! Es ging nicht, dass er als Einziger in der Gruppe patzte. Wer konnte ihm helfen?

Entschlossen sprintete er zu seinem Lieferwagen und raste los. Die Ladefläche hinten war voll mit Reet für seine Baustelle in Oldsum. Als Jan dort ankam, stand sein Kunde, Professor Guhn aus Flensburg, gerade mit Schirm im Garten und starrte versonnen in den grauen Himmel. Er war ein liebenswürdiger Spinner um die siebzig, mit lockigen grau melierten Haaren und einer dicken schwarzen Brille.

«Probleme?», fragte der Professor, als er Jan herbeieilen sah.

«Aber nein, alles im grünen Bereich», grummelte Jan und eilte durch den unverputzten Flur hoch auf den Dachboden, der am Ende halb offen war.

«Moin», grüßte Hark von seinem Balken aus.

Jan stand auf dem Dachboden und starrte zu ihm hinauf. «Moin, Hark, hilf mir mal weiter, sonst werde ich noch verrückt. Ich hab grad ein totales Blackout beim Gruppentanz.»

«Kein Problem.» Hark kletterte die Leiter zu ihm hinunter. Er zog sein Handy aus der Hosentasche, stellte ihr Salsa-Stück auf laut und positionierte sich dann gegenüber seinem Chef.

«Du bist jetzt die Frau», sagte er.

«Nee, du. Ich will das ja für mich lernen!», protestierte Jan.

«Warte, da muss ich umdenken.»

Er nahm Jans Hand und umfasste mit der anderen seine Hüfte, dann legte er los. Dabei ahmte er Sinas strenge, laute Stimme nach. «Eins-zwei-drei-Drehung außen-Arme hoch-sechs-sieben-stehen bleiben.»

Hark fühlte sich mit seinen kräftigen Oberarmen natürlich wenig weiblich an, er war auch bei weitem nicht so biegsam wie eine Frau.

«Ich habe das anders in Erinnerung!», rief Jan. «Die Arme erst zum Schluss.»

«Warte mal, eins, zwei …», murmelte Hark. «Nee …»

«Sag ich doch, das geht anders!»

«Als Frau kriege ich das einfach nicht hin», stöhnte Hark. «Warte, ich tanz dir jetzt einfach mal die Männerschritte vor.»

Dann probierten sie es noch einmal zusammen.

«Ist das Salsa?»

Jan und Hark drehten sich um. Sie hatten gar nicht gehört, dass Professor Guhn die Treppe hochgekommen war. Er blickte mit offenem Mund zu ihnen hoch.

«Den Tanz haben die Föhrer Seefahrer von der Karibik auf die Insel gebracht», erklärte Jan ungerührt. «Auf Föhr ist das ein reiner Männertanz.»

Der Professor zwinkerte beiden Männern freundlich zu: «Ich habe keine Vorurteile, falls Sie das denken.» Dann ließ er sie wieder allein.

Immerhin, den Mittelteil hatten Hark und er gemeinsam rekonstruieren können; beim Schluss musste auch Hark passen. Wenn Jan bei der nächsten Probe nicht patzen wollte, gab es nur noch eine Möglichkeit.

Ein paar Minuten später hielt Jan an der Süderender Grundschule. Es war gerade Pause, der Schulhof war voller lärmender Kinder. Leevke konnte er nicht entdecken, sie spielte wahrscheinlich hinterm Haus. Er eilte ins Schulgebäude. Hier war es wesentlich ruhiger, weil sich die Kinder in den Pausen drinnen nicht aufhalten durften. Er klopfte an die Tür des Lehrerzimmers. Sie ging auf, und an die zehn Lehrer, darunter Gesche, schauten ihn neugierig an.

«Moin, Jan», grüßte sie.

«Gesche, könntest du mal ganz kurz …»

«Ja?»

Sie trug wieder ihre altmodische Schulkleidung: blauer Pullover, weiße Rüschenbluse und dunkle Stoffhose. Aber das war ihm heute egal.

«Können wir vielleicht irgendwo ungestört reden?»

«Ist was mit Leevke?»

«Nee …»

Sie nickte. «Ich komme.»

Gesche führte ihn in den Musikraum, in dem lauter Orff'sche Instrumente aufgebaut waren. Es roch nach Kinderschweiß und Tafelkreide wie in allen Räumen der Schule. Jan stolperte prompt über ein Xylophon, das auf dem Boden stand.

«Es macht mich halb wahnsinnig», bekannte er. «Ich habe den Schlussteil vom Gruppentanz vergessen, das, was nach dem Amrumer Eiffelturm kommt. Was ich auch ausprobiere, ich komme einfach nicht mehr drauf.»

Gesche lachte. «Kein Problem.» Sie nahm seine Hand und zählte acht Schläge vor, dann tanzten sie los. Es fühlte sich auch ohne Musik toll an, die hatten sie ohnehin längst im Kopf. Ab der Stelle, wo er nicht mehr wusste, ließ er sich von ihr führen. Ganz leicht und geschmeidig brachte sie ihn über den Hügel hinweg, der ihm so unüberwindbar erschienen war. Es gab sogar Beifall dafür, denn der glatzköpfige Musiklehrer Herr Jordan war unbemerkt hereingekommen und grinste breit.

«Wir haben nur ...», stammelte Gesche und lief rot an.

«Ich freue mich doch für euch», sagte der Musiklehrer. «Mensch, Gesche, du hast wirklich schnell auf Föhr Anschluss gefunden, toll!»

Ab Mittag würde es auf der Insel rum sein, das ließ sich nicht verhindern.

24.

Sina lag in der heißen Wanne ihres kleinen Badezimmers. Die Teelichter und Kerzen um sie herum gaben ihr ein Gefühl von Feiertag. Dass es Samstagvormittag war und sie gerade erst gefrühstückt hatte – na und? Sie brauchte jetzt einfach die Wärme und Ruhe. Für einen Moment hielt sie die Luft an und ließ sich unter die Wasseroberfläche gleiten. Schade, dass man als Mensch zwischendurch atmen musste, hier würde sie am liebsten stundenlang bleiben.

Sie hatte auf Föhr unwahrscheinliches Glück gehabt, es war alles bestens gelaufen. Die Föhrerinnen und Föhrer rannten ihr die Bude ein, um Tanzen zu lernen. Für Süderende musste sie einen Aufnahmestopp verhängen, zwei neue Kurse in Wyk waren auch schon voll. Außerdem hatte der anstehende Wettbewerb der Nordfriesischen Inseln alle in Aufregung versetzt. Wenn es so weiterging, würde sie mehr als gut über die Runden kommen. Und das entspannte Leben in Oevenum liebte sie sehr: die Reetdachhäuser, der Blick in die Marsch, wie freundlich und zuvorkommend die Menschen hier waren. Sie konnte sich wirklich nicht beschweren.

Aber so schön das alles war, so einsam fühlte sie sich

manchmal. Innerlich war sie noch nicht vollständig angekommen, zwischen ihr und den anderen existierte eine unsichtbare Wand, die sie nicht einreißen konnte. Es erinnerte sie ans Ballett: Man arbeitete intensiv zusammen, kam sich dabei kurzfristig nahe, aber darüber hinaus blieb man sich fremd. So war es auch in den Tanzkursen, private Kontakte hatten sich bisher nicht daraus ergeben.

Draußen hupte ein Auto. Sie blickte auf die Uhr an der Wand. Mist, sie hatte die Zeit völlig vergessen! Blitzschnell sprang sie aus der Wanne, warf sich einen Bademantel über und eilte zur Tür. Es regnete in Strömen.

Jans Lieferwagen stand vor dem Haus. Das Dach war längst fertig, jetzt musste nur noch die erste Etage gestrichen und möbliert werden. Das war für heute vorgesehen, deswegen hatte sie sich sogar einen tanzfreien Tag genommen, wofür ihre Schüler natürlich Verständnis gezeigt hatten. Jan hatte ihr netterweise angeboten, die Möbel mit seinem Lieferwagen von der Fähre abzuholen. Da stand er nun, pünktlich wie die Kirchenuhr.

«Komme sofort», rief sie und winkte ihm zu. Jan lächelte und hob den Daumen. Dann drehte er die Musik in seinem Wagen auf und lehnte sich zurück.

Fünf Minuten später saß sie neben ihm, mit nassen, ungeföhnten Haaren und in einem Overall, der irgendwann mal weiß gewesen, nun aber über und über mit Farbe bekleckert war. Während der Fahrt kämmte sie sich die Haare. Jan stellte auf seinem MP3-Player einen langsamen, melancholischen Soul-Titel an, gesungen von einer traumschönen tiefen Frauenstimme. Sie summten beide leise mit. Die Musik passte zum Dauerregen in der

Marsch, der die Landschaft mit Tausenden Kommata schräg schraffierte.

«Irgendwie hat Regen was», meinte Sina. «Findest du nicht?»

Er lachte. «Wenn ich das anders sehen würde, könnte ich nicht hier leben.»

«Nie Sehnsucht nach dem Süden gehabt? Italien, Brasilien, Spanien?»

«Na ja, ich muss zugeben, als ich als Föhrer Jung das erste Mal ans Mittelmeer kam, war ich echt geschockt. Jeden Tag Sonnenschein und Wärme, da hatte ich schon das Gefühl, in der falschen Gegend geboren zu sein.»

«Und wieso bist du dann geblieben?»

«Nach vierzehn Tagen habe ich mich total gelangweilt. Die ganze Zeit nur ein einziges Wetter, das fand ich öde. Ich wollte baden gehen, während es regnet und stürmt.»

Sina nickte. «Du hast recht, das fehlt im Süden.»

«Dafür haben sie den Salsa erfunden.»

«Den wir Friesen mal eben locker übernommen haben.» Sie lächelte. «Für mich ist Salsa eine fröhliche Regenmusik.»

Er wählte das nächste Stück aus. Feurige Salsa-Trompeten mit einem wilden Schlagzeug schossen förmlich in die Fahrerkabine. Jan drehte die Anlage voll auf, und plötzlich fing die Landschaft vor der Frontscheibe an zu tanzen. Die Tropfen sprangen übermütig auf den Dächern von Bushaltestellen, drehten in Pfützen ihre Pirouetten. Überall war Bewegung. Es war wie ein riesiges Fest, das auf der gesamten Insel gefeiert wurde.

Als sie am Fährhafen ankamen, trafen gerade die Fähren von Dagebüll und Wittdün gleichzeitig ein, es gab ein ziemliches Gewusel und für die Föhrer Nachsaison extrem viel Autoverkehr – was sich auf ungefähr fünfzig Fahrzeuge belief. Nachdem alle von Bord waren, fuhr Jan aufs Autodeck, um den Anhänger mit Sinas Möbeln an seinen Lieferwagen anzuhängen.

Eine halbe Stunde später hielt Jan vor ihrem Haus in Oevenum. Eine Menge Arbeit lag vor ihnen. Jan hatte ihr angeboten, ihr bei allem zu helfen. Was sehr, sehr nett war. Aber auch zu zweit würden sie es kaum an einem Tag schaffen.

«Danke für deine Hilfe», sagte sie. «Ohne dich wüsste ich gar nicht, wie ich das schaffen sollte.»

«Da nicht für», brummte er. Sie stiegen aus und machten sich gemeinsam daran, die Plane vom Anhänger abzufummeln. Plötzlich öffnete sich ihre Haustür. Sie hatte nicht abgeschlossen, jemand musste bei ihr eingedrungen sein!

Nicht im entferntesten hätte sie geahnt, wer es war: Aus ihrem Haus stürmte der halbe Süderender Tanzkurs: Christine und Thorsten, die Roloffs, zwei Ärzte von der Kurklinik und Nena Großmann mit Hark. Sie alle waren erschienen, um bei ihrer Tanzlehrerin mit anzupacken. Sie war sprachlos, ihr kamen fast die Tränen.

«Hast du das gewusst?», flüsterte sie Jan zu.

«Dann geht es einfach schneller», sagte der nur.

Im Nu waren alle zur Stelle, umarmten sie und schleppten die Kartons ins Haus. Beim zweiten Gang kam ihr Jan in der Eingangstür entgegen. Statt ihm auszuweichen, machte sie mit der Hüfte eine ausladende Bewegung, streifte ihn und ging weiter – Tänzer unter sich. Bald machten es ihr die anderen nach. Die Geste wurde zu einem festen Ritual aller Helferinnen und Helfer, wenn sie sich begegneten.

Bevor die obere Etage eingeräumt werden konnte, musste erst einmal gestrichen werden. Sina wollte das Schlafzimmer lachsrot haben. Jeder schnappte sich seine Farbrolle und legte los. Jan hatte aber nicht nur das ganze Arbeitsmaterial mitgebracht, sondern auch Leevkes Ghettoblaster mit dem Lillifee-Aufkleber. Bald wippten sie alle beim Streichen zur Salsa-Musik mit den Hüften und tänzelten um Farbeimer und Leitern herum. In Christines Haar landete ein roter Farbspritzer.

Zusammen ging alles unglaublich schnell. In einer guten Stunde waren alle Flächen bemalt. Jan baute zusammen mit Thorsten und einem der Ärzte die Möbel zusammen und rückte sie nach Sinas Anweisung an die richtige Stelle, wobei sie natürlich darauf achteten, wegen der frischen Farbe genügend Abstand zur Wand zu lassen.

Nena und Christine stiegen auf Aluleitern und installierten die Deckenleuchten, die Sina allein aus Zeitgründen im Internet bestellt hatte. Internetkäufe waren immer ein gewisses Risiko. Wenn man die entsprechende Couch erst konkret vor sich sah, wirkte sie oft anders als auf den Fotos. So kam ihr das Grün ihres neuen Sofas jetzt doch sehr giftig vor.

«Willst du es zurückschicken?», fragte Christine.

«Das geht leider nicht, es war ein Sonderangebot.»

Christine zuckte mit den Achseln. «Dann leg eine schöne Decke darüber.»

«Weißt du, was das Teil gekostet hat?», protestierte Sina.

Christine legte ihren Arm um sie. «Also wirst du am Ende deines Lebens denken: ‹Ach, hätt ich bloß nie die giftgrüne Couch gekauft, dann wäre alles anders geworden›?»

Sina verdrehte die Augen: «Aber ja doch, genau das werden meine letzten Worte sein.»

Sie lachten und widmeten sich der nächsten Lampe.

«Hast du gar keine Möbel von vorher?», fragte Nena, die sich ein Tuch in ihre hennaroten Haare gebunden hatte.

«Nee, ich habe immer nur aus dem Koffer gelebt.»

«Cool.»

Überall im Haus wuselten Leute aus dem Tanzkurs herum und machten hier und da noch etwas fertig. Sina staunte, wie geschickt alle waren. Sie selbst besaß zwei linke Hände, was das anbelangte.

Gegen halb sechs verabschiedeten sich ihre Helfer. Die Männer wollten wegen der «Sportschau» nach Hause, und auch die Frauen hatten genug geschuftet. Sina umarmte jeden Einzelnen, sie hatten Großartiges geleistet. Wenn die Farbe erst getrocknet war, würde wirklich alles fertig sein in ihrem Haus, unglaublich! Jan ging als Letzter und gab ihr zum Abschied einen Kuss auf die Wange, der lange nachglühte. Sie legte sich noch einmal in die Wanne und fühlte sich reich beschenkt.

25.

Als Sina über die Deichkrone ging, wehte ihr eine eiskalte Brise in die Nase. Lächelnd schaute sie in die Weite des Wattenmeers. Gegenüber lagen Sylt und Amrum, dazwischen lag die offene See. Die Flut lief gerade auf, die Priele füllten sich mit Wasser, ein gewaltiger Strom schwappte unaufhaltsam über die Wattfläche. Bis zum traditionellen «Biikebrennnen» am 21. Februar war normalerweise eine ruhige Zeit auf Föhr. Normalerweise. Aber dieses Jahr stand der Tanzwettbewerb gegen die anderen Nordfriesischen Inseln an, und der versetzte alle in große Aufregung. Es waren nur noch vierzehn Tage bis zum Turnier, von nun an zählte jeder Tag. Überall wurde getanzt und geübt.

Sie schaute in den Himmel über dem Deich. Weiße Wolkenfelder zogen vorbei, wie sie es seit Jahrmillionen taten und es auch Jahrmillionen nach ihr noch tun würden. Irgendwann legte sie einfach ihre Jacke ins Gras und tanzte auf der Deichkrone los. Ihre Arme flogen in die Luft, die Finger streckten sich zum Himmel, die Füße tanzten die ersten Figuren. Sie musste höllisch aufpassen, weil der Grasboden unter ihr uneben war, da stürzte man schnell. Die Umgebung erinnerte sie an das Nelkenfeld in

«Remember Schwanensee», die Wolken waren das Schloss, in dem die jungen Schwäne tanzten. Obwohl es so lange her war, hatte sie immer noch das Gefühl, dass sie es konnte. Ihr Knie war durch die Ruhephase – ihr Masseur Hauke behauptete natürlich, durch seine Pferdesalbe – deutlich besser geworden.

Jan radelte mit vollem Tempo über den schnurgeraden Sörenswai auf den Deich zu. Er trug seinen Anzug, darunter das lila Hemd ohne Schlips, das war seine Kleidung für das Tanzturnier. Er war froh, dass Sina sich die Zeit nahm, noch mal mit ihm alleine zu üben. Es gab bestimmt eine Menge Tricks und Kniffe, die sie ihm beibringen, letzte Fehler, die sie korrigieren konnte.

Auf dem Gepäckträger klemmte Leevkes Ghettoblaster. Mit Rückenwind und «Let's Get Loud» von Jennifer Lopez flog er über die Straße. Die Marschwiesen neben ihm lagen flach und offen da und wurden von der eiskalten Meeresbrise «Maren» sanft gestreichelt. Ein paar Strandregenpfeifer sorgten für den Backgroundchor. Er fuhr fast die ganze Zeit freihändig, um Oberkörper und Arme zu lockern. Gleichzeitig musste er dabei auf die Balance achten, das war eine gute Übung. Ungefähr fünfzig Meter vor dem mächtigen Seedeich umschloss er den Lenker fest mit beiden Händen und ging in die Bremsen. Er schaute nach oben. Am Himmel zogen weiße Wolken vorbei, die anscheinend ein festes Ziel hatten. Darunter tanzte eine Frau auf der Deichkrone, im Ballettanzug, ohne Tutu, mit Strickjacke darüber, geschmeidig und kraftvoll, mit ausladenden Gesten. Er radelte auf sie zu. Erst erkannte er sie nicht, doch als er näher kam, sah er, dass es tatsächlich Sina war. Sein Herz setzte einen Schlag aus. Sie war wunderschön. Zum Glück war sie derartig in ihren Tanz versunken, dass sie ihn nicht bemerkte. Sina, die Wolken und der Deich wuchsen vor seinen Augen untrennbar zusammen. Er wollte, dass es nie aufhörte.

Doch dann brach sie ab. Sie hatte ihn gesehen und winkte ihm zu. Er lehnte sein Fahrrad an den Zaun, nahm den Ghettoblaster und ging langsam den Deich hoch. Sina schaute bei der Begrüßung leicht durch ihn hindurch, sie befand sich immer noch in einer anderen Welt.

«Moin», sagte er leise, stellte den Ghettoblaster auf die Deichkrone und umarmte sie.

Sie drückte ihn fest an sich. «Hü gongt et?», flüsterte sie auf Friesisch in sein Ohr.

«Guud, un di?», antwortete er leise.

Sie hielten sich eine Weile fest. Dann lösten sie sich voneinander und schauten zusammen aufs Watt, das sich bereits zur Hälfte mit kaltem Meereswasser gefüllt hatte.

«Mein Geselle Hark übt heimlich auf den Baustellen», sagte Jan und lächelte. «Ich habe heute auf einem Dachboden bereits das dritte Mal mit ihm getanzt.»

«Und?»

«Die Drehung am Schluss sitzt jetzt. Aber ich fühle mich immer noch nicht fit genug.»

«Die Schritte hast du sicher drauf?»

«Ja, aber das genügt nicht, das weißt du doch am besten. Was kann ich noch tun?»

«Locker bleiben und dich treiben lassen.»

«Wie geht das?»

«Komm …»

Sie nahm seine Hand. Jan stellte auf dem Ghettoblaster den Salsa-Titel «Que Sera?» von Los Jefes an und nahm ihre Hand. Dann tanzten sie los. Frische, salzige Luft schoss in seine Lungen, Sina fühlte sich ganz leicht an und gleichzeitig ungeheuer kraftvoll. Ihm stand noch ihre Riesenfelge am Reck vor Augen, die einfach perfekt gewesen war. Sie provozierte ihn mitzuhalten und seine eigene Energie an ihr hochzufahren. Irgendwann merkte er, dass sie ansteckend wirkte. Er wurde mutiger in seinen Bewegungen. Sie tanzten dem Meer entgegen, das scheinbar lautlos auf die Deichkante zulief. Dann drehten sie und tanzten mit der Flut Richtung Land zurück. Der Schweiß auf seiner Stirn wurde umgehend von einer frischen Brise gekühlt.

Über ihnen zogen weitere Wolkenfamilien Richtung Osten, vielleicht kamen sie bald in Polen und Sibirien an. Zwischendurch, wenn die Sonne durchkam, blitzte das Wasser in ihren Augen. Sie entfernten sich immer weiter vom Ghettoblaster, die Salsa-Klänge vermischten sich mit dem Wind, der stets da war und nie nachließ. Sein Körper fühlte sich immer leichter an. Er spürte, wie er sich innerlich aufbäumte und streckte, um Sina zu widerstehen. Doch sie kam immer wieder auf ihn zu, um ihn zu locken. Sie tanzten jetzt ganz eng zusammen, dann lösten sie sich voneinander, drehten sich, gingen über die Seiten ab und kamen wieder zusammen, um ganz nah beieinander zu sein. Ihr Tanz wurde immer schneller, was unglaublich anstrengend und intensiv war.

Da machte Jan einen falschen Schritt, geriet ins Straucheln und riss sie, die ihn nicht losließ, mit sich von der

Deichkrone. Sie stolperten synchron, fingen den Sturz auf und kugelten, teils nebeneinander, teils übereinander, durchs Gras. Alles drehte sich immer schneller, Wolken, Deich, Meer, Wolken, Deich, Meer. Bis alles eins wurde. Wolkendeichmeer. Ihm war schwindelig, aber das war egal. Es war wie ein Rausch, der bitte nie aufhören sollte.

Unten auf dem geteerten Schauweg am Deichsaum sprangen sie hoch und suchten sofort wieder ihre Ausgangsposition, wenn auch jeder für sich, ohne dass sie sich berührten. Sie streckten den Rücken durch, reckten demonstrativ den Hals. Das heranrückende Meer war nun direkt neben ihnen und roch noch intensiver nach Salz. Dieses Wasser war mehrmals um den ganzen Globus gewandert, nach seiner Farbe hatte die Erde ihren Beinamen bekommen: der Blaue Planet.

So standen sie voreinander und schauten sich in die Augen. Jan hörte sein Herz schlagen, oder war es Sinas? Das war nicht mehr zu unterscheiden. Die Salsa-Musik erklang nur noch leise, wie eine Erinnerung von ganz weit weg, oben auf der Deichkrone. Sina nahm seine Hände, er kam einen Schritt auf sie zu. Langsam ging er mit ihr nach vorne, sie ging rückwärts, dann drehte er sie vor sich um ihre eigene Achse. Ihr Tanz war ähnlich wie vorher, er fand diesmal nur in Zeitlupe statt. Es ging auch gar nicht anders, der Weg, auf dem sie tanzten, war stark zum Wasser hin geneigt. Die Schräge mussten sie bei jedem Schritt ausgleichen, ohne das Gleichgewicht zu verlieren, das war auch bei langsamem Tempo äußerst schwer, vor allem bei den gemeinsamen Drehungen. Beide kämpften um ihre Balance. Und sie bekamen es hin.

Unwillkürlich zog er Sina eng an sich und ließ sie dann wieder fort, wie beim Tango. Sie vertraute ihm und ließ es einfach geschehen. Er zog sie wieder an sich, aber diesmal hielt er sie fest, eine Hand lag schwer auf ihrer Hüfte. Beide rangen nach Luft. Der langsame Tanz hatte mehr Kraft von ihnen gefordert als der schnelle.

Irgendwann rückten alle Elemente wieder an ihren ursprünglichen Platz zurück, das Wasser, der Himmel, die Luft. Jan staunte: Die Atmosphäre war plötzlich wie aufgeladen und leuchtete ihm kraftvoll entgegen. Sina schien es ähnlich zu gehen, auch sie sah irgendwie erschrocken aus. Dabei war es mit Sicherheit nur eine Sinnestäuschung, die außer ihnen beiden niemand wahrnehmen konnte. Es dauerte eine Weile, bis sie wieder normal atmen konnten. Keiner traute sich, etwas zu sagen. Als würde damit etwas zerstört.

«So geht es also?», fragte Jan leise. Er wollte sie gar nicht loslassen.

«Zumindest geht der friesische Salsa so», sagte Sina.

«Und wie ist der kubanische?»

«Nicht so zurückhaltend.» Sie lächelte.

Vorsichtig lösten sie sich voneinander und gingen beide einen kleinen Schritt zurück. Jan schaute sie an. Ein dünner Schweißfilm lag auf ihrer Stirn, was ihr etwas Mädchenhaftes gab. Ihre blauen Augen flackerten glücklich und vielleicht auch etwas verwirrt. Sie suchte seinen Blick und wurde plötzlich sehr ernst.

«Genau so musst du es mit Gesche auf dem Wettbewerb angehen», sagte sie. «Dann hat niemand eine Chance gegen euch.»

Jan schluckte.

«Natürlich», sagte er.

Dann verabschiedete er sich knapper, als er gewollt hatte, und schwang sich auf sein Fahrrad.

26.

Zwei Wochen später stand Jan in seiner dicken roten Wetterjacke am Wyker Fährhafen. Der große Tag war gekommen: Heute würden sie auf Amrum gegen die anderen Nordfriesischen Inseln antreten. Von jeder Insel waren dreimal acht Paare im Gruppentanz gemeldet, plus drei Einzelpaare, wobei Jan und Gesche beides tanzten. Sämtliche Föhrer Tänzerinnen und Tänzer waren am Fährhafen versammelt, darunter Gesche, Nena und Hark, das Ehepaar Roloff, Christine und Thorsten Schmidtke, der junge Marschbauer Kai, der trotz des Altersunterschieds zur Gruppe gehalten hatte und jede Menge Spaß mit einer Masseurin aus der Kurklinik zu haben schien, die Ärzte-Crew, darunter ein Lungenarzt und zwei Physiotherapeuten. Die Mannschaft setzte sich aus allen Kursen Sinas zusammen.

Jan sah mit Sorge, dass einigen seiner Kollegen schon jetzt das Herz in die Hose sackte. Raik war wieder da und peitschte die Wellen hoch, das aufgewühlte Meer war die Vorhölle pur. Die Nordsee sah wie eine riesige Tanzfläche aus, auf der Millionen Wellenpaare zum Wettbewerb angetreten waren. Es schäumte und klatschte überall. Da mussten sie jetzt durch.

Sina traf als Letzte ein, mit kerzengerader Haltung und sonnigem Lächeln. Ihr türkisfarbener Anorak und die weiße Pudelmütze strahlten etwas Sommerliches aus.

«Wie sieht's aus?», rief sie fröhlich in die Runde. Sie umarmte jeden Einzelnen zur Begrüßung, auch ihn.

Nach ihrem Tanz auf dem Deich hatte sich etwas zwischen ihnen verändert, das Jan nicht klar orten konnte. Wegen der Vorbereitungen auf den Wettbewerb hatte er Sina nicht mehr privat treffen können, überhaupt war sie seitdem auf Distanz gegangen. Er hätte gerne noch einmal so mit ihr getanzt, irgendetwas war da passiert.

Die Truppe schlich an Bord der Fähre. «Wir begrüßen die Föhrer Tänzerinnen und Tänzer auf ihrem Weg nach Amrum und wünschen euch toi, toi, toi», kam es durch die Lautsprecher. Der Kapitän ließ das Schiffshorn dreimal laut tuten. Alle guckten erschrocken zur Brücke hoch. Es war ja nett gemeint, aber durch die Ansage bekam der Wettbewerb endgültig etwas Offizielles, was sie noch nervöser machte.

Die «Rungholt» schlingerte in die offene See, hohe Gischtfontänen spritzen übers Deck. In ihrem normalen Leben waren sie gestandene Bäcker, erfahrene Landwirte, versierte Verwaltungsangestellte und geschickte Dachdecker. Aber das Lampenfieber und das aufgewühlte Meer verwandelten sie in Untote. Jans Geselle Hark sang mit einem Kollegen schaurig und laut Piratenlieder: «Alle, die mit uns auf Kaperfahrt gehen, müssen Männer mit Bärten sein. Jan und Hein und Klaas und Pit, die haben Bärte, die haben Bärte, Jan und Hein und Klaas und Pit, die haben Bärte, die fahren mit.»

Jan starrte auf die wütenden Wellen. Raik blies nicht nur wie wahnsinnig, sondern lieferte auch noch den Soundtrack dazu: mal knatternd, mal klagend, niemals nachlassend. Der hohe Seegang kam ihm vor wie ein Attentat der Amrumer: Gegen seekranke Föhrerinnen und Föhrer hatten sie mit Sicherheit bessere Chancen. Er ging hinüber zu Gesche, die ein paar Meter entfernt an der Reling stand. Sie hatte sich einen gefütterten Anorak angezogen und trug eine hellblaue Mütze, die ihr gut stand. Als er näher kam, sah er, dass ihr Gesicht leichenblass war. Es schien ihr gar nicht gut zu gehen. Immer wieder hielt sie ihren Kopf über die Reling.

«Ich muss absagen, Jan», keuchte sie. «Es tut mir leid.»

Er hängte ihr die kleine Kette mit dem Plastikrennmaus-Anhänger um, den ihm Leevke als Talisman mitgegeben hatte.

«Das wird schon! Sobald du festen Boden unter den Füßen hast, fühlst du dich besser. Einfach tief durchatmen und immer zum Horizont blicken.»

Ein großer Brecher rollte schäumend von backbord heran und erwischte die Fähre von der Seite. Der Metallrumpf erzitterte.

«Wir gehen unter!», rief Gesche verzweifelt. «Ich habe das genau so geträumt!»

Jan hielt sie fest und blickte auf das fast leere Autodeck unter ihm. Wo war Sina bloß? Wahrscheinlich drinnen im Salon. Am liebsten wäre er sie suchen gegangen, aber er konnte Gesche jetzt unmöglich alleine an Deck lassen.

Seine Tanzpartnerin sah ihn kraftlos an. «Heute wird

das nichts mehr», wiederholte sie. «Lass mich einfach sterben.»

Das Blöde an der Seekrankheit war, dass man nicht einfach von Bord konnte, damit sie aufhörte. Die Schaukelei ging unbarmherzig weiter, eine Dreiviertelstunde musste sie noch durchhalten.

«Warte, bis du an Land bist, dann geht das wieder.»

Als die Fähre endlich Wittdün auf Amrum erreicht hatte, brauchte es mehrere Anläufe, bis sie bei der schweren See anlegen konnte. Von Kapitän und Steuermann war dabei höchste Konzentration gefordert, das zählte zur seemännischen Kür. Eine Windstärke mehr, und sie hätten wieder zurückgemusst.

Nach zehn Minuten war es geschafft. Die Fähre lag sicher vertäut am Kai, die Salsa-Tänzer gingen von Bord und bestiegen den Sonderbus, der sie nach Norddorf brachte. Alle waren froh, wieder festen Boden unter den Füßen zu haben.

Der Wettbewerb fand im beliebten Norddorfer Hotel «Seeblick» statt, das unter anderem für seine hervorragende Küche bekannt war. Nur in der Nebensaison war es nicht ausgebucht, deshalb konnten die freundlichen Besitzer den Tänzern einige Gästezimmer zum Umziehen zur Verfügung stellen.

Jan sah sich begeistert um, die Räume waren sehr hell und geschmackvoll ausgestattet, hier würde er gerne mal Urlaub machen. Ruhig nahm er seine Sachen aus dem Koffer. Die Männer trugen alle schwarzen Anzug und lila Hemd, bei den Damen hatte man sich schließlich auf schwarze Röcke und lila Glitzerbluse geeinigt.

Als er fertig umgezogen war, warf er einen letzten prüfenden Blick in den Spiegel. Er fühlte sich elend, ging aber trotzdem raus, um sich einzutanzen. Im Flur wäre er beinahe mit Sina zusammengestoßen. Sie hatte sich auch umgezogen und trug eine lässige schwarze Hose und eine hellblaue kurzärmelige Bluse, die perfekt zu ihrer Augenfarbe passte.

«Na?», sagte er.

«Na? Lampenfieber?», sagte sie.

«Doch, aber ich gebe es nicht zu.»

Sie nickte. «Sehr gut. – Wie geht es Gesche?»

«Mau.»

«Manchmal ist das gut.» Sina lächelte.

«Wie das?»

«Wenn man denkt, man kann nicht mehr, mobilisiert man automatisch mehr Energie.»

«Im besten Fall.»

«Und von dem gehen wir doch aus, oder?»

«Wenn meine Meisterin das sagt …»

Eine Haarsträhne löste sich aus ihrem Zopf und fiel ihr vors rechte Auge. Er hätte sie küssen können.

«Komm, wir müssen uns beeilen», mahnte Sina.

Sie gingen zusammen in den Veranstaltungssaal. Dort waren die Tische zur Hälfte entfernt worden, sodass eine große, freie Tanzfläche entstanden war. Davor waren an die achtzig Stühle für die Zuschauer aufgestellt. Jan war froh, dass es nicht mehr waren, aber in der Nebensaison waren ja kaum Touristen auf der Insel.

Die Besitzer hatten das Haus geschmackvoll modernisiert und Altes mit Neuem verbunden: An den Wänden hingen jahrhundertealte friesische Kacheln, auf die mit blauer Farbe Füchse, Enten und Fische gebrannt waren, dazwischen blickte man auf großflächige Bildkompositionen mit prächtigen alten Segelschonern, die aus mehreren Kacheln bestanden. Hinter der Bühne hatte die nette Hotelbesitzerin, eine geborene Föhrerin übrigens, ein üppiges Buffet für die Tänzer aufgebaut. Leider hatte nach der stürmischen Überfahrt kaum jemand Hunger.

Auf der Bühne machten sich bereits ein paar Sylter warm. Jan beäugte sie kritisch: Sahen sie sportlich aus oder steif? Wie bewegten sie sich, wenn sie zur Kaffeemaschine gingen? Oder verzichteten sie auf Kaffee und tranken nur Wasser? Die Gerüchteküche brodelte, einige Föhrer wollten gehört haben, dass die Sylter Profitänzer vom Fernsehen dabeihatten.

«Sind die gut?», fragte er Sina leise.

Sina brauchte nur drei Sekunden hinzuschauen. «Wegen denen mach dir mal keine Sorgen.»

Das sagte sie womöglich nur, um ihn zu beruhigen, wie es sich für eine Trainerin gehörte. Was die Sylter da vorführten, sah in seinen Augen perfekt aus. Sie tanzten elegante, runde Figuren, ohne angestrengt zu wirken.

Jetzt kam Gesche herein und sah sich ängstlich im Saal um. Ihr Gesicht erschien ihm fast noch blasser als an Bord. Er eilte zu ihr.

«Besser?»

«Noch etwas flau im Magen, aber es geht», raunte sie ihm zu.

Gesche war wirklich eine hartgesottene Kämpferin. Er musste an ihr erstes Zusammentreffen auf der Elternversammlung denken, wo er sie für ein kleinkariertes Weichei gehalten hatte. Aber das war sie gar nicht, im Gegenteil. Sogar ihre Stimme hatte sich verändert, fand er, sie war irgendwie tiefer gerutscht und viel entspannter. Oder lag das an seiner Wahrnehmung?

Als er sah, dass bereits die ersten Zuschauer in den Saal tröpfelten und Plätze besetzten, eilte er mit Gesche in den Umkleideraum der Föhrer. Dort kochte und brodelte das Lampenfieber. Kaum hatte Sina wegen der angeblichen Sylter Profitänzer Entwarnung gegeben, kam das nächste Gerücht auf: Sylter Hotelbesitzer hätten die Jury mit kostenlosen Wochenendangeboten bestochen. Sina wurde richtig sauer: «Eure Vorurteile in allen Ehren. Aber konzentriert euch aufs Tanzen, bitte sehr!»

Danach war es still.

Jan war mit Gesche in der ersten Gruppe, die rausmusste. Die Roloffs waren dabei, Nena Großmann und sein Geselle Hark, dazu der junge Landwirt Kai mit seiner zehn Jahre älteren Masseurin aus der Kurklinik und vier andere Paare. Alle waren bereits umzogen und zupften sich gegenseitig die letzten Fussel von der Kleidung. Bevor sie auf die Bühne gingen, stellten sie sich in einen Kreis, legten die Hände übereinander und riefen dabei gute Wünsche aus.

«Freude!»

«Eleganz!»

«Glück!»

«Flut!»

«Siegertreppe!»

«Feuer unterm Hintern!»

«Fliegen!»

«Düsenantrieb!»

«Wolken!»

«Höhepunkte!»

«Blauer Himmel!»

«Sonne!»

Dann sangen sie einen Ton, der immer lauter wurde, rissen die Hände hoch und warfen die Wünsche in die Luft. Anschließend umarmten sich alle und spuckten sich nach altem Theaterbrauch gegenseitig über die linke Schulter.

Sie hatten alles getan, was ihnen als Amateuren überhaupt möglich war: in kleinen Gruppen geübt, zu zweit, unter den kritischen Blicken Sinas und vor laufender Kamera, um die Aufzeichnungen nachher genau zu analysieren. Sie hatten sich verbessert, sich noch mal gefilmt und sich das Ergebnis abermals kritisch angesehen. Bestimmt konnten Profis überall noch ein Haar in der Suppe finden, sie waren und blieben nun mal Amateure. Trotzdem würden sie heute alles geben. Denn sie tanzten hier nicht in einem verborgenen Kellerverlies, sondern vor Publikum. Zudem war es ein Kampf um die Ehre, sämtliche Bewohner der drei Nordfriesischen Inseln hingen mit der Lupe über ihnen, jeder falsche Schritt konnte gegen sie ausgelegt werden.

Jan stellte sich hinter der Bühne neben Gesche, die ihn nervös anlächelte. Er spuckte ihr über die Schulter, sie spuckte zurück.

Draußen wurden sie bereits angekündigt: «Als Erstes die Gruppe eins aus Föhr!»

Die Musik begann. Ein wunderschöner, uralter Salsa-Titel, sehr cool, sehr rhythmisch. Plötzlich stand Sina hinter ihm und legte ihm ganz kurz die Hand in den Nacken. Er war wie elektrisiert.

Aber bevor er sich umdrehen konnte, zog ihn Gesche hinaus ins Scheinwerferlicht.

27.

Jan war so nervös, dass sich sein Magen verklumpte. Er glaubte plötzlich nicht mehr, dass es klappen konnte. Alle Föhrer waren nach der Überfahrt ziemlich kaputt, sie würden sich bis aufs Hemd blamieren. Zwar stand er an der richtigen Stelle, aber ansonsten hatte er sämtliche Schritte vergessen. Tapfer lächelte er gegen seinen drohenden Untergang an: Gleich würde er als einziger der Gruppe hinterherstolpern, weil ihm nichts mehr einfiel.

Panik.

Die Musik wurde eingespielt. Glücklicherweise war zu Anfang noch alles einfach. Wenn man die acht Föhrer Tanzpaare in ihrer Anfangsaufstellung mit Strichen verbunden hätte, wäre ein großer Stern erkennbar gewesen. Sinas Choreographie war für die Tänzer übersichtlich gehalten und trotzdem optisch äußerst wirkungsvoll. Ein paar spitze Trompeten leiteten das Stück ein, dann kam der Sänger mit der einschmeichelnden, rauen Stimme dazu und mit ihm kamen das Klavier und die Gitarre, erst zum Schluss setzte das Schlagzeug ein. Sie tanzten dazu einen Bauerntanz, der nicht passte und nicht passen sollte: Friesen und Salsa, das ging gar nicht.

Urplötzlich wuchs daraus der temperamentvolle Salsa

hervor. Auf einer Videoaufzeichnung von ihren Proben hatte Jan gesehen, dass ihre Gruppenaufstellung wie ein Kaleidoskop aussah, das sich immer weiter drehte. Er tanzte los, ohne zu überlegen. Nicht einen Schritt hätte er voraussagen können, es spulte bei ihm alles automatisch ab. Der Stern löste sich auf zu einem äußeren Kreis mit sechs Paaren, in dessen Mitte Jan mit Gesche und Nena mit Hark tanzten. Nena hatte zusammen mit ihrem neuen Lover Hark richtig zugelegt, es sah ziemlich gut aus. Auch bei den anderen lief jetzt alles wie von selbst. Das Lächeln, das zu Anfang noch sehr bemüht gewirkt hatte, war nun echt. Nur Gesche war vielleicht etwas steifer als sonst, sie war von der Überfahrt noch ziemlich angeschlagen. Trotzdem machte sie alles richtig und verlor niemals die Orientierung.

Jan fühlte sich so, als ob er sich in einem leichten Rettungsboot durch schwere See kämpfte. Die Lampen, die Kacheln, das Publikum verschmolzen zu einer schweren, zähflüssigen Masse, die ihn bedrohte, er kam da einfach nicht heraus. Zwischendurch beging er den schweren Fehler, zur Jury zu schauen: Die beiden Frauen und der Choreograph aus Düsseldorf saßen mit ernsten Gesichtern da, in ihren Mienen war keine Emotion zu erkennen. Hieß das, es gefiel ihnen nicht? Das verunsicherte ihn für ein, zwei Sekunden, er musste daraufhin ein paar Schritte leicht nachkorrigieren. Zum Glück war Gesche voll da, bei ihr fühlte er sich sicher. Jede Drehung saß, langsam vergaß er alles um sich herum.

Zum Schluss formierten sie sich wieder zum Kaleidoskop, dann standen alle nebeneinander. Jan hielt Gesches

Hand und verbeugte sich synchron mit den anderen. Das Publikum klatschte freundlich, aber verhalten.

«Ich habe es versemmelt!», flüsterte Jan Gesche zu, als der Vorhang fiel.

«Quatsch, ich», sagte sie leise, während sie weiterlächelte. «Ich habe beim Stern einen Schritt zu viel gemacht.»

«Niemals, du warst perfekt!»

Die Gruppe verbeugte sich und ging dann geschlossen ab.

In der Garderobe hinter der Bühne ließen alle locker, auch die anderen waren total erschöpft. Sina kam rein und klatschte laut Beifall.

«Ihr wart spitze!», rief sie.

«Hör auf», widersprach Bäckermeister Roloff.

«Wir haben alle hier und da gepatzt», klagte Christine.

«Hört zu, es ist immer undankbar, wenn man als Erstes rausmuss», beruhigte sie Sina. «Das weiß die Jury und wird es berücksichtigen.»

Draußen wurden bereits die Sylter angekündigt.

«Wollen wir uns die ansehen?», fragte Gesche Jan.

Jan schüttelte den Kopf. «Lieber nicht.»

Er war ziemlich fertig, dabei stand ihnen das Schlimmste ja noch bevor: In einer Stunde begann der Paartanz, und davor graute ihm am meisten.

«Lass uns ein bisschen an den Strand gehen, ich brauche frische Luft», sagte Gesche.

«Gute Idee.»

Sie zogen sich ihre Wetterjacken über und gingen über die sandigen Dünen zum sonnigen, hellen Kniepsand. Ein knatternder, frostiger Westwind empfing sie, als hätte er nur auf sie gewartet. Dazu schien die Februarsonne von einem blauen Himmel. Im Sommer war hier alles voller Strandkörbe. Jetzt, im Februar, waren Dünen, Strand und Nordsee unter sich. Bis zur Wasserkante, vor der sich die Wellen wild brachen, waren es bestimmt fünfhundert Meter, es war einer der breitesten Strände des Landes. Schritt für Schritt kämpften sie sich gegen den Wind dorthin. Als sie direkt am Meer standen, glitzerte es, als würden Millionen Diamanten zum Leuchten gebracht. Im Wasser schwammen unzählige Eisbröckchen, die angenehm raschelten. Tonnenschwere Brecher überschlugen sich brüllend am Strand, liefen flach aus und leckten mit schaumiger weißer Gischt am Sand. Kaum hatte man eine der Wellen gewürdigt, war schon die nächste da. Im Sonnenschein sah es so einladend aus, als könne man baden gehen. Gesche und er zogen sich die Schuhe aus und hielten die Füße ins Wasser. Es war eiskalt im wörtlichen Sinne, um ihre Füße schwammen kleine Eisstücke, aber es tat gut. Jan fühlte sich wie neu aufgeladen.

«Herrlich», seufzte Gesche, stellte sich in seinen Windschatten und schloss die Augen.

Sie drehten sich direkt in die Sonne und hielten ihr ihre Gesichter hin. Jan hätte sich gerne in den Sand gelegt, aber dafür war es wirklich zu kalt.

«Wie war gleich der Schritt hinter der Doppeldrehung? Kannst du es mir noch mal sagen?», fragte er Gesche.

«Nicht jetzt, bitte.»

Er sah sie verzweifelt an. «Ich weiß es *wirklich* nicht mehr.»

«Wir tanzen das gleich noch mal in der Umkleide durch, ja?»

«Einverstanden.»

Plötzlich klingelte sein Handy, er hätte es im Sturmgetöse fast überhört.

«Wo steckt ihr?», rief Sina. «In zwanzig Minuten sollt ihr auf der Bühne stehen!»

«Wir sind am Strand», keuchte er. «Sind sofort da!»

«Verdammt, wir haben uns in der Zeit vertan», rief er Gesche zu. «Wir müssen sofort los, in zwanzig Minuten beginnt unser Auftritt!»

Sie liefen barfuß, was in dem weichen Kniepsand gar nicht so einfach war, weil man tief einsank. Außerdem wurden die Füße jetzt doch kalt wie Eisklumpen, sie mussten unterwegs anhalten und sich wieder die Schuhe anziehen.

Als sie das Hotel erreichten, waren sie vollkommen außer Atem und total verschwitzt. Sie hatten nur noch wenige Minuten, an Duschen war nicht zu denken. Die Maske lief ähnlich ab wie bei einem Boxenstopp in der Formel 1: Sina wischte ihnen mit Handtüchern den Schweiß vom Körper, während Christine und Nena mit zwei Föhnen gleichzeitig ihre nassen Haare wieder einigermaßen in Form brachten und Gesche nachschminkten. Nur die Schuhe durften sie selbst anziehen.

Sina wirkte sehr angegriffen.

«Bist du auch so nervös?», fragte Jan sie.

«Nee, ich bekomme, glaube ich, Migräne, aber das soll dich nicht stören.»

«Es folgen Gesche Grigoleit und Jan Clausen aus Föhr»,

kam es durch die Lautsprecher im Saal. Ohne zu überlegen, rannten Jan und Gesche hinaus. Er war außerstande, einen klaren Gedanken zu fassen. Gesche ging es bestimmt ähnlich.

Auf der Bühne nahm er ihre Hand. Kleinigkeiten lenkten ihn ab: Eine junge Frau im Publikum gähnte und schaute gelangweilt auf ihre Armbanduhr, der Barkeeper drehte sich mit dem Rücken zur Bühne, draußen auf der Terrasse flog ein Liegestuhl krachend um und wurde von Raik scheppernd hin und her geschoben. Jan versuchte das Publikum zu ignorieren und sich stattdessen auf die alten blauen Friesenkacheln an den Wänden zu konzentrieren: die Schoner, mit denen seine Vorfahren auf Walfang gegangen waren, die Enten und Schwäne.

Als die Musik einsetzte, tanzte er einfach los. Er hatte nicht die Spur einer Ahnung, was er tat oder wegließ. Gesche strahlte ihn an wie die helle Sonne, sie hatte die Hektik viel besser weggesteckt als er. Dass sie vorhin noch seekrank gewesen war, konnte man nicht einmal ahnen, an keiner Stelle war sie unsicher. Und trotzdem war *er* es, der führen musste.

Die meiste Zeit bewegte er sich wie unter Narkose. Auch in dieser Choreographie gab es verschiedene Stationen, die das Paar zu durchlaufen hatte. Der überfüllte Bürgersteig, auf dem sie sich zum ersten Mal begegneten und der ihn immer an den Ku'damm erinnerte, dann die zögerliche Annäherung, als er sie in den Tiergarten neben der Berliner Siegessäule lotst und denkt: Ich will mit dir zusammenkommen, weiß aber nicht, wie. Sie rennen im Finale auf einen Fluss zu, in dem die Spreearche ankert, auf der er mit Leevke war. Dabei kommen sie sich immer näher. Und dann springen sie auf den Müggelsee und tanzen übers Wasser, ganz leicht, was nur geht, wenn sie gleichzeitig schnell und eng miteinander tanzen. Beim kleinsten Fehler würden sie einbrechen und untergehen.

Er merkte, wie Gesche einige Schritte verstolperte, sie flog fast aus der Kurve. Aber nur fast, denn er glich ihren Fauxpas mit einer unscheinbaren Gewichtsverlagerung aus und schirmte sie mit seinem Körper geschickt gegen die Blicke der Jury ab, sodass die das mit Glück gar nicht mitbekam. Dann packte ihn etwas, was er sich selbst nicht erklären konnte. Er lief auf wie eine Sturmflut, die gegen die Deiche drückte, und wurde stark und wütend und gleichzeitig ganz leicht. Dazu flirtete er Gesche mit einem Lächeln an, das sie umso stärker zurückgab. Es war ein wunderbares Spiel. Die Zuschauer, die Halle und die Jury waren nicht mehr existent, Gesche und er waren allein im Raum. Er sah plötzlich Wege, die er vorher noch nie gesehen hatte, nichts konnte ihn noch aufhalten. Und das Irrsinnige war: Er hatte die ganze Zeit Sinas Bild auf dem Deich vor Augen. Ihr Strahlen, ihre leuchtenden Augen, ihr Lachen.

Als sie sich nach dem Schlussakkord verbeugten, war er fast ein bisschen enttäuscht: Er hätte ewig so weitertanzen können. Es gab riesigen Applaus. Er wusste gar nicht, wofür, es hatte sich alles so leicht angefühlt.

28.

Es war vollbracht, jetzt hieß es Nerven behalten. Die Föhrer Tänzer saßen in ihrer Umkleide und warteten auf die Jury-Entscheidung wie auf ein Strafurteil vor Gericht. Sie versuchten auf alle erdenkliche Weise, die Zeit totzuschlagen. Nena hatte Wolle im grellsten Orange dabei und versuchte, sich mit dem Stricken eines neuen Paars Socken zu beruhigen. Bäckermeister Roloff stellte sich ans halb geöffnete Fenster und fing wieder das Rauchen an, nach einem Jahr ohne Zigarette. Die einen gingen stumm auf und ab, die anderen legten sich auf die Bänke und schlossen die Augen. Plötzlich kam von draußen die Stimme des Düsseldorfer Choreographen über die Lautsprecher: «Wir rufen sämtliche Tänzerinnen und Tänzer der Nordfriesischen Inseln zur Bekanntgabe des Ergebnisses auf die Bühne!»

Vielsagend blickten sich die Föhrer an. Dann trotteten sie in einer langen Schlange hinaus. Auf der Bühne angekommen, fassten sie sich an den Händen, was sich so anfühlte, als würde ein Stromkreis geschlossen. Egal, was kam, es war ein gutes Gefühl.

Links von ihnen standen die Amrumer, rechts die Sylter. Alle blickten in Richtung Jury.

Der Choreograph erhob sich.

Die Spannung stieg ins Unermessliche.

«Meine Damen und Herren, und dies ist die Entscheidung der Jury ...»

Jan spürte, wie seine Hände feucht wurden.

«Der Gruppentanz ...»

Er räusperte sich.

«Platz drei belegt – die Insel Sylt.»

Großer Applaus.

«Platz zwei – die Gruppe aus Föhr.»

Das Publikum klatschte lauter. Die Föhrer schrien vor Freude auf, fielen sich in die Arme. Amrum lag zwar vor ihnen, aber damit konnten sie gut leben. Es war mehr, als sie erwartet hatten.

«Und Platz eins belegt die schöne Insel Amrum. Herzlichen Glückwunsch!»

Was für ein Moment! Jan hätte ihn ewig auskosten können. Aber es wartete ja noch ein weiteres Ergebnis auf ihn ...

«Und nun bitte ich um Aufmerksamkeit für das Ergebnis bei den Einzelpaaren!»

Es wurde wieder still im Saal.

«Auf Platz drei: Boy Boysens und Tabea Schmidt aus Norddorf auf Amrum.»

Großer Beifall. Jan drückte Gesches Hand ganz fest.

«Auf Platz zwei folgen Inga und Fred Huhne aus Sylt ...»

Sein Herz setzte einen Schlag aus. Er öffnete den Mund.

«... und Platz eins geht an Gesche Grigoleit und Jan Clausen von der Insel Föhr!»

Er drehte sich zu Gesche um. Schloss sie in die Arme. Sie hatte Tränen in den Augen. Sofort kam die ganze

Gruppe angestürmt, um sie zu drücken. Es war nicht zu glauben, Gesche und er hatten tatsächlich den ersten Platz gemacht! Das hatten sie allein Sina zu verdanken. Ja, sie würde glücklich sein, vielleicht sogar stolz! Er wünschte sich jetzt nichts mehr, als sie lächeln zu sehen.

Er blickte sich um.

Wo war sie?

«Weiß jemand, wo Sina steckt?», rief er laut in die Runde.

Erst jetzt fiel auf, dass die Trainerin verschwunden war.

«Nein», sagte Christine.

«Ich hab sie während der ganzen Preisverleihung nicht gesehen», bemerkte Hark.

«Vielleicht in ihrem Zimmer?», fragte Nena.

«Ihr ging es vorhin nicht gut, sie wollte raus, um frische Luft zu schnappen», erinnerte sich Thorsten Hausmeister.

Kurz entschlossen schnappte sich Jan seine Jacke und eilte hinaus. Er musste Sina finden. Sein Herz pochte immer noch stark, aber diesmal vor Sorge. Er spürte deutlich die Stelle an seinem Nacken, an dem sie ihn berührt hatte, bevor er auf die Tanzfläche gegangen war.

Draußen war es bereits dunkel, der weiße Dünensand leuchtete hell in der Nacht. Der Wind hatte etwas nachgelassen, war aber immer noch frostig. Hatte sie einfach nur etwas frische Luft gebraucht und machte einen kleinen Spaziergang durch Norddorf? Er lief den Strunwaii bis zum Ende ab. Dort stand ein Taxi mit laufendem Motor, das auf Kundschaft wartete. Jan klopfte an die Scheibe.

«Entschuldigung, haben Sie zufällig eine schöne blonde Frau mit einem türkisfarbenen Anorak gesehen?»

Der Fahrer war ein älterer Herr mit weißem Kapitänsbart. Er blinzelte ihn freundlich an. «Ja.»

«Und wo?»

«Ich habe sie vorhin nach Wittdün gefahren.»

«Zur Fähre?»

«Nee, zum Ortsanfang. Sie wollte da spazieren gehen.»

«Dann will ich da auch hin.»

Er sprang in das Taxi. Danke, kleine Insel Amrum, wo jeder jeden kennt! Danke, Nebensaison, in der nichts los ist und jeder auffällt!

Der Fahrer raste über die Hauptstraße der Insel Richtung Süden, die Orts- und Hinweisschilder flogen nur so an ihm vorbei. Außer ihnen war niemand unterwegs.

In weniger als zehn Minuten hatten sie Wittdün erreicht. Jan ließ sich am Ortseingang absetzen. Der Wind pfiff unbarmherzig durch die leeren Straßen, die Böen schlugen unberechenbare Haken von allen Seiten. Er zog seine Kapuze fester zu und lief die Inselstraße bis zum Fähranleger ab: Schuhhaus Jessen, der Imbiss, alles geschlossen. Dann kam er am Hafen an. Eine Fähre hatte soeben in Richtung Dagebüll abgelegt. Der einsame Kartenverkäufer im Reedereigebäude konnte sich an keine Frau erinnern, auf die Jans Beschreibung zutraf, war sich aber nicht sicher. Das hieß: Mit Glück war Sina noch in Wittdün. Wieso sollte sie auch weggefahren sein?

Jan ging zur Hauptstraße zurück. Alles war wie tot, nur in der Buchhandlung Quedens brannte noch ein einsames Licht, das Schaufenster wurde gerade von einem weißbärtigen Mann dekoriert. Er hängte großformatige Aufnahmen vom Wattenmeer auf, helle Sommerbilder mit dem einzigartigen klaren Licht, das es nur hier gab. Die Leuchttürme, Dünen und vollen Priele auf den Fotos waren so schön, dass Jan für einen kurzen Moment stehen blieb. Doch er riss sich zusammen. Dafür war jetzt keine Zeit. Er klopfte an die Fensterscheibe, der Mann öffnete die Tür.

«Entschuldigung, haben Sie in der letzten Stunde eine schöne blonde Frau mit einem türkisfarbenen Anorak gesehen?», fragte er.

Der Mann verzog keine Miene. «Schön oder hässlich ist egal.»

«Ich dachte nur, weil ...»

Der Buchhändler griente ihn an. «Hier war in der letzten Stunde kein Mensch und kein Tier. Zurzeit bin ich das einzige Lebewesen in dieser Straße.»

«Danke.»

Jan rannte nun auf die Wittdüner Wandelbahn, einen Weg, der oben auf den Dünen über dem Ort führte. Unter sich hörte er die See donnern. Da entdeckte er am Strand eine Frau in heller Wetterjacke, konnte sie aber nicht klar erkennen – war das Sina? Er rannte eine endlos lange Treppe hinunter und rempelte fast eine ältere Dame an, die gerade ihren Rehpinscher ausführte. Er eilte weiter, aber es war einfach zu dunkel, um etwas zu erkennen.

Da sah er wieder die Silhouette in der Ferne.

Sina, endlich!

Sie stand im Kniepsand direkt an der Wasserkante.

«Sinaaaaa!», rief er. Doch sie konnte ihn nicht hören.

Schon war sie wieder verschwunden. Er rannte weiter. Bilder von ihr tauchten vor seinem Auge auf: Sina bei ihrem ersten Treffen im Salsa-Kurs, Sina in ihrem Haus, Sina auf dem Deich. Am Strand hörte er nur die See donnern, hier war niemand. Er hatte sich getäuscht.

Niedergeschlagen kehrte er zum Hafen zurück, bog in die Hauptstraße ein. Noch immer war kein Mensch auf der Straße zu sehen – außer dem Buchhändler, der sein Fenster dekorierte.

«Na, hast du deine Freundin gefunden?», fragte er Jan.

«Leider nicht.»

«Die kommt wieder», versuchte er zu trösten.

Wenn es doch so einfach wäre.

«Am besten fahre ich nach Föhr zurück.»

Der Buchhändler blickte besorgt auf seine Uhr. «Ich fürchte, das wird nichts mehr. Die letzte Fähre legt gerade ab.»

«Bitte nicht!» Jetzt musste er als Einziger auf Amrum übernachten. Und die anderen fuhren ohne ihn nach Föhr zurück.

«Komm, ich fahr dich schnell hin», rief der Buchhändler.

Er führte Jan zu einem kleinen Lieferwagen, der direkt vor der Tür parkte, und drückte aufs Gas. Gefühlt fuhr er mit Autobahngeschwindigkeit durchs leere Wittdün. Das ist ein Insulaner, der kennt seine Insel, es wird gut gehen, betete Jan, als der Mann kurz vor der Kaimauer eine Vollbremsung machte. Im leeren Hafen sahen sie gerade noch die Hecklichter der Fähre Richtung offene See verschwinden. Das Wasser schlug schäumend gegen den Kai. Der Mann zückte sein Handy.

«Moin, Brar, hier ist Fischer von der Buchhandlung. Ihr

seid schon weg? … Macht nichts. Wir haben hier einen wichtigen Mann, der muss noch mit … Bedankt.»

Er grinste Jan an. «Der Käpt'n dreht noch mal um.»

Jan blieb der Mund vor Staunen offen. «Danke, danke, danke!», rief Jan.

Der Mann freute sich sichtlich mit ihm. «Na los, beeil dich!»

Tatsächlich stoppte die riesige Fähre und setzte langsam zurück.

«Danke …», flüsterte Jan noch mal.

«Gern geschehen. Und jetzt lauf!» Der Mann zeigte auf die Fähre.

Der Kapitän ließ am Anleger nur kurz die Bugklappe herunter, ohne festzumachen. Jan sprang mit einem großen Satz an Bord, ein Decksmann fing ihn auf und gab die entsprechende Meldung an den Kapitän weiter.

«Föl Thoonk», sagte Jan auf Fering.

«Da nich för», antwortete der Decksmann auf Plattdeutsch.

Das Schiff fing an zu schaukeln, als es den Wittdüner Hafen verließ. Jan rannte die Treppe hoch in den Salon. Tatsächlich, alle seine Mittänzer waren an Bord und feierten, was das Zeug hielt. Von Seekrankheit war bei niemandem etwas zu spüren, die Euphorie überlagerte alles.

Mit einem Blick stellte er fest, dass Sina nicht dabei war. Gesche stürmte auf ihn zu und nahm ihn in den Arm:

«Wo warst du denn?»

«Ich hab Sina gesucht», murmelte Jan.

«Die taucht schon wieder auf. Ich habe deine Sachen aus dem Hotel mitgenommen.»

«Danke, das ist nett.»

«Foto!», rief Christine und zückte ihr Handy.

Natürlich wusste er, was jetzt von ihm verlangt wurde, und das bekam er auch hin: Er kletterte mit Gesche auf einen Tisch, zog sie an sich und lächelte, so gut es ging, in die Kamera. Dann ging er zur Bar und bestellte einen Manhattan, der würde ihm jetzt guttun. Aber die Sorge um Sina blieb. Warum war sie einfach so verschwunden?

Er ging mit dem Glas hinaus aufs Deck. Der Wind drosch regelrecht auf ihn ein, aber das war ihm egal. Schließlich fand er eine windgeschützte Ecke und legte sich dort auf eine Bank. Es war gut, ein paar Minuten für sich zu sein. Das tosende Meer war ihm von Kindheit an vertraut, es kam ihm vor wie ein Freund, der ihm Beistand leistete. Er kippte den Manhattan in einem Zug herunter, schloss die Augen und versuchte zur Ruhe zu kommen.

Innerlich rannte er immer noch durch die Dünen, um Sina zu finden, sein Herz schlug wie wahnsinnig. In seinem Kopf drehte sich alles. Eine Sina verschwand nicht einfach so, sagte er sich immer wieder, das war nicht ihre Art. Er hatte bestimmt zwanzig Mal versucht, sie auf dem Handy zu erreichen – vergeblich.

Ihr war doch nichts passiert?

Von drinnen kam laute Musik. Er wusste, dass er gleich zu den anderen zurückkehren musste. Er kuschelte sich in seine warme Jacke. Noch ein paar Minuten allein sein. Langsam dämmerte er weg. Auch im Traum rannte er immer weiter, auf der Suche nach Sina.

Sein Handy piepte.

Er schreckte hoch. Wer wollte um diese Zeit noch was von ihm? Vielleicht war etwas mit Leevke. Sie schlief heute Nacht bei ihrer Freundin, aber man konnte ja nie wissen.

Er blickte aufs Display.

Eine SMS von Sina!

Ihr wart klasse, 1000 Glückwünsche. Habe leider heftige Migräne bekommen. Muss zur Akupunktur nach Flensburg, das Einzige, was hilft. Melde mich. Küsse, Sina.

Jan spürte, wie ihm ein Stein vom Herzen fiel. Endlich ein Lebenszeichen von ihr! Aber warum war sie so plötzlich krank geworden, dass sie sich nicht mal verabschieden konnte? Er musste sie sehen. Bloß, wo war sie in Flensburg? Im Krankenhaus? In ihrer alten Wohnung?

Er legte sich auf die Sitzbank und starrte in den Himmel. Was er Sina wohl gesagt hätte, wenn er sie tatsächlich am Strand gefunden hätte? Er legte die Hand an seinen Nacken. Da war immer noch die Stelle, die sie berührt hatte.

29.

Am nächsten Morgen verließ Sina gegen elf ihr Dagebüller Hotel und schleppte sich auf den Deich, der sich so hoch wie ein Achttausender anfühlte. Weiter als bis hierhin hatte sie es gestern Abend nicht mehr geschafft. Mit dem Bus nach Flensburg zu fahren war vollkommen unmöglich gewesen. Was für ein saublödes Timing! Ihr letzter Migräneanfall lag über fünf Jahre zurück, und ausgerechnet gestern war es wieder losgegangen! Sie hätte so gern mit ihren Föhrern gefeiert, sie hatten wirklich alles gegeben. Wenigstens ging es ihr heute schon wieder deutlich besser, das wurde zum Glück keine Sache von Tagen, das spürte sie. Wenn alles gut ging, musste sie gar nicht zur Akupunktur nach Flensburg, sondern konnte mit der Mittagsfähre zurück nach Föhr fahren.

Sie schaute von der Deichkrone hinüber zu ihrer Heimatinsel, die wie ein schmaler Strich vor ihr im Wattenmeer lag. Man konnte die Häuser am Sandwall erkennen und weiter steuerbord die eng zusammengedrängten Bäume der Vogelkojen. Der dunkle Himmel über der Nordsee war mit unregelmäßigen hellen Schichten marmoriert, am Horizont war ein heller Lichtschein zu sehen, wie ein riesiges Tor, durch das sie gerne hindurchgeschritten wäre.

Sie musste an Jan denken. Genau genommen dachte sie die ganze Zeit an Jan. Dabei sollte sie es besser lassen. Bald wurde sie fünfzig – und er war über zehn Jahre jünger. Jetzt fühlte sie sich noch gut beieinander, aber wie würde es in zehn Jahren sein, wenn sie sechzig war? Würde sie sich gut halten? Das hatte sie nicht allein in der Hand, auch wenn das noch so viele Zeitschriften behaupteten. Falten entwickelten sich auch ohne ihr Zutun, und an das nachlassende Bindegewebe an Po und Beinen wollte sie lieber gar nicht denken. Aber mit dem Gott des Alterns ließ sich nun mal nicht verhandeln.

Jan war achtunddreißig, da machte man sich übers Alter noch wenig Gedanken. Für einen attraktiven Mann wie ihn war eine Frau um die fünfzig mit Sicherheit außerhalb seines Radars und nicht mal als Affäre denkbar. Er konnte locker Frauen haben, die zehn Jahre jünger als er waren. Also über zwanzig Jahre jünger als sie. Jemanden wie Gesche zum Beispiel. Wie alt war die eigentlich? Sina sollte sich nichts vormachen, da konnte man schon von einer anderen Generation sprechen. Änderte das etwas an ihren Gefühlen?

Nein. Vorgestern auf Amrum war es bei einer Nackenberührung von ihrer Seite aus geblieben, und das hatte er in der ganzen Aufregung bestimmt nicht mal bemerkt. Wie würde es weitergehen, wenn sie sich wiedersahen? Keine Idee.

Die nächsten hundert Meter auf der Deichkrone nahm sie mit schnellen Schritten, um ihre Gedanken zu verscheuchen. Aber es gelang nicht, sie klammerten sich wie eine feste Eisenkralle um ihren Nacken. Komisch, dass sie hier war: Dagebüll war immer eine Transitzone in ihrem Leben gewesen, vom Hafen ging es mit der Fähre nach Föhr, in der anderen Richtung führte die Landstraße direkt nach Flensburg und zum Rest des europäischen Festlandes. In Dagebüll hielt man sich als Insulaner normalerweise nicht lange auf, es sei denn, man hatte die Fähre verpasst. Die Föhrer sagten oft trotzig «auf Dagebüll», als seien sie das Festland, und Europa sei die Insel. Und doch schien sie hier irgendwie festzuhängen: Weder mochte sie zurück nach Föhr, noch in ihre kleine Wohnung nach Flensburg, die gerade wieder frei geworden war. Am liebsten wäre sie einfach noch im Strandhotel geblieben, das direkt am Hafen lag. Von ihrem Zimmer aus hatte man eine sensationelle Aussicht aufs Meer.

Die Sonne war rausgekommen, und das auflaufende Wasser glitzerte so stark, dass sie kaum hinzuschauen vermochte. Sie schlenderte zum Hafen, um dort einen Tee zu trinken. Wenn der ausgetrunken war, musste die endgültige Entscheidung stehen, das nahm sie sich fest vor. Föhr oder Flensburg? Die Fähre aus Föhr legte gerade an. Eine Handvoll Menschen strömte von Bord, es war nicht viel los in der Nachsaison. Plötzlich fing ihr Herz an zu rasen: Dahinten kam ein Mann von der Fähre, der aussah wie Jan. Er trug eine rote Wetterjacke, hatte einen Daypacker geschultert und ging hinüber zur Bahnhaltestelle nach Niebüll. Neben ihm lief sein schwarzer Hund.

Es *war* Jan.

Sie wollte mit schnellen Schritten in die andere Richtung fliehen. Doch Eyk hatte sich bereits losgemacht und raste mit schleifender Leine von Jan weg – direkt auf sie zu! Er hatte sie wohl gewittert. Jan blinzelte in die Sonne und lief im lockeren Laufschritt dem Hund hinterher. Sina war deutlich schneller als er, aber gegen Eyk hatte sie keine Chance, er sprang kurze Zeit später bellend und schwanzwedelnd an ihr hoch. Sie konnte gar nicht anders, als sein weiches Fell zu streicheln. Eine Minute später stand Jan vor ihr und schaute sie mit seinen hellen blauen Augen an.

«Da habe ich ja Glück.» Er lächelte.

Sie versuchte sich nichts anmerken zu lassen. «Moin.»

«Geht's dir besser?» Er schaute ihr aufmerksam in die Augen.

«Ja, ich bin wieder einigermaßen okay.»

«Ich war gerade auf dem Weg nach Flensburg, um dich zu suchen. Wir haben uns alle große Sorgen um dich gemacht.»

«Oh, nett.»

Nett? Wie blöde klang das denn?

«Wolltest du gerade auf die Fähre nach Föhr?»

«Nee, ich wohne hier im Strandhotel.»

Wehe, du gehst wieder, Jan Clausen!

«Hier in Dagebüll?»

Sie lächelte. «Es ist schöner, als man denkt.»

Sie merkte, dass sie wenig sagen konnte. Und doch mehr verriet, als sie wollte. Jan kratzte sich am Kinn. «Gibt ja sogar welche, die hier Urlaub machen.»

«Von hier aus kann man nette Tagesausflüge zu den Inseln und Halligen machen.»

Was für einen Unsinn redete sie da? Ausflüge auf die Inseln? Sie wohnten beide auf Föhr!

«Jo.»

Sie blickten betreten zu Boden.

«Warum suchst du mich?», flüsterte sie.

Er zog sie einfach zu sich hin und küsste sie auf den Mund. Im ersten Moment vermutete sie, dass das ein Irrtum gewesen war, vielleicht war er gestolpert und sein Mund war aus Versehen auf ihrem gelandet. Deshalb drehte sie sich absurderweise etwas von ihm weg.

«Musst du gleich weiter?», hauchte sie. Was schwachsinnig war, weil er sie doch erklärtermaßen finden wollte.

«Willst du mich wegschicken?», fragte Jan leise.

«Schon mal im Strandhotel gewesen?»

«Nein.»

Föhrer Insulaner würden in allen Hotels dieser Erde übernachten, aber niemals im Dagebüller Strandhotel! So kurz vorm Ziel ergab das einfach keinen Sinn. Hand in Hand liefen sie zum Hotel, das direkt hinter dem Deich lag, Eyk nebenher. Das Wattenmeer lag als strahlende Schönheit neben ihnen, aber dafür hatten sie jetzt keinen Sinn. Sie waren beide noch so überwältigt von ihrer plötzlichen Nähe, dass sie nicht sprechen konnten.

Das Hotelzimmer war nicht besonders groß. Trotzdem kam es Jan vor wie ein Palast, der nur für Sina und ihn gebaut worden war. Die goldgelbe Wintersonne schien neben dem französischen Bett herein und projizierte eine leuchtende Raute auf den hellen Holzfußboden. Eyk rollte sich im warmen Licht zusammen und schloss die Augen. Jan lächelte ihm dankbar zu, er war wirklich ein braves, genügsames Tier. Das Fenster war wie ein Gemälde, das das grüne Meer, den tiefblauen Himmel und eine rot-weiße dänische Fahne zeigte, die elegant an einem schwanenweißen Fahnenmast vor dem Hotel hing. Dahinter lag Föhr in Sichtweite. Das nahm er aber nur aus dem Augenwinkel wahr. Für ihn hätte gegenüber genauso gut ein Gewerbegebiet oder ein Schrottplatz sein können.

Wichtig war allein, dass er bei Sina war.

Sie trauten sich kein Wort zu sprechen, als er langsam ihr T-Shirt auszog. Er schaute in ihre hellblauen Augen, die ihn groß und ernst anstrahlten, und streichelte ihr Gesicht, dann ihren Hals und ihren Rücken. Irgendwann landeten sie auf dem Bett mit den weichen weißen Laken. Für den Kuss auf dem Deich hatte er all seinen Mut zusammennehmen müssen. Er hatte befürchtet, dass Sina ihn zurückweisen würde, weil sie nicht auf jüngere Männer stand. Dass er für sie nichts Ernstzunehmendes war. Aber er wollte nicht ihr Toy Boy sein, er hatte sich wirklich in sie verliebt. Das war ihm nach dem Tanzwettbewerb endgültig klargeworden.

Sie lagen nahe beieinander, schauten sich nur an und tasteten ihre Gesichter ab. Dann fuhr er über ihre Brüste, hinunter zum Bauch, zu den Beinen, und sie erwiderte seine Berührung und küsste vorsichtig seinen Hals. Es kam ihm vor wie eine Reise ins Paradies. Als sie eine leichte Gänsehaut bekam, legte er eine Decke über sie beide. Sie rückten noch näher zusammen, und es wurde schnell wärmer. Mit der Wärme machte sich ein Gefühl tiefer Geborgenheit breit, das durch nichts auf der Welt zu ersetzen war. Bis es nicht mehr auszuhalten war. Fast gierig zogen sie einander aus, Sina warf die Decke weg und begehrte ihn immer heftiger. Wie bei ihrem Tanz auf dem Deich, als sich die Salsa-Klänge mit dem Wind und der auflaufenden Flut vermischt hatten. Jan widerstand Sina, bis es nicht mehr ging. Sie stürzten und kugelten nebeneinander durchs Gras, ihnen schwindelte, dann fingen sie sich und fanden ihre Position wieder. Zwischendurch schrien sie vor Glück, und irgendwann sanken sie aufs Bett, um dort eng beieinander liegen zu bleiben.

Die Sonne ging im Meer unter, die Zimmerdecke wurde in ein feuerrotes Licht getaucht. Sina holte sich die Decke zurück, weil ihr wieder kühl geworden war. Kopf an Kopf schauten sie durchs Fenster in den Himmel. Erst jetzt entdeckte Jan auf dem kleinen Bistrotisch eine Flasche Weißwein, die in der roten Abendsonne aufzuglühen schien, daneben glitzerte ein silberner Korkenzieher. Sie teilten sich ein Glas, was wunderbar schmeckte, und ließen sich zurück in die Kissen sinken. Aber dabei blieb es nicht lange. Sina und er hatten so viel nachzuholen, wovon er vorher nur hatte träumen können. Weit nach Mitternacht fielen sie in einen angenehmen Schlaf. Jan träumte das erste Mal seit langem wieder von seiner verstorbenen Frau Britta und nahm es als gutes Zeichen.

30.

Am nächsten Morgen wachten sie gleichzeitig auf, blinzelten sich mit verschlafenen Augen an und gaben sich einen Kuss. Es war noch sehr früh. Die ganze Nacht hindurch waren sie getrennt durch die eigenen Träume gesegelt, jetzt waren sie endlich wieder vereint. Dass sie eng beieinanderlagen, war ein aufregendes Gefühl und ein echtes Wunder. Ihr Kopf passte perfekt an seinen Hals, als sei der nur dafür gemacht. Sina entdeckte aufs Neue, wie sehr sie Jans Nase liebte, während er damit über ihre Augenbrauen strich. Eigentlich waren sie noch hundemüde, aber das war unwichtig. Draußen schien die Sonne aufs Meer, es wehte eine frische Brise, die die dänische Fahne vor dem Hotel fröhlich flattern ließ. Ihr Schatten fiel auf die Zimmerdecke und schuf dort immer neue Figuren, die sich wild hin und her bewegten.

«Was siehst du?», fragte Sina leise.

«Vögel, die durch einen Phantasiewald fliegen. Da unten steht ein ganz kleines Mammut, das sich verlaufen hat, und ein paar Affenbrotbäume.»

«Für mich ist das eine große Lagune mit Fischen und Kraken», sagte sie.

«Ist das nicht die berühmte friesische Rungholt-Lagune, von der seit Jahrhunderten in Märchen und Sagen erzählt wird?»

Jan legte seine Nase an ihren Hals. «Ich bin froh, dass es dich gibt.»

«Und ich bin froh, dass es dich gibt.»

Dann lagen sie einfach nur stumm da und genossen die Nähe.

«Wie lange gibt es hier Frühstück?», fragte Jan nach einer Weile.

«Hast du Hunger?»

«Nicht jetzt, aber irgendwann.»

«Ich möchte gar nicht aufstehen.»

«Ich auch nicht.»

Sina lächelte, dann sah sie ihn ernst an. «Ich bin nicht nur wegen der Migräne aus Amrum geflohen. Aber sie kam mir fast gelegen, so konnte ich auch vor dir fliehen.»

«Warum wolltest du das?»

«Angst.»

«Dabei hättest du mich so einfach haben können.» Jan strich ihr durchs Haar. «Alle Zeichen von mir waren mehr als eindeutig.»

«Denkst *du.*» Sina rückte ihr Kissen zurecht. «Ich habe beim Training immer neue Vorwände gesucht, damit wir uns kurz berühren können.»

«Echt?»

«Meistens hattest du ja Gesche im Arm.»

«Aber in Gedanken immer nur dich.»

«Kann ja jeder behaupten.»

Jan zog ein unschuldiges Gesicht. «Ich denke immer an dich, wenn ich andere Frauen im Arm halte.»

«So romantisch hat es wohl selten ein Mann ausgedrückt.» Sie lächelte und küsste ihn auf die Nase.

Sofort überkam sie die Lust, und sie liebten sich ein weiteres Mal. Danach lagen sie ganz eng beieinander und fielen in eine Art Halbschlaf aus Träumen und Wünschen. Nie hätte Sina gedacht, dass sie sich derartig verlieben könnte, noch dazu in einen jüngeren Mann. Hinter Jans Klarheit und Geradlinigkeit verbarg sich eine Poesie, die sie umhaute. Dass er den Winden und Wolken Namen gab, zum Beispiel, hätte sie nie vermutet. Gleichzeitig war er ein richtiger Kerl, der mit beiden Beinen auf der Erde stand. Und: Zum Glück war sie nicht mehr auf dem Sprung zum nächsten Engagement. Sie wohnten beide auf Föhr, und sie wollten auch beide hier bleiben. Das waren bessere Voraussetzungen als je zuvor in ihrem Leben.

Jan fühlte sich an wie die große Liebe. Diesen Begriff hatte sie vorher nie in den Mund genommen, er war ihr immer so abgenutzt vorgekommen. Doch jetzt passte er. Es war das schönste Gefühl, das es gab, und gleichzeitig machte es ihr Angst: Wie schnell konnte man es wieder verlieren! Das durfte nicht passieren. Ohne dass sie es verhindern konnte, tauchte wieder die Zahl fünfzig in ihrem Kopf auf. Zum Glück überwogen die guten Tage – noch. Aber wie würde Jan das in ein paar Jahren sehen? Sie wagte gar nicht, sich das auszumalen, und schob den Gedanken schnell beiseite.

Eyk bellte, sie hatten ihn fast vergessen. Jan schlüpfte ohne Unterhose in seine Jeans und zog sich seinen Pullover über den nackten Oberkörper. Dann gab er ihr einen Kuss und ging mit dem Hund kurz hinaus auf den Deich. Sina stand am Fenster und winkte ihm lächelnd zu. Sie glühte nach der Nacht wie nach einem Sonnentag am Strand, bestimmt war ihr Gesicht hochrot. Die Flut lief gerade auf, und ein paar Wolken zogen auf. Ihre Heimatinsel lag ein paar Seemeilen entfernt unter einem grauen Schatten. Plötzlich sah sie sich beim Abendbrot mit Jan und Leevke an einem Bauerntisch sitzen und über den vergangenen Tag reden, was alles passiert war. Es würde gemeinsame Wanderungen im Watt geben, die Familie wanderte unter einem riesigen blauen Himmel auf dem Meeresgrund, der weiche Schlick spritzte durch ihre Zehen hindurch, es gab Radtouren mit Eisessen in Wyk. Und immer wieder tanzte sie mit Jan über den Deich, während Wolken über sie hinwegzogen. Salsa-Klänge vermischten sich mit dem Wind, sie lösten sich voneinander, gingen über beide Seiten ab, drehten sich, kamen wieder zusammen. Schließlich reißt Jan sie von der Deichkrone herunter zum Deichsaum kurz vorm Watt. Sie stolpern gleichzeitig, fangen den Sturz auf und kugeln teils nebeneinander, teils übereinander durchs Gras.

Als Jan zurückkam, krochen sie wieder ins Bett, und Sina fiel erneut in einen leichten Schlaf. Jan zog sie noch enger an sich und döste auch leicht weg. Mehr als dieses Gefühl gab es nicht auf dieser Welt, dafür war sie gemacht. Irgendwann zuckte er leicht mit dem Bein, was sie wach machte. Er nahm seine Armbanduhr vom Nachttischchen.

«Mmm», brummte er.

«Termine?», fragte sie.

«Egal», nuschelte er. «Wozu brauche ich Geld?»

Am liebsten wäre sie den ganzen Tag mit ihm im Bett geblieben. Irgendwann standen sie aber doch auf, duschten zusammen und zogen sich an. Mit nachlässig geföhnten Haaren gingen sie hinunter ins Restaurant, das um diese Zeit ziemlich voll war.

Das Frühstück unter den anderen Hotelgästen kam ihr vollkommen unwirklich vor. Der Raum war rustikal gehalten. Jetzt, in der Nebensaison, waren nur ältere Leute anwesend und einige Vertreter mit schlecht sitzenden Anzügen und eckigen Köfferchen, die schon während des einsamen Frühstücks im Laptop ihre Mails checkten. Glücklicherweise erwischten Jan und sie einen Tisch direkt am Fenster, sodass sie aufs Meer blicken konnten, das sich in der prallen Februarsonne aalte. Die Flut lief weiter auf, das Wasser funkelte silbern. Sina aß kaum etwas, obwohl sie schon am Vortag kaum etwas zu sich genommen hatte, sie konnte einfach nicht.

«Du siehst irgendwie traurig aus», sagte Jan und nahm ihre Hände.

«Ich habe Angst», erwiderte sie.

«Wovor?»

«Vor den anderen auf Föhr. Wie werden die mit uns umgehen? Ich bin mehr als zehn Jahre älter als du, darüber werden sie lästern.»

«Mir sind die anderen vollkommen egal», sagte Jan und biss in ein knuspriges Brötchen, das er mit Rührei belegt hatte.

«Und Leevke?»

Jan schaute sie verliebt an. «Sie vergöttert dich.»

«Gib ihr etwas Zeit, okay?»

Jan staunte. «Du meinst, wir sollten es erst einmal geheim halten? Aber wie soll ich dir auf der Straße ‹Moin› sagen, ohne dich anzufassen? Unmöglich!»

Sie streichelte seine kräftigen Hände und lächelte. «Vielleicht hat das ja auch seinen Reiz.»

«Worin sollte der liegen?»

«Eines ist klar: Wenn es auf Föhr nur einer weiß, ist es rum. Und damit auch bei Leevke. Diesen Zeitpunkt sollten wir selbst bestimmen.»

Jan nahm ihre Hand. «Was soll schon passieren?»

«Ich möchte dich noch ein paar Tage ganz für mich haben, bevor es die anderen erfahren.»

«Einverstanden.»

«Kommst du heute zum Biikebrennen nach Utersum?», fragte er.

Es war der 21. Februar, einer der Höhepunkte des winterlichen Lebens auf Föhr. Überall wurden riesige Feuer angezündet, um die bösen Geister zu vertreiben.

«Ja.»

Er grinste. «Dann sehen wir uns.»

Sie frühstückten langsam zu Ende und gingen dann zurück aufs Zimmer. Dort konnten sie wieder nicht voneinander lassen und liebten sich, bis ein Zimmermädchen ungeduldig klopfte, weil der Raum neu vermietet war.

31.

Abends leuchtete der dunkelblaue nordfriesische Himmel im Restlicht der Sonne auf, die gerade als riesiger roter Feuerball im Meer versunken war. Die Nordsee lag still da wie ein glänzender Spiegel, der sich bis zum Horizont zog. In dessen Mitte war der aufgehende Halbmond zu sehen. Das sogenannte Biikebrennen am 21. Februar war einer der höchsten friesischen Feiertage auf Föhr. Früher waren mit den Feuern die Walfänger verabschiedet worden, wenn sie Richtung Grönland fuhren, und gleichzeitig sollten die Geister des Winters vertrieben werden. Die Insulaner sammelten dafür altes Holz, Äste aus dem Wald, die Raik zurückgelassen hatte, nachdem er mit seinen raufustigen Kumpanen abgezogen war, Weihnachtsbäume und was sonst noch an Brennbarem zu entsorgen war.

Jan eilte vom Utersumer Parkplatz an den Strand. Vor ein paar Stunden hatte er Sina vor ihrem Haus in Oevenum abgesetzt, sie hatte versprochen, später nachzukommen. Beim Abschied hatten sie sich kaum voneinander trennen können. Wenn er an sie dachte, wurde ihm immer noch ganz heiß. Man sprach ja manchmal davon, dass jemand «innerlich richtig glühe», aber bei ihm wurde es so körperlich, dass er seine Jacke öffnen musste.

Er dachte die ganze Zeit an sie. Was war er nur für ein Glückskind! Und dies gleich in mehrfacher Hinsicht: Die meisten Liebesgeschichten in Romanen und Filmen endeten, wenn zwei Menschen zusammenkamen. Dabei ging das Leben danach ja weiter – und wurde meistens nicht gerade einfacher. Das galt eigentlich auch für ihn, denn er war ja nicht allein. Leevke musste Sina akzeptieren, sonst würde es nicht funktionieren. Und das war wirklich sein ganz besonderes Glück, denn hierüber musste er sich keine Sorgen machen. Leevke kannte und bewunderte Sina. Gut, es würde etwas anders werden, wenn Sina plötzlich als die Frau ihres Papas in ihr Leben trat. Dann war sie nicht mehr nur die Ballettlehrerin, sondern noch viel mehr. Aber hatte Leevke sich nicht genau das seit langem für ihn gewünscht? Sie hatte ihn ja geradezu genötigt, sich eine Frau zu suchen. Dass es eine so tolle würde, damit hatte sie bestimmt nicht gerechnet. Nein, es gab wirklich keinen Grund zu warten. Er wollte Leevke die gute Nachricht sofort überbringen. Sie würde sich freuen.

Vor dem riesigen Holzberg am Utersumer Strand standen einige hundert Menschen. Die freiwillige Feuerwehr war mit einem Löschfahrzeug gekommen, und die Männer und Frauen taten nun etwas, was eigentlich ihrer Überzeugung widersprach: Sie legten mit riesigen Fackeln Feuer. Es knackte und knisterte, zuerst begannen die Flammen etwas zögerlich zu züngeln, aber nach wenigen Minuten standen alle Menschen in hellem Lichterschein und blickten in haushohe Flammen, die umso mehr zu tanzen schienen, je dunkler es wurde. In der Nähe des Feuers wurde es jetzt sehr warm. Schnaps wurde herumgereicht, viele hatten kleine oder auch größere Gläser dabei. Jan begrüßte einige Salsa-Tänzer, Bäckermeister Roloff stand mit seiner Frau neben Thorsten Hausmeister und Christine, Nena war da, sein Geselle Hark und der junge Landwirt Kai mit seiner Masseurin.

Er entdeckte Leevke mit Bella und ein paar anderen Mädchen am Holzhaufen. Sie war ganz aufgeregt gewesen, als er sie heute Nachmittag von der Schule abgeholt hatte, hatte es kaum erwarten können, zum Biikefeuer zu gehen. Bellas Mutter hatte die beiden Mädchen schon vor zwei Stunden extra früh hierhin gefahren.

«Papa!», rief Leevke und rannte auf ihn zu. Sie kuschelte sich eng an ihn, ihm wurde warm ums Herz. Eyk lief zwischen den Leuten frei herum und schnupperte mal hier und mal da.

«Papa, was ist los mit dir?» Leevke sah ihn an.

«Gar nichts. Was soll sein?»

«Du guckst irgendwie anders.»

Es konnte nicht sein, dass sie etwas merkte, sie war erst zehn!

Sie grinste. «Ich glaube, du bist verliebt.»

«Wie kommst du darauf?»

«Es stand in der Zeitung!»

«Was?» Er verstand die Welt nicht mehr. Aber Leevke meinte es ernst, sie fummelte in ihrer Jacke herum und zog einen Zeitungsausschnitt heraus.

«Siehste?»

Er hielt das Papier Richtung Feuer und musste grinsen. Entwarnung! Auf dem Titelblatt von «Wir Insulaner» waren er und Gesche beim Solotanz auf Amrum abgebildet, sie standen sich ganz eng gegenüber, er hatte den Arm um ihre Hüfte gelegt, sie schaute ihn strahlend an. Wer es nicht besser wusste, hätte sie wirklich für ein frisch verliebtes Paar halten können. Aber es war nur die Euphorie des Tanzes, die sie so strahlen ließ. Die Schlagzeile unter dem Bild lautete: «Sieg für Föhr!» Dazu gab es einen äußerst lokalpatriotischen Bericht über den Sieg von Reetdachdecker Jan Clausen aus Oldsum und Grundschullehrerin Gesche Grigoleit aus Süderende.

Leevke lächelte triumphierend: «Das ist der Beweis. Du bist verliebt in Frau Grigoleit!»

«So?»

Jan wusste nicht, was er sagen sollte. Der Tanzwettbewerb war zwar erst vorgestern gewesen, lag für ihn aber Lichtjahre zurück – in der Zeit vor Sina.

«Wie ihr euch anmacht – heftig!»

«Anmachen? Woher hast du *das* Wort denn?»

Leevke nahm den Zeitungsausschnitt wieder an sich. «Zumindest ist *sie* verliebt in *dich*, das erkennt man an ihren Augen.»

«Das sieht auf dem Foto vielleicht so aus, aber es stimmt nicht, jedenfalls nicht so. Leevke, ich wollte dir was sagen …»

Eigentlich war es nur ein kurzer Satz. Aber obwohl er davon ausging, dass sie sich freuen würde, war es doch überhaupt nicht leicht.

«Du wolltest ja mal ins Internat gehen, damit ich eine neue Frau finde …», begann er.

«Ja.»

«Das musst du gar nicht.»

«Hä?» Sie zog die Augenbrauen zusammen.

«Ich wollte damit nur sagen, dass …»

Das Feuer wurde immer heißer, es war eine riesige Fläche, die rot glühte und knackte. Jan und Leevke waren jedes Jahr wieder von dieser alten Tradition beeindruckt. Obwohl es ja eigentlich immer dasselbe war. Seit Jahrhunderten standen hier Menschen mit ihren Freuden und Nöten und starrten in die Flammen. Aus irgendeinem Grund kam es ihm jetzt fast nicht mehr über die Lippen.

«Ich bin mit Sina zusammen.»

«Guck mal, das Feuer wird immer höher», sagte Leevke.

Keine Reaktion?

«Und wie findest *du* das?», fragte er.

«Egal.»

«Egal?»

«Es ist deine Sache. Sie ist schließlich nicht meine Mutter.»

Damit hatte er nicht gerechnet.

«Ich mag Sina wirklich sehr gerne», fügte er hinzu.

Plötzlich verfinsterte sich der Himmel, und zwei helle Schneeflocken schwebten auf sie herab. Es kam ihm vor wie ein Irrtum, weil es prompt wieder aufhörte. Doch kurz darauf fing es wie aus dem Nichts wie wahnsinnig an zu schneien – der erste Schnee des Jahres! Millionen weiße Flocken wirbelten auf sie herab. Ausgerechnet heute, beim Biikebrennen, wie wunderbar!

Leevke quietschte vor Glück. «Papa! Es schneit, Wahnsinn!»

Jan konnte sie zwar gut verstehen, auch ihn versetzte der erste Schnee jedes Mal in Euphorie. Aber jetzt hätte er gerne noch ein bisschen über Sina geredet. Andererseits hatte sie ihm deutlich gezeigt, dass das Thema für sie beendet war, das musste er akzeptieren.

In seiner Erinnerung war der Schnee in seiner Kindheit immer nachts gekommen, wenn er schlief. Morgens hatte die ganze Welt plötzlich vollkommen anders ausgesehen, die Marsch war weiß, die Wege im Dorf waren es auch, alles war viel heller. Aufgeregt war er im Pyjama von einem Fenster zum anderen gelaufen.

Das Feuer flammte jetzt auf und loderte noch höher. Eyk rannte wie wild hin und her und versuchte die Schneeflocken zu fangen, er schnappte nach ihnen, und auch wenn das nicht funktionierte, jagte er immer weiter. Leevke streckte ihre Hände freudig dem Schnee entgegen. Die Flocken wurden dichter und legten sich den Biikegängern auf Haare und Kapuzen. Alle, die ums Feuer standen, lächelten. Um sie herum wurde es weiß, der Boden, die Bäume. Plötzlich entdeckte Jan durch den Schnee hindurch Sina, sie stand nur wenige Meter von ihnen entfernt und schaute ins Feuer. Sie trug einen hellen Wintermantel und eine rote Pudelmütze, unter der sich ihre blonden Haare herauskringelten. Sein Magen krampfte sich vor Aufregung und Glück zusammen. Wie schön sie aussah! Woran sie wohl gerade dachte? Jan konnte den Blick nicht von ihr wenden, das Feuer ließ so viel Wärme über ihr Gesicht fließen, er wollte ihr nahe sein.

«Guck mal, da ist Sina», sagte er zu Leevke.

«Oh ja», sagte Leevke und rief: «Siiiinaaa!»

In Jans Ohren hörte sich das wie Musik an. Es war doch

alles gut, Leevke hatte nur einen Moment gebraucht, um die Neuigkeit zu verdauen.

Sina kämpfte sich zu ihnen vor. «Moin, Leevke», sagte sie und nahm sie in den Arm.

Dann war er dran. Er umarmte sie, liebkoste mit der Nase ihr Ohr und atmete tief ein. Zu Feuer, Rauch und Schneeluft kam ihr Vanilleduft.

«Es schneit!», rief Leevke noch mal.

«Super, oder?» Sina lächelte.

Die beiden kratzten die noch dünne Schneeschicht zusammen und formten die ersten Schneebälle des Winters, die sie mit Schwung erst ins Feuer, dann auf Bekannte warfen. Prompt kamen Bälle zurück. Eine Schneeballschlacht am Feuer hatte Jan noch nicht erlebt. Leevke und Sina bildeten eine Mannschaft, die eng zusammenhielt. Sie jagten vor dem Feuer hin und her, bis sie nicht mehr konnten.

«Leevke weiß es?», flüsterte Sina, als seine Tochter gerade außer Hörweite war.

«Ja. Das Versteckspiel ist albern.»

«Und?»

«Siehst du doch.» Er grinste. Dann küsste er sie.

Aus dem Augenwinkel sahen sie, dass Bäckermeister Roloff und Christine zu ihnen herüberstarrten und sich dann gegenseitig angrienten. Damit war es auf Föhr rum. Sie hätten es genauso gut in die Zeitung setzen können.

32.

Ein paar Tage später nahm Sina auf dem Weg zum Kindertanzkurs einen riesigen Umweg über die Marsch. Die Leere, auf die sie zuradelte, machte ihren Kopf frei, ihre Gedanken bekamen hier den Raum, den sie brauchten. Der Schnee war etwas geschmolzen, aber die schwarzen Wolken über der Insel waren noch nicht verschwunden – bis auf eine Stelle über der Nordsee, an der gerade der Himmel aufriss. Die Insel wurde in helles Sonnenlicht getaucht und leuchtete auf wie ein grüner Smaragd. Das Land war heller als der Himmel, die tellerflachen Wiesen und Weiden schienen von unten her zu leuchten. Hunderte Möwen, Wildgänse, Kiebitze, Strandregenpfeifer und Austernfischer stiegen in die Luft, als wollten sie Teil dieses Bildes werden. Alles feierte diesen Moment.

Sie war hier auf Föhr zur richtigen Zeit am richtigen Ort, das spürte sie, während sie die Pedale durchtrat. Ihr rotes Rennrad glitt leicht über die schmalen Asphaltwege der Marsch, die kilometerlang geradeaus gingen. Dazu kam die kühle, frische Meeresluft, die in ihre Lungen schoss, sie fühlte sich wie unter Drogen. Es war, als ob die ganze Insel nach ihrem Rhythmus zu tanzen begann.

Die Bäume warfen ihre winterkahlen Äste übermütig nach oben und drehten sich einmal um die eigene Achse. Das Gras und die Büsche tanzten mit, die Häuser schunkelten dazu. Wenn es so weiterging, würden sämtliche Orte der Insel ihre Plätze tauschen: Wyk wanderte nach Utersum, Nieblum in die Marsch. Die Insel Föhr tanzte wie in einem gigantischen Film, deren Hauptdarsteller die Straßenbäume waren. Sie neigten sich im Westwind nach Osten, die satten Marschwiesen und die Höfe mit den Reetdächern lösten einander in kurzen Auftritten ab. Es fühlte sich an, als ob ihr Fahrrad still stand, während Föhr wie von selbst an ihr vorbeizog. Ihr kam wieder vor Augen, wie sie mit Jan den Deich hinuntergekugelt war – und jetzt waren sie zusammen! Konnte das wirklich wahr sein? Oder träumte sie?

Sie war glücklich – aber auch etwas nervös. Immerhin hatte Jan sie heute zum ersten gemeinsamen Abendbrot eingeladen, direkt nach dem Kindertanzen. Sina sollte auch bei ihm übernachten. War das nicht etwas früh? Er hatte es Leevke doch gerade erst gesagt, das musste sie doch erst mal verdauen! Das Mädchen war Sina in den letzten Monaten ans Herz gewachsen, sie wollte nicht auf ihren Gefühlen rumtrampeln. Nein, bevor sie seinem Wunsch folgte, wollte sie erst einmal selbst mit Leevke reden, um sicherzugehen, dass es wirklich in Ordnung für sie war. Sie mochte die Kleine und hoffte das sehr.

«Du warst heute super», sagte Sina zu Leevke, als sie nach dem Tanzkurs gemeinsam auf der Bank der Turnhalle saßen. Die anderen Kinder waren schon nach Hause gegangen.

«Danke», sagte Leevke.

Dann schwiegen sie einen Moment.

Sina hatte keine Ahnung, wie sie beginnen sollte. Aber sie war nun mal die Erwachsene, also musste sie es tun. Sie räusperte sich. «Das mit deinem Vater und mir hast du ja schon gehört.» Ihr Herz schlug höher.

«Ja.»

«Wir mögen ihn beide, oder?»

Was rede ich für einen Quatsch?

«Hm.»

«Entschuldigung, das war nicht ganz richtig. Dein Vater und du, das ist natürlich etwas anderes als Jan und ich.»

«Hm.»

«Was denkst du?», fragte Sina.

«Weiß nicht.»

Beide schwiegen.

«Dein Vater hat mich heute zum Abendbrot bei euch eingeladen», sagte Sina. «Aber ich komme nur, wenn du mich auch einlädst.»

Leevke sah sie prüfend an. «Willst du meine neue Mutter werden?»

«Ich möchte am liebsten ganz normal weiter Sina für dich sein. Bei der du tanzen gehst, mit der du quatschen, Unfug machen und ernst reden kannst, je nachdem.»

Schweigen.

«Einverstanden», sagte Leevke.

War es wirklich so leicht?

«Also kann ich mitkommen zum Abendbrot?», hakte Sina nach.

«Nur, wenn ich dir meine Rennmäuse zeigen darf.»

«Charlie und Louise?»

«Woher kennst du ihre Namen?»

«Die hat mir ein Spion zugeflüstert.»

«Geheimagent Papa?»

«Hmh-ja!»

«Papa redet über meine Mäuse?»

«Immerhin wohnt ihr zu viert.»

Jetzt musste Leevke grinsen. Gemeinsam radelten sie nach Oldsum.

Am Abendbrottisch schaute Sina gerührt in die Runde. Jan hatte auf dem Esstisch in der Küche Mischbrot, Schinken und Käse, Krabben und geräuchertem Lachs gedeckt. Dazu gab es Tee und für Leevke Apfelschorle. Sie musste daran denken, wie ihre Eltern und sie in genau so einem Friesenhaus zusammen Abendbrot gesessen hatten.

Anschließend spielten Jan, Leevke und sie noch ein bisschen mit den Rennmäusen, und um halb neun war für Leevke Zubettgehzeit, da am nächsten Tag Schule war und sie früh rausmusste.

«Kann Sina mich heute ins Bett bringen?», fragte Leevke. Sina staunte, das war eine große Ehre.

Sie war begeistert. «Oh ja!»

Nach dem Zähneputzen saß sie an Leevkes Bett und las ihr aus ihrem Lieblingsbuch «Maja und Motte» vor. Als das Mädchen kurze Zeit später eingeschlafen war, setzten sich Jan und Sina ins Wohnzimmer auf die Couch, wo sie sich – endlich! – hemmungslos küssten. Sina konnte sich erst gar nicht so richtig darauf einlassen, weil sie jeden Moment damit rechnete, dass Leevke ins Zimmer kam. Es war alles noch so neu, vor allem für die Kleine. Aber ihre Skrupel waren bald verschwunden. Dieser Abend war einfach so wunderbar gewesen und besser gelaufen, als sie je gedacht hätte. Nach kurzer Zeit wechselte Jan mit ihr ins Schlafzimmer.

Im Bett war es deutlich bequemer. Heute war so ein Tag, an dem beide nicht lange warten wollten. Sie fielen übereinander her und genossen danach die gemeinsame Wärme unter der Decke. Draußen strich wieder einmal die gute Elke ums Haus, nach einer Weile schliefen sie ein. Alles war gut.

Sina träumte von einem riesigen Nelkenfeld, was wunderschön war, ihr aber auch Angst machte, weil sie darin die Orientierung verlor. Sie wachte auf, als ein heller Lichtschein in ihre Augen drang, und brauchte einen Moment, um zu realisieren, dass Leevke im Zimmer stand.

«Ich habe Angst», nuschelte die Kleine und rieb sich die Augen.

«Willst du zu uns kommen?», fragte Jan.

«Nein», sagte sie. Und fing plötzlich an zu weinen. «Ich möchte nicht, dass Sina bei dir schläft.»

Sina erstarrte. Jan stand auf und ging mit Leevke in ihr Zimmer, um dort die restliche Nacht mit seiner Tochter zu verbringen.

Allein in dem großen Bett fühlte Sina sich elend. Sie

machte sich große Vorwürfe: Niemals hätte sie einwilligen sollen, schon nach so kurzer Zeit bei Jan zu übernachten. Was hatten sie sich bloß dabei gedacht? Wenn es schlimm kam, war dies der Anfang vom Ende.

33.

Es war Anfang Mai. Sina stand auf der Bühne des Flensburger Landestheaters und tanzte sich warm. Sie war hin- und hergerissen. Dass sie seit einer Woche wieder hier war, fühlte sich in einem Moment gut an, im anderen wie ein Rückschritt in eine Zeit, die sie eigentlich hinter sich gelassen hatte. Ihr Tanzpartner Kim hatte ihr die Zweitbesetzung in seinem neuen Stück angeboten, und sie hatte ihm versprochen, es zu probieren. Anfangs würde sie häufiger hierher kommen müssen, nach der Premiere vielleicht ein-, zweimal die Woche.

Föhr fehlte ihr, Jan fehlte ihr. Aber es war die richtige Entscheidung gewesen, ein bisschen auf Abstand zu gehen. Nach der gescheiterten Übernachtung bei ihm hatte Sina die Notbremse gezogen, und Kim war mit seinem Angebot gerade zur rechten Zeit gekommen. Sie konnte und wollte Leevke nicht einfach übergehen. Sie mochte sie so gerne! Natürlich hatten Jan und sie sich weiterhin gesehen, aber gemeinsames Übernachten war erst mal nicht drin. Deswegen fühlte sich ihre Beziehung fast an wie eine Fernbeziehung. Sina wollte Leevke Zeit geben, und Jan hatte ihren Schritt notgedrungen akzeptiert. Einmal in der Woche ließ Jan Leevke bei Petra und kam nachts zu ihr, manchmal trafen sie sich auch tagsüber. Aber Jan hatte am Tag viel zu tun, seine Reetdächer deckten sich nicht von selbst, allzu oft ging das nicht.

Was machte sie an den sechs Abenden in der Woche, an denen Jan nicht da war? Offen gestanden fand sie ihr Leben ziemlich einsam, und das würde sich in nächster Zeit wohl nicht ändern.

Trotzdem liebte sie ihn wie am ersten Tag!

Ihr Herz zog sich zusammen. Wenn sie ehrlich war, kam ihr Flensburg heute mehr denn je gerade zur rechten Zeit. Denn um Mitternacht war es passiert: Ihr gefürchteter fünfzigster Geburtstag war gekommen. Einfach so. Am Abend würde Jan nach Flensburg kommen, sie würden zusammen ein Glas trinken, das war alles. Er hatte es versprochen: keine Überraschungen, nichts Großes.

Sie stellte die Scheinwerfer an, ging auf die Bühne und begann mit leichten Dehnübungen. Ganz für sich tanzte sie vor leerem Zuschauerraum ihre Figuren von damals durch, die Odette aus «Remember Schwanensee». Es war nicht so, dass sie ihr Knie gar nicht spürte, aber es fühlte sich längst nicht mehr so schlimm an. Sie holte tief Luft und machte ein paar große Sprünge von einem Bühnenende zum anderen.

Als sie ein Klatschen aus dem Zuschauerraum vernahm, hielt sie inne. Sie blinzelte gegen die Scheinwerfer. Wer war da gekommen? Aber es war niemand zu erkennen.

«Entschuldigung, das ist keine öffentliche Probe», erklärte sie schlecht gelaunt. «Würden Sie bitte rausgehen?»

«Sina», kam es von einer kindlichen Stimme zurück.

War das Leevke?

Tatsächlich. Die Kleine kam an den Bühnenrand. Sie trug ein weißes T-Shirt und eine lange weiße Sommerhose.

«Das war supertoll eben», sagte sie und lächelte.

«Danke, Leevke. Wo ist denn dein Papa?»

«Der telefoniert noch, er kommt gleich.»

«Das ist ja eine Überraschung.»

«Und herzlichen Glückwunsch zum Geburtstag!»

«Danke.» Jetzt erst fiel ihr auf, was anders an Leevke war:

«Du hast einen Zahn verloren!»

Leevke zog stolz ihre Lippen mit den Zeigefingern auseinander, ein Eckzahn fehlte. Dann reichte sie ihr einen bunt bemalten Papierflieger. «Der ist für dich.»

Sina nahm ihn und ließ ihn fliegen, er landete am anderen Ende der Bühne. Sie ging hin, sammelte ihn ein und zog Leevke dann zu sich hoch.

«Danke, der fliegt super!» Sie gab ihr einen Kuss auf die Wange.

Zusammen saßen sie an der Rampe und ließen die Beine baumeln. Einen Moment schwiegen sie. «Und? Wie findest du es hier im Theater?», fragte Sina dann.

«Ich möchte, dass du nach Föhr zurückkommst», sagte Leevke leise.

Sina schluckte.

«Hat dein Vater dir gesagt, dass du das sagen sollst?»

«Nee, der weiß nichts davon.»

Es klang glaubwürdig.

«Und kann ich dann auch mal bei Jan schlafen?», fragte sie ganz direkt. Sie wollte offen mit Leevke sein.

«Nur wenn ich auch mal bei dir übernachten darf.»

Sinas Herz machte einen Sprung, ihre Augen wurden feucht. Das war das größte Geburtstagsgeschenk aller Zeiten.

«Damals, als du bei uns geschlafen hast, da habe ich nur schlecht geträumt. Ich habe gar nicht verstanden, warum du nicht wiedergekommen bist.»

Sina musste fast lachen, als sie das hörte. Ihr fiel ein riesengroßer Stein vom Herzen.

«Hast du Lust, mal auf einer echten Theaterbühne zu tanzen?», fragte sie.

Leevke strahlte sie mit riesengroßen Augen an: «Im Ernst?»

«Aber ja doch!»

Sie zog sie hoch zu sich. Leevke schaute sich ehrfürchtig auf der großen Bühne um, dann legte sie los. Sie probierte alle Sprünge und Figuren aus, die sie draufhatte, und verbeugte sich abschließend mit hochrotem Kopf vor dem unsichtbaren Publikum.

«Danke», rief sie. «Danke, danke, danke.» Sie winkte den imaginären Zuschauern lachend zu. «Ich komme auf meiner nächsten Tournee wieder nach Flensburg, danke!»

Sina hielt immer noch den Papierflieger in der Hand. «Schönes Flugzeug.»

«Lies mal, was auf dem Flügel steht!»

«‹Einladung zu einem Flug heute um 11 Uhr nach Föhr›.» Sie sah Leevke bedauernd an. «Das geht leider nicht, ich habe hier in Flensburg Probe.»

In diesem Moment betrat Jan den Theatersaal: «Was geht nicht?»

Er sprang zur ihr auf die Bühne, umarmte und küsste sie. «Herzlichen Glückwunsch, meine Liebste.» Dann blickte er auf seine Uhr. «Wir fliegen gleich los. Bis heute Abend bist du wieder zurück.»

«Nichts Großes, du hast es versprochen!»

Jan schaute sie amüsiert an. «Das hat nicht ganz geklappt. Heute um eins tanzen zwanzigtausend Menschen auf dem Deich rund um Föhr.»

«Waas? Hast *du* das in Gang gesetzt?»

«Nein, Nena und Hark. Aber letztlich bist du dafür verantwortlich. Es ist auch ein Dankeschön für deinen Tanzkurs.»

Sie verließen das Theater und fuhren mit dem Taxi zum Flughafen in Flensburg-Schäferhof am westlichen Stadtrand, wo eine viersitzige Maschine auf dem Rasenfeld auf sie wartete. Sina war etwas flau im Magen, als sie in das kleine Flugzeug kletterte. Der Pilot war ein rothaariger, brummiger Kerl mit Bart, der an den Vater von Wickie in der gleichnamigen Fernsehserie erinnerte. Er zog die Maschine hoch über das sattgrüne Land zwischen den Meeren. Es war ein unglaubliches Gefühl. Leider war es überwiegend bedeckt, sodass sie kaum etwas sehen konnten.

Etwas später rissen die Wolken auf, und das Wattenmeer kam in Sicht. Alle Nordfriesischen Inseln und Halligen lagen wie auf einer überdimensionalen Landkarte unter ihnen. Föhr aalte sich wie eine grüne Perle im Meer, satt, grün und rund, geschützt von Amrum und Sylt. Man konnte die Dörfer erkennen, die Kirchtürme und die Marsch. Aber etwas sah ungewöhnlich aus: Auf den Deichen waren unzählige weiße Punkte zu erkennen, die sich wie eine Blütenkette einmal rund um Föhr legten. Als der Pilot zur Landung ansetzte, konnte sie erkennen, dass die Blüten sich kreisförmig bewegten: Es waren Paare, die eng zusammenstanden!

«Sind das alles Tänzer?», fragte Sina überwältigt.

«Ja!», rief Jan.

«Wo kommen diese Massen plötzlich her?»

«Nena hat alle Tänzer aus dem Salsa-Kurs beordert, sie und Hark haben im Internet, im Fernsehen und im Radio wie wahnsinnig die Werbetrommel gerührt. Die Nachricht hat sich wie nix verbreitet.»

«Ein Flashmob?»

«So ist es. Es gab allein heute Morgen zehn Sonderfähren, um die Leute auf die Insel zu bekommen.»

Sie landeten auf dem Rasenfeld des kleinen Wyker Flughafens, von wo aus Jan sie und Leevke in seinem Lieferwagen zum Südstrand fuhr. Die Sonne brachte das Meer zwischen der Hallig Langeness und Föhr zum Leuchten, ohne Sonnenbrille war es kaum zu ertragen. Und tatsächlich, an der Wasserkante standen unzählige weiß gekleidete Tanzpaare, alle hatten kleine Radios dabei und warteten auf ein Zeichen.

«Damit kommt Föhr ins Guinnessbuch der Rekorde!», rief Jan.

Plötzlich heulten sämtliche Feuerwehrsirenen der Insel dreimal auf, und die «Welle Nord» des NDR sendete einen verabredeten Salsa-Mix, der extra für diese Veranstaltung zusammengestellt worden war, in die Radios.

«Darf ich bitten?», fragte Jan.

Sina, Jan und Leevke nahmen sich an der Hand. Die gesamte Insel Föhr tanzte. Und sie tanzten mit.